SHY NOVELS

共鳴劣情

オメガバース

岩本 薫

イラスト 蓮川 愛

CONTENTS

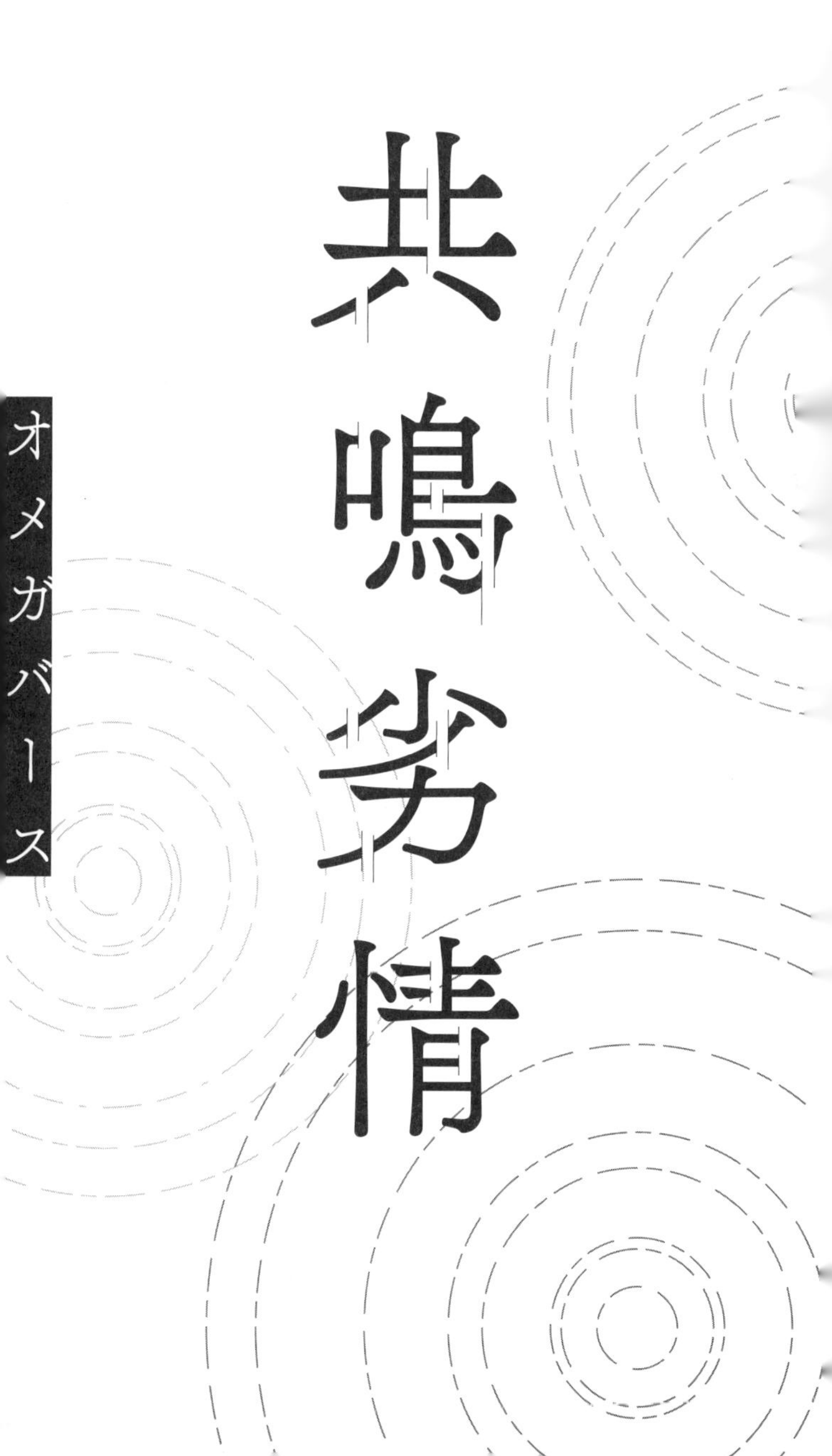
共鳴劣情
オメガバース

薄暗くてじめじめしたねぐら——そこに敷かれたカビ臭い毛布に、痩せた体がぐったりと横たわっている。ある日突然、高熱を出したアマネが寝床から起き上がれなくなって、一週間が経とうとしていた。

熱い体をおぶってディープダウンタウンまで行き、闇医者に診せたところ、「おそらく感染症だ。もともとひ弱なガキで、スラムで暮らすのは無理があったからな……」と首を横に振られた。諦めきれずにその足で街の総合病院へと向かったが、スラムの孤児とわかるなり、門前払いを食らった。それでも治療費を払えれば診てもらえたのかもしれない。けれど、その日その日をかろうじて生き延びているような自分たち孤児に、まとまった金額が用意できるはずもなかった。

——アマネ……。

生死の境をさまよい続けている友の傍らに跪き、細くて小さな手をぎゅっと握り締める。少し前まで燃えるように熱かった友の手は、いま、ひんやりと冷たかった。顔は土気色で唇は紫だ。握っている手がどんどん熱を失っていくことに焦燥を覚え、氷みたいに冷たい手をさらに強く握り締める。

——死ぬな！　死んじゃだめだ。アマネ！

必死の呼びかけが届いたのか、黒ずんだ目蓋がぴくぴくと痙攣して、薄く目が開いた。しかしその瞳からは生気が失われ、すでに焦点も合っていない。ぼんやりと空を見つめていた瞳に、やがて透明な涙の粒が盛り上がったかと思うと、つーっとこめかみを伝い落ちた。

――アマネ！　しっかりしろ！　アマネ！

兄弟のように数年間を共に過ごした親友の命の灯火が消えかかっているというのに、名前を呼ぶことしかできない自分がもどかしくて腑甲斐ない。これまでも理不尽なことは山ほどあったし、そのたびに悔しい思いをしてきた。しかしいまこの瞬間ほど、おのれの無力を痛感したことはなかった。悔しさと悲しみで、涙がとめどなく溢れては流れ落ちる。

――お願いだから……俺を置いていくなよ。

顔を涙でぐちゃぐちゃにしながら哀願すると、アマネの唇がわななないた。発せられた声は、あまりにか細く、聞き取れない。今際の言葉をなんとか聞き取りたい一心で、唇に耳を寄せた。

――い……きて。

途切れ途切れの弱々しい声を、どうにか捉えることができる。

――ぼくの……ぶんも……い……きて。

最後の力を振り絞るように発したその懇願が、友の最期の言葉になった。

Prologue

この世界には三種類（カテゴリー）の人間が存在する――。

人口の約五パーセントを占めるアルファは、男女共に優性遺伝子を持つ支配者カテゴリーであり、それゆえ生来の特権を多数持つ。アルファの社会ではなによりも血筋と家の格が重んじられ、アルファのなかにも厳然たるヒエラルキーが存在する。

次に、世のマジョリティであり、人口の94パーセントを占めるベータ。いわゆる一般市民カテゴリー。ベータのなかにも努力と精進の結果、医師や弁護士、官僚などの職に就く（つ）エリートもいるが、生まれながらの特権階級であるアルファとは一線を画する。

残りの1パーセントの稀少カテゴリーがオメガだ。オメガには、ほかのカテゴリーにはない特徴がある。

第一に、男女の性差を問わずに子宮を有しており、妊娠して子供が産めること。

第二の特徴は、オメガ特有の発情期（ヒート）だ。

オメガには、十代の後半から始まる、一ヶ月ごとのヒートがある。一週間続くこの時期、オメガは性フェロモンの放出を、投薬によって強制的に抑えることが義務づけられている。抑制薬（ピル）を飲まないと、あたりかまわずおびただしい性フェロモンを垂れ流して、意図せずベータやアルファを誘惑してしまうからだ。過去にレイプ犯罪や、ヒート中のオメガを巡っての事件が多発したため、抑制薬が開発され、常用的な服用がオメガの義務とされた。

どの人間も、生まれた直後に血液検査を受け、三つのカテゴリーに選別される。

検査によって判別したカテゴリーを国に届け出ると、アルファならばα（アルファ）から始まる七桁の番号、ベータならばβ（ベータ）から始まる九桁の番号、オメガならばΩ（オメガ）から始まる七桁の国民番号を割り当てられ、以降はその国民番号によって、国民管理局に一元管理されることとなる。

国民番号は、生活全般に関わってくる重要なパーソナルナンバーだ。国民番号がなければ、学校に通うことも、就職することも、結婚することも、出産することもできない。つまり、ごく普通の社会生活を営めないのだ。とりわけオメガにとっては死活問題。国民番号なしでは病院にかかれず、ピルが処方されないからだ。

基本的人権を支える、命綱ともいえる国民番号だが、ごく稀に持たない人間も存在する。親が病院外で出産し、そのまま血液検査を受けなかったケースだ。

国民番号を持たない〝野良〟の確率は、アルファに於（お）いてはゼロ、ベータはごく少数、オメガが圧倒的に多いと言われている。

管理システムから零れた落とし子――野良オメガ。

彼らはピルを利用できず、一般的な職に就けないことから、セックスワーカーとして花街（はなまち）の娼館に従事している者がほとんどである。

生まれたのは花街の娼館で、母は野良オメガのセックスワーカーだった。おそらく、母の母も野良オメガの娼婦だったはずだ。

父の名前は知らない。顔を見たこともない。アルファだったのか、ベータだったのかもわからない。もしかしたら、母の客の一人だったのかもしれない。馴染みの上客だったのか、ただの一見の客か、両者のあいだに特別な情が介在したのかもわからない。

避妊具に穴があいていてたまたま妊娠してしまったという、母にとっても、相手にとっても不運なアクシデントだった可能性もある。

それでも母は、宿った命を亡きものとはせず、産む選択をした。娼館のオーナーも、未来の〝売り子〟が増える分には問題ないと考え、出産をサポートしてくれたようだ。

出産後も、母は春をひさぎながら、娼館で自分を育てた。

野良オメガの母は国民番号を所有しておらず、従って学校に通ったことは一度もなかったが、ある程度の学があった。

各娼館のオーナーは、商品である売り子たちの価値を少しでも高めるために、エステティシャンを雇って外見を磨かせ、特注の衣装や宝石で飾り立てる。母の雇い主であったオーナーは、そういった見た目のメンテナンスにプラスして、売り子たちに家庭教師をつけた。読み書きを覚えさせ、本を読ませて、〝美貌と知性を兼ね備えたオメガ〟を看板に、ほかの娼館との差別化を図ろうとしたらしい。

生まれつき美しい売り子たちのほとんどは、退屈な学問に興味を示さず、途中でリタイアしてしまったが、母は学ぶことが性に合っていたようだ。読み書きをひととおり習得すると、オーナーが買い与えた本を読みあさるようになった。売り子仲間からは変わり者と言われたが、雑音には耳を貸さず、一人で読書に没頭した。

母は書物からたくさんの事柄を学んだ。

世の理。思想。歴史。文化。文学。科学。

それは、花街という隔離された世界に閉じこもっていては、知り得なかったことばかりだった。

——読み書きはできたほうがいいわ。あなたには生まれながらに野良オメガというハンディキャップがある。私もいつまでも側にいられるとは限らない。自分を護る武器は一つでも多いほうがいいから。

幼い自分にそう言い聞かせた母は、客を取る合間を縫っては絵本を読み聞かせてくれた。三歳から書き取りを始めて、ほどなく字が読めるようになった自分に、たくさんの本を与えてくれた。

母の血を受け継いだのか、自分も〝本さえ与えておけば大人しい子〟になった。児童文学から読み始めて、六歳頃にはそこそこ難しい本も読めるようになっていた。

思い返せば、あの頃が一番幸せだった。

世間一般の通念からすれば、娼館で暮らす野良オメガなど最下層かもしれないが、あたたかい寝床があって、食うに困らず、身近に本があった。

なによりも、やさしい母がいて、愛されていた。

籠（かご）のなかで身を寄せ合う二羽の金糸雀（カナリヤ）のごとく、自由はないが、愛に満ち溢れた幸せな日々。それに突然終止符が打たれたのは、七歳のときだ。

その夜、母は「外で仕事」だった。売り子は基本的に娼館で客を取るが、月に数回、花街を出てミッドタウンのホテルに出向く営業があったのだ。オーナーの思惑どおりに、〝美貌と知性を兼ね備えたオメガ〟となった母は、娼館で一番の売れっ子だった。

仕事の前、いつもは素顔で服装もラフな母が、鏡台に座って化粧をし、煌（きら）びやかな衣装や宝石を身につける。「外で仕事」のときは、いつもより念入りに化粧をして着飾る。当時の自分は母の仕事内容をはっきりとは理解していなかったが、鏡越しに母が美しく装っていく――いまにして思えば武装していく過程を眺める――その儀式のような時間が好きだった。

娼館のスタッフが「時間です」と部屋に迎えに来ると、母は自分に向き直って、顔を覗き込む。息子の目をじっと見つめて、「いい？　ぜったいについてきちゃだめよ」と言い聞かせた。「約束」と言って小指を立てて、げんまんをする。だから自分は、少し寂しかったけれど、母の仕事が終わるまで、大人しく部屋で本を読んで待っていた。

しかしその夜は、出かける母に「自分も一緒に行く」とわがままを言った。

――どうしたの？　それはできないってわかっているでしょう？

窘められても、泣いて「やだ、やだ」と駄々をこねた。部屋を出ていく母に追いすがり、「行かないで」と泣いた。

――そんなふうに泣かれたら、お母さんも辛いわ。お願いだから聞き分けて。なるべく早く帰ってくるから。

そう約束したのに、朝になっても母は帰って来なかった。さらにその次の日も帰らなかった。

まる二日間水も食事も摂らず、眠らずに母を待ち続け、脱水症状で意識を失った自分は、目を覚ました三日目の朝、スタッフの口から母の死を知らされた。

外営業に出向いた翌朝、ミッドタウンのホテルの部屋で息絶えているのを、ハウスキーパーによって発見されたのだという。死因は後頭部打撲による脳挫傷。一緒にチェックインした男は姿を消し、名前も偽名であったことが判明。そののち出頭してくることもなかった。

姿を消した男性客に鈍器で殴られ、殺された可能性があるにもかかわらず、ミッドタウンの警察署は母を「野良オメガの商売女」と軽んじ、ろくな捜査もせずに「みずから誤って転倒した挙げ句の死亡事故」と決めつけた。

これ以上の面倒は御免とばかりに、発見の翌日には母の遺体を勝手に焼き、骨も返して来なかった。無力な子供だったあの頃の自分は、まるで証拠隠滅を図るかのような警察の杜撰な対応に抗議する力も、自力で事件を解決する術も持ち得なかった。

悪いことは重なるものだ。看板だった母を失った痛手も響いたのかもしれないが、数年前から少しずつ傾いていたらしい娼館の経営が急激に悪化して、資金繰りに困窮したオーナーが夜逃げをした。銀行に差し押さえられた娼館は、遊技場に建て替えられることが決まり、売り子たちはちりぢりになった。

生まれ育った「家」からいきなり放り出された世間知らずの売り子たちは、誰もが今日を生きることに必死で、七歳の孤児の面倒を見る余裕がある者はいなかった。自身ではコントロールできない「ヒート」というハンディを背負う彼らの事情を鑑みれば、自分を見捨てたことを責められない。

唯一の保護者であった母と住処を失った自分は花街を出た。ほかの売り子たちのように、別の娼館に身を寄せて、売り子見習いになることもできたかもしれない。野良オメガならば、それが一番食いっぱぐれのない道だ。だが自分は、母と同じ運命を辿るのはいやだった。

籠の鳥で一生を終えた母の二の舞はいやだ。

自分の人生は自分でコントロールしたい。

そうはいっても、野良オメガの子供が一人で生きていけるほど世の中は甘くない。

結局のところスラムに流れついた自分は、幼くして親を亡くしたか、もしくは肉親に捨てられたか、いずれかの境遇ゆえに、路上での生活を余儀なくされる孤児の集団の一員となった。

不衛生な空き家に住みついて物乞いをし、集団で盗みを働き、残飯をあさって生きる孤児たちは、ときに伝染病の媒介者となることもあって、スラムでも厄介もの扱いだった。

世の縮図さながら、孤児の集団にもカーストがある。カースト上位である強者はよりたくさん食べることができ、寒さを凌ぐ居場所も確保できる。裏腹に、底辺の弱者は常に飢えて、寒さに震えている。自分以外の者に食料を分け与えるような余裕はどの子供にもなく、自力で食べ物を得られない者は、早晩衰弱して死にゆく運命にあった。

そういった過酷な環境下で生き残るためには、他者より秀でている武器が必要だ。

人一倍の体力。盗みの技術。喧嘩の強さ。

自分にはどれもなかったが、ただ一つ、ほかの子供にはない特技を持っていた。

読み書きができること。

読み書きを「自分を護る武器」として授けた母は正しかったのだ。

筋力は、生きるか死ぬかのサバイバル生活で鍛えられ、自然とついていった。喧嘩の勝ち方も、その日の食料を奪い合ってしのぎを削るうちに徐々に覚えた。もともと細身だった体格を活かして、体のバネ、足の速さに磨きをかけた。

読み書きというアドバンテージに、鍛錬によって〝闘う力〟を得た自分は、いつしか烏合の衆だった集団を組織化し、陣頭指揮を執るようになった。

それまでは各自が好き勝手に動いていたが、子供が単独でできることなど高が知れている。計画を立てて役割分担を決め、チームで動いたほうが断然効率がいいはずだ。

盗みや売春、ドラッグの売人など、リスキーな「仕事」からは手を引く。その代わりに空き缶や瓶などのゴミを拾い、鉄やアルミ、ガラスに分別して業者に売る。ゴミの販売で得た売り上げで食料を購入し、全員で平等に分ける。

自分が打ち出した方針に、はじめは文句を言う者も多かったが、実際に成果が出始めると指示に従うようになった。

そうして一年が経つ頃には、二十人ほどのグループが出来上がっていた。

そのグループで、リーダーの自分の参謀だったのがアマネだ。

アマネはスラムの孤児にはめずらしく、ごく一般的なベータの家庭の出身だった。しかし、七歳のときに両親を交通事故でいっぺんに失ってしまった。身寄りがなかったために児童養護施設に入ることになったが、そこでひどい虐待を受け、命からがら逃亡。スラムで力尽き、路地裏のゴミ置き場で死にかけていたところを自分が拾ったのだ。

聞けば同じ年齢で、背格好も似ていたことから、自分たちは急速に親しくなった。なにより、アマネは読み書きができた。両親が事故死するまでは、学校に通っていたからだ。本も好きだという。初めて話が合う仲間ができてうれしかった。

聡明だが体の弱いアマネを、自分はなにかと庇った。食が細いアマネに、自分の食料から、彼が好きなものを分け与えた。寝るときも、一枚の毛布を分け合うようにして眠った。

二人でいろいろな話をした。

いましたいこと。いつかしたいこと。

冷たい床じゃなくて、ベッドで眠りたい。こんな湿ってカビ臭い毛布じゃなくて、ふかふかに乾いた布団に包まりたい。焼きたてのパンが食べたい。たらふく肉を食いたい。

スラムを出て、まっとうな仕事がしたい。

生活が安定して、余裕ができたら、学校にも通いたい。

図書館に行き、好きなだけ本を借りて、一日中読んでいたい。

そうだ。いつかアパートを借りて一緒に暮らそう。

そのためにも、今日一日を、明日を生き抜こう――。

二人で約束したのに……。

エアコンも風呂もない、劣悪な環境で暮らした二年のあいだに、元々体が弱かったアマネは少しずつ蝕まれていった。体力が低下し、抵抗力も落ちて、雑菌やウィルスに勝てなくなっていった。

――い……きて。

――ぼくの……ぶんも……い……きて。

最期に自分にそう言い残して、アマネはわずか九年の人生に幕を下ろした。

生まれて初めてできた友人の亡骸に縋りつき、一晩中、泣いて、泣いて、泣いて……。

翌朝、一人で火を熾した自分は、友の亡骸を焼いた。その火でナイフを炙り、熱した刃をみずからの左の手のひらにじゅっと押しつける。

この刺すような痛みを――友を失った痛みを一生忘れない。そう心に誓った。

ナイフを離した手のひらには、刃の形の印が赤々と刻まれている。死んだアマネにも、同じ場所に火傷の痕があった。児童養護施設で虐待を受けた痕だと言っていた。

ズキズキと痛む火傷痕を布の切れ端でグルグル巻きにしたのちに、アマネの骨を埋めて墓標を立てた。友の墓にしばらく手を合わせてから、顔を上げる。後ろ髪を引かれる想いを断ち切って、友の墓に背を向けた。

すでに、収集して分別したゴミを業者に売る道筋は確立している。自分がいなくなっても、やっていけるはずだ。

スラムをあとにした自分が、その足で向かったのは、ミッドタウンにある教会だった。

鉄の門のインターホンを押すと、カメラで確認したのか、ほどなくして黒いベールを被った初老のシスターが玄関から出てくる。修道服の裾を捌きつつ、急ぎ足で門まで歩み寄ってきた彼女が、下がり気味の眼鏡を押し上げた。レンズ越しに、じっと観察されているのを感じる。やがてシスターの目が、自分の左手に向けられた。

「あなた……怪我をしているの？」

その指摘を受けて左手を見る。巻きつけた布に茶色い液体のようなものが滲んでいた。火傷の患部が水ぶくれになり、それが破れて体液が染み出したのかもしれない。

「お名前は？」

一瞬の躊躇(ためら)いのあとで、いまは亡き親友の名前を名乗った。

「本浄天音(ほんじょうあまね)」

「一人？　ご家族は？」

続く問いかけに、「いません」と首を横に振る。

「両親は二年前に交通事故で他界しました。身寄りがなかったので児童養護施設に入ったんですけど、ひどい虐待を受けて……そこから逃げ出して……二年間スラムにいました」

「まあ、スラムに二年間も？」

にわかには信じられなかったのか、シスターが両目を見開いた。

「本当です。でも、スラムは犯罪や暴力に支配されていて……毎日のように喧嘩で仲間が傷ついて死んでいく……」

シスターが口許を手で覆い、痛ましげに眉をひそめる。

「かわいそうに……その怪我も喧嘩に巻き込まれたの？」

「はい。火で熱したナイフを押しつけられました。——お願いします。こちらの教会で保護していただけませんか？　スラムもですが、あの施設にも戻りたくないんです」

懇願にシスターが厳しい顔でうなずき、「もちろんよ。どちらも子供がいるべき場所ではないわ」

と言った。

「あなた、カテゴリーは?」

「ベータです」

偽りのカテゴリーを告げて、以前友に聞いて暗記していたナンバーを諳(そら)んじる。

「国民番号はβ――」

「わかりました。まずはなかに入って手当てをしましょう。それからなにかあたたかいものを飲んで、今後のことを話し合いましょう」


もう引き返せない……。

シスターに導かれ、教会のなかに足を踏み入れながら、腹をくくった。

いまこの瞬間から、自分は本浄天音として生きていく。

本当はもっと生きたかったアマネのためにも、無念の死を遂げた母のためにも――。

生きる。

世間を欺(あざむ)いてでも、生き延びてみせる。

Resonance 1

首都セントラルシティ——ダウンタウン東地区（ブロック）——午後十二時十分。

バンのフロントガラスから見えるのは、安普請のアパートが立錐（りっすい）の余地もなく建ち並ぶ、ごみごみとして煩雑（はんざつ）な町並みだ。窓を閉め切っていても、町工場からの耳障（みみざわ）りな作業音が聞こえてくる。近くの定食屋に昼食を摂（と）りに出るのか、はたまたコンビニにでも行くのか、作業服を着た男たちが駐車場の前をだらだらと横切っていく。その後ろから来たのは、シルバーカートを押しながら亀の歩みで進む、背中の曲がった老女。俯いたままの老女がのろのろと行き過ぎると、今度はランドセルを背負った小学低学年の女児二人組が、こちらは対照的に軽やかな足取りで、甲高い笑い声と共に駆け抜けていく。——ありふれたダウンタウンの風景だ。……正直、見飽きた。

「ふあー……」

助手席のシートを四十五度に倒し、ダッシュボードにハイカットスニーカーの足を乗せて、大きなあくびをする。立て続けに二回あくびをしたあとで、天音（あまね）は目の縁に溜まった涙を指で擦った。

「くそ、ねみぃ……」

（さっきの仮眠で夢ばっか見て……熟睡できなかったせいだ）

ひさしぶりに子供時代の夢を見た――。

バンの後部座席での途切れ途切れの仮眠も三日目ともなれば、自覚している以上に体は疲れているんだろう。窮屈な姿勢で寝たせいで昔の――スラムの孤児だった頃の夢を見たのかもしれない。

（あの頃は、きったねー床にぎゅうぎゅう詰めで雑魚寝してたからな）

まだ頭の半分ほどに霞がかかっている。眠気覚ましに煙草が吸いたかったが、窓を開ければ煙が流れ出して人目につく危険性があった。張り込み捜査で目立つのは御法度だ。刑事課の同僚たちには「傍若無人」と陰口を叩かれているらしいが、それくらいのルールは自分だって弁えている。

「……ちっ」

禁煙のイライラを紛らわせるために、左耳に並ぶ三つのピアスとイヤーカフを交互に弄っていたが、それにもほどなく飽きて、ボトムのポケットからオイルライターを取り出した。手慰みにカチッと蓋を開けてはパチンと閉じる――という動作を五回繰り返してから、ふと、左の手のひらに視線を落とす。

「……だいぶ薄くなってきちまったな」

手のひらを斜めに走る薄いピンク色の色素沈着は、よく観察しなければ火傷痕だと気がつかないほどだ。それも当たり前で、あれからもう二十年。

しかし、火傷の痕がどんなに薄くなっても、あの日の記憶はいまだ鮮明なまま、脳裏に焼きついている。

一人で親友の弔いを済ませてスラムを去り、ミッドタウンの教会にみずから保護を求めた――あの日。

幸いにも応対に出てきたシスターがいい人で、スラムで暮らしていた孤児という境遇に同情して、様々な便宜を図ってくれた。シスター歴の長い彼女の口利き（くちき）で、教会が運営する児童養護施設に入所することができ、そこから学校にも通わせてもらえた。

中学卒業までは児童養護施設で暮らし、十六歳からはシスターに後見人になってもらって一人暮らしを始めた。本来、施設には十八までいられるところを十六で出たのは、いつ発情期（ヒート）が始まるかわからなかったからだ。

奨学金で高校に通い出すのと同時に、生活費を稼ぐためのアルバイトを始めた。ある程度の金額が貯まった段階で、まずはディープダウンタウンの闇医者を訪ねた。数年ぶりに会った老人は自分を覚えており、ずり落ちた老眼鏡を上げて、しげしげと顔を眺めてきた。

――こりゃ驚いた。何年ぶりだ？　おまえ生きとったんか。何年も姿を見んからくたばったと思っとったわ。片割れはどうした？　死んだか？

その問いには答えずに紙幣を見せた。六年前、これだけの金額があれば、アマネを助けられたのだろうか。それとも、手を尽くしたところで結果は同じだったのか。答えは生涯わからないままだろう。

それでも、「ぼくの分も生きて」というアマネの最期の言葉を遂行することが――彼の代わりに生きることが、自分に課せられた使命だと信じてきた。

紙幣を見たとたん、老人の落(お)ち窪(くぼ)んだ眼窩(がんか)の奥の目がギラリと光り、「なにが欲しい？」と尋ねてくる。

――抑制剤(ピル)だ。

端的な回答にそれ以上は深く追及することはせず、紙幣と交換で、三ヶ月分のピルのシートを渡してくれた。ディープダウンタウンに暮らす住人たちは、誰しもが後ろ暗い過去を持っている。もちろん目の前の老人も例外ではない。

闇医者の部屋を出た天音は、暗い廊下でピルのシートをぎゅっと握り締めた。

これでもういつヒートが来ても大丈夫だ。

安堵のあまり膝から頽(くずお)れそうになったのを、昨日のことのように覚えている。

実際に、初めてのヒートが訪れたのはそれから一年後だった。すかさずピルを服用し、本当にオメガフェロモンを抑制できることがわかって、心の底からほっとした。

ピルさえあれば、希望の進路に進める。

その頃にはもう、大学に進学して、卒業後は警察官になると決めていた。

教育を受けて世の仕組みを詳しく知るほどに、優性遺伝子を持つアルファに権力が集中し、彼らによって世の中が動かされているという現実を痛感することとなった。エスタブリッシュメントである彼らを頂点に戴(いただ)くカースト制度は、与党のトップが代わろうが、政権が代わろうが揺るがない。

所詮は傀儡だからだ。

人々の意識の根底に刷り込まれたオメガへの差別もなくならない。月に一度のヒートがある限り、オメガは医療関係者や消防士、警察官などの、人の生死に直接的に関わる職業に就くことができない。経済を左右する決裁やジャッジを任せられる、会社の役員や幹部、代表などにもなれない。国策に携わる政治家は言わずもがな。

世間がオメガに求める役割は、美しい容姿を活かして人々を楽しませること。女優や俳優、モデル、グラビアアイドル、タレント、ダンサー、そしてセックス産業。世のマジョリティであるベータたちは、オメガの美しさを褒めそやし、表立ってはちやほやするが、一皮剝けば心の奥底にオメガへの差別意識を飼っている。ピルがなかった時代、性フェロモンをコントロールできずに世を乱したオメガに対する偏見が、いまだに根強く残っているのだ。

そのせいで、オメガは犯罪の犠牲者になる確率が高い。総数に於ける犯罪被害者の割合は、三つのカテゴリーのなかでダントツだ。

それを知って警察官になることを決めた。刑事になって、母のように不当な扱いを受けるオメガを少しでも減らしたい。差別を背景にした犯罪から、オメガを一人でも多く救いたい。

そう簡単なことではないのは覚悟の上だった。国民番号を持つオメガでさえ警察官になれないのに、自分は野良オメガだ。

警察機構は、99パーセントのベータと、頂点に君臨する1パーセントのアルファで構成されたピラミッド型の組織だ。そこに、ただ一人の〝隠れオメガ〟として入庁する。

リスキーな挑戦であるのは重々承知だ。

それでも、警察官試験に合格後、警察学校での厳しい訓練とハードな実習をクリアし、ダウンタウン東署――通称Ｄ東署に刑事として配属されて七年。

それもこれもすべて、死んだアマネの国民番号あってこそだ。

アマネのためにも、偽りの告白を信じて後見人になってくれたシスターのためにも、なにがなんでも野良オメガだとばれるわけにはいかない。

正体がばれたら、懲戒免職では済まない。他人に成り代わって生きてきた咎を断罪され、長期の実刑を食らう。

本浄天音として生きる日々を選んだ瞬間から、常にリスクと隣り合わせの人生だった。群れること、他人に気を許すことはＮＧ。刑事になってからは、同僚たちをできるだけ遠ざけ、一匹狼を貫く傍ら、結果を出し続けることでここまできた。

新人時代の指導教官であった、たった一人の例外を除いて、誰にも素性を知られることなく――。

（そうだ……あいつが現れるまで）

天音が左手をぎゅっと握り締めたとき、コンコンコンと運転席側の窓がノックされる。ガラス窓の向こうに、いままさに脳裏に思い浮かべていた貌があった。

ゆるやかなウェーブを描く茶褐色の髪。髪と同色の形のいい眉。くっきりと二重の目。血筋の良さを窺わせる、すっと通ったノーブルな鼻梁。端整でいて肉感的な唇。

『うちの推しの不思議な目の色がたまらない！』『わかる〜！　ブルーなの？　グレイなの？』『じっと見つめられただけで妊娠しそうだよね。基本ジェントルでやさしいんだけど、たまーにめっちゃ近寄りがたいSオーラを出すときがあってそれも良き！』『あれは相当なタラシでしょ。女の扱い慣れすぎててヤバい』『体もヤバい。三つ揃いのスーツの上からわかる胸の厚みってどんだけ？』『またそのスーツがエロくてな。スリーピースを発明した人は神』『神！』『声もよくない？』『甘い低音ってやつな』『単なる仕事上のやりとりも口説き文句に聞こえる低音美声マジック』『しんどい』『とにかく存在に感謝しかない。殺伐とした職場に潤いと癒やしをありがとう』『わかりみ……尊い……』――以上が、たまたま通りかかった給湯室から聞こえてきた女子職員たちの会話だ。

（なーにが尊いだ。仏像かよ？）

ぶり返してきた苛立ちに眉根を寄せていると、ふたたび催促のノックが響く。

ちっと舌打ちをした天音は、身を乗り出して運転席のロックを外した。ガチャッとドアが開き、フルオーダーメイドの三つ揃いスーツに九頭身の長身を包んだ若い男が乗り込んでくる。大型の野生動物を思わせるしなやかな動きでシートに収まるやいなや、上半身を捻ってこちらに顔を向けた。

「遅くなってすみません」

謝罪の言葉とは裏腹の悪びれない顔つきで、まっすぐ天音を見つめてくる。どこぞの誰かが言

っていたように、採光によって色合いが変わる瞳は、いま現在濃い灰色だ。この色合いのときは、二十三歳という実年齢より大人びて見える。

「ランチタイムのせいか、店が予想外に混んでいて……」

どうでもいい言い訳ですら、口説き文句に聞こえるのは、低音美声マジックとやらか。

（……気に入らねえ）

二ヶ月前にD東署刑事課一係に配属になって以降、全女子署員の視線と給湯室の話題を絶賛独占中の男の名は苅谷煌騎。

もっとも苅谷は母方の姓で、本名は首藤煌騎という。

なぜわざわざ母方の姓を名乗っているかといえば、首藤家が、支配者カテゴリーであるアルファのなかでも五指に数えられる名門だからだ。メディアにもその動向がしょっちゅう取り沙汰されているので、世のほとんどの人間が「首藤」という名を認知している。

そもそもアルファが警察に入庁する場合、キャリア官僚としてエリートコースに乗り、陣頭指揮を執るのが既定路線だ。

なのに苅谷は、なにを血迷ってか、いち刑事として現場で汗を流すことにこだわった。実際に過酷な警察学校での半年間を耐え抜き、首席で卒業した上に制服での実習をショートカットして、所轄の刑事になった。過去にベータで構成される実働部隊にアルファが在籍した例はなく、その扱いを巡って現場の混乱が予想されること、また苅谷自身の希望もあって、彼の本名とカテゴリーを知る人間は署内でも数名に限られている。

署長と副署長、刑事課の課長である鬼塚（おにづか）、そして苅谷のバディの自分だ。

もっとも苅谷が、セントラルシティ最大の繁華街、スラム、花街（はなまち）を内包し、四つあるダウンタウンの地区内（ブロックない）でも頭抜けて取扱犯罪件数の多いD東署に配属されたのは、彼の意思ではない。苅谷の両親の思惑を汲（く）んだ上層部の決定だ。

苅谷の両親は、できるだけ早く息子が警察を辞めることを望んでいる。そこで、場末の警察署に配属するよう、警察庁の上層部に働きかけた。最下層の犯罪者を目の当（ま）たりにし、ハードな現実に直面すれば、息子も目を覚ますはず——そう考えたらしい。我が子かわいさゆえの愛の鞭（むち）、荒療治というやつだ。

（ところがどっこい、あんたたちの息子はボンボンのわりに打たれ強くてな。そう簡単にはリタイアしそうにないぜ？）

心のなかで当てこすっていると、苅谷が抱えていた紙袋のなかから薄紙に包まれたハンバーガーを取り出して、「どうぞ」と渡してくる。

「ゴマ付きのバンズでパティはグリルシーズニングカット。レタスとオニオン多め、ピクルス抜き、マスタード少なめ、ケチャップは多めにオーダーしてあります」

「……んなこと頼んでねーだろ」

「でも正解ですよね？」

「……ふん」

それには答えず、天音は鼻を鳴らした。

言われなくてもあなたのことはなんでもわかっていますと、ちょいちょいバディ感をアピールしてくる――こいつの、こういうところが自分をイラつかせるのだ。

（このタラシが……）

不機嫌を隠さずにハンバーガーを手荒く摑み取り、包み紙を雑に剝がしてがぶっと嚙みつく。腹立たしいが、肉の味付けといい、マスタードとケチャップの量といい、完璧に自分好みだ。……マジでムカつく。

大量のケチャップが口の端から零れると、横合いからさっと手が伸びてきて、紙ナプキンで拭われた。ガキ扱いにますますイライラが募り、紙ナプキンを苅谷から乱暴に奪い取って自分でゴシゴシ拭く。

「おい、ポテトとシェイクはどうしたんだよ？」

「買ってきていません」

「はあ⁉」

しれっとした物言いに、天音は片眉を持ち上げた。

「セットにしろって言っただろ？」

「ハンバーガーとフライドポテトのセットは油分過多です。シェイクも糖分が高すぎる。シェイク一杯は角砂糖三十個分の糖分を含むことをご存じですか？　どんなに好きでも、三食ファストフードで過ごすのは体によくありません。この三日間でわかりましたが、本浄さんの食生活は栄養バランスが偏っています。最低限タンパク質と炭水化物、脂質のバランスを考えて摂ってください。食物繊維も足りていません。野菜が嫌いなら、せめて野菜ジュースを」

「うっせーな」

苅谷の説教じみた言説を低音で遮り、顔を思いっきりしかめて、「ほっとけよ！」と吐き捨てる。

「健康を害するとわかっていて放っておけません。あなたは俺のバディですから」

真顔で断じられ、「ちっ」と舌打ちをした。するとぴくっと片眉を動かした苅谷が、「いまの舌打ち、なんですか？」と尋ねてくる。

「俺たち、バディですよね。その認識は間違っていませんよね？」

険しい顔つきでじりじりと詰め寄ってくる男から露骨に身を引き、天音は低い声で命じた。

「それ以上は近寄るな」

「………っ」

はっと息を呑んだ苅谷が、前がかりになっていた体を元に戻して、「……すみません」と謝る。

「てか、なにムキになってんだよ？」

「……なりますよ。バディであることまで否定されたら、アイデンティティが崩壊します」

声音に傷心を滲ませる男を、横目でちらっと見た。苅谷はフロントガラスを睨めつけている。口許を引き結んで正面を睨んでいるのに、彫りの深い横顔はどことなく哀愁を帯びて見えた。

こいつのこんな、捨てられた犬みてーな寂しげな表情を見た日には、女どもは、母性本能をくすぐられるだの、癒やしてあげたいだの、大騒ぎするに違いない。

（ったく、わかりやすく、かまってチャンしてんじゃねえよ）

天音は食べ終わったハンバーガーの包み紙をくしゃっと丸め、後部座席にぽいっと投げ捨てた。

いつもなら眦を吊り上げて「ポイ捨てしないでください。ゴミはちゃんとダストボックスに！」だなんだと口うるさく注意してくる苅谷が、今日は正面を見据えたまま動かない。

こいつが、自分たちの関係性にストレスを感じているのは知っている。

いっこうに縮まらない距離感に、内心で苛立っているのも知っている。

自分たちは〝魂のつがい〟なのに——と。

（めんどくせー……）

はーっとため息を吐き、「わかってるよ」とつぶやいた。

「バディなのは認めてるって言ってんだろ？」

ぴくっと反応した苅谷が、食い入るような眼差しを向けてくる。

「本当ですか？」

「…………」

トップアルファと野良オメガのコンビはアリか、ナシか。

課長から「上層部からのお達しだ」と無理矢理ルーキーを押しつけられた当初は（このときはまだ苅谷がアルファだと知らなかったが）、断固拒否した。なにが悲しくて、「刑事になるのが夢」などとほざく甘っちょろいガキの面倒を見なけりゃならないのか。

そもそも自分は、単独行動を上に認めさせるために、一人で結果を出し続けてきたのだ。

だがその後、行きがかり上、不本意ながらも二人で共闘して野良オメガの男娼の事件を解決していく過程で、徐々に考えが変わった。

アルファである苅谷は元々のポテンシャルが高い。親の猛反対を押し切って刑事になっただけあって、捜査に熱意を持っており、意外と根性もある。しかも、自分が苦手な分野に長けている。

自分たちの相性は悪くない――いや、いいと言っていいだろう。

総合的に判断した結果、二ヶ月前の自分は「アリ」という答えを出したのだが――。

「……認めてんだろ」

絡み合っていた視線を自分から解き、やや投げやりにつぶやいて正面を見る。

隣からの熱っぽい視線を感じつつ、天音はシートに転がっている暗視スコープを摑み取り、接眼レンズを覗き込んだ。

「だから、こうして一緒に張り込みしてんだろーが」

対物レンズに映り込んだのは、かなり年季の入った鉄筋コンクリートのアパートだ。五階建ての三階フロアに並ぶ五つのドアのうち、左から二番目のドアが確認できる場所――という条件に適った駐車場に、一見して警察車両には見えないバンを駐めて三日。夜間は三時間おきに交代でバンの後部座席で仮眠を取り、二十四時間体制でターゲットを見張ってきた。

苅谷にとっては、これが初の長期の張り込み捜査となる。体力オバケなので肉体的な疲労はないようだが、そろそろ精神的な疲れが出てくる頃だ。些細なことで突っかかってくるのは、そのせいかもしれない。

主に殺人や暴行、恐喝などの凶悪犯罪を担当する刑事課一係が目下追っているのは、ファミレスの駐車場で起きた暴行致死事件だ。事件の発生時刻は、五日前の午前二時二十分。

ダウンタウン東地区にある二十四時間営業のファミリーレストランの駐車場にて、二名の男性が駐車時の接触を巡って言い争いになり、被疑者が被害者の顔面を殴ったところ、仰向けに倒れ込んだ被害者が、車止めのブロックに後頭部を打ちつけて昏倒。その直後、被疑者は救急車を呼ぶことなく自分の車で逃走した。

ファミレスのスタッフの通報により、事件が発覚。心肺停止状態で運ばれた被害者の会社員(27)は、搬送先の病院で死亡が確認された。

事件発生から六時間後の午前八時過ぎ、ファミレスから二キロほど離れた路上で被疑者の車が発見された。被疑者は乗っておらず、車内から携帯や免許証など、身元が判明する所持品も見つからなかった。

しかし、ファミレスの駐車場の監視カメラに、事件の経緯と逃走する車のナンバープレートが映っており、被疑者の身元はたちどころに割れた。

新田浩二（38）には前科があった。五年前に暴行罪で三年の実刑判決を受け、刑期を満了して二年前に出所。出所後は、建設現場などの日雇い労働で生計を立てていたようだ。

刑事課の課員が男の住居であるアパートに向かったが、帰宅した様子は確認できず、五日が経過した現在も動きはない。この被疑者のアパートは、一係の別働隊がシフトを組み、やはり二十四時間体制で張り込みを続けている。被疑者が身を隠す可能性のあるダウンタウン周辺のホテルや簡易宿泊所、インターネットカフェなどを、課員が写真を持って聞き込みに回っているが、いまのところ有力な情報は得られていない。

逃亡中の被疑者の銀行口座の残高はほぼゼロに近く、前科があるため、キャッシング機能つきのカード類も持っていなかった。となれば、いずれ手持ちの金が尽きる。

そう踏んだ天音は、被疑者の交友関係を徹底的に洗い出した。親兄弟や友人・知人関係を個別に当たっていき、最終的に一人のホステスに的を絞った。新田とは幼なじみで、過去には恋人関係でもあったホステス・相葉ユカリのアパートを張り込むことに決めたのだ。

張り込みを始めてからの二日、両日ともターゲットのユカリは午後六時に家を出て、明け方頃にタクシーで帰宅した。どうやらこれが、出勤日の行動パターンのようだ。

昨夜は深夜三時過ぎに仕事先のクラブから帰宅し、この時間まで姿を見せていない。おそらくは、まだ夢のなかに違いない。

（だが、被疑者はそろそろ動くはずだ……）

被疑者の経済状況から推察するに、事件当日に大金を所持していたとは思えない。事件発生から五日が経ち、手持ちの金が尽きる頃合いだろう。親兄弟や友人・知人を頼ろうにも、彼らが警察にロックオンされているのは自明の理。頼るならば、いまは関係が切れているが、過去に繋がりのあった相手だ。かつて交際していた恋人などが候補に挙がるが、しかし現実問題として、すでに関係が終わった男に金を貸す女は少ないと思われる。

だが、過去の恋人に「幼なじみ」という要素が加わればどうだ？

被疑者が幼なじみのユカリとコンタクトを取る可能性に賭けたのは、天音自身「子供時代の思い出を共有する繋がりは特別である」という実感があるからだ。もちろん、まったくの空振りに終わる確率も高いが……。

（この賭けが吉と出るか凶と出るか）

明け方に閉じたきり、変化のないドアを暗視スコープで監視しながら、改めてここに至る経緯を脳内で整理していたときだった。

「本浄さん、被疑者です！」

緊張を帯びた苅谷の声に、天音はダッシュボードからぱっと足を下ろす。

「どこだ？」

鋭い目つきでフロントガラスを見据えていた苅谷が、無言で右手前方を指さした。指が示す先に、つば付きの黒いキャップ帽を目深に被り、黒いTシャツに黒のズボンを穿いた男を認める。マスクで顔を隠しているが、背格好の特徴は被疑者と合致していた。

「新田に間違いないか？」

天音のひとりごちるような問いかけに、苅谷が迷いのない声音で「あの歩き方は被疑者で間違いありません」と断定する。

アルファゆえのアビリティなのか、個人の卓越した能力なのかはわからないが、苅谷の記憶力はAI並みだ。監視カメラに映っていた新田の映像を脳内再生し、視界に映る黒ずくめの男の歩き方の特徴と照らし合わせて、同一人物であるという結論を導き出したようだ。

「どうしますか？　確保しますか？」

「まだだ。……まだ動くな」

獲物を前に、狩猟犬よろしく血気に逸る苅谷を低音で諫め、新田の動向を目で追う。右手から人目を避けるように俯き加減に歩いてきて、ついさっき駐車場の前を通過した新田が、十メートルほど進んで角を右折した。新田が辿り始めたゆるやかな上り坂は、ユカリが住むアパートに通じる一本道だ。

「決まりだな。よし、追うぞ」

天音の合図で、それぞれバンのドアを開けて外に出る。同時に走り出したが、リーチの違いもあって苅谷が先行した。その背中に声をかける。

「おまえは外階段から行け」

アパートにはエレベーターがなく、昇降の手段はコンクリートの内階段と、鉄製の外階段に限られることは事前に確認済みだった。

「三階に着いたらそこで待機だ」

「わかりました」

応じるなり、苅谷がさらにピッチを上げる。秒速でスーツの長身が遠くなっていき、天音がアパートに着いたときには、もはや影も形もなかった。すでに建物の右側面にある外階段を上り始めているらしく、かすかにカツンカツンという靴音が聞こえる。

一方、ホシである新田の黒いシルエットは、建物左端に設置された内階段の、二階の踊り場に見て取れた。男を追いかけ、コンクリートの内階段を駆け上がる。三階に辿り着くと、ユカリの部屋の手前に佇む新田に声をかけた。

「新田浩二だな？」

黒ずくめの全身がびくりと震え、ばっとこちらを振り返る。耳に複数のピアスを付け、襟ぐりの伸びたカットソーに黒のスキニーデニムという格好の天音を見ても、とっさには刑事だとわからなかったのだろう。怪訝そうに眉根を寄せる男に、天音はデニムのバックポケットから警察手帳を引き抜いて提示した。

「ダウンタウン東署の者だ。五日前の深夜二時過ぎ、ダウンタウン東地区にあるファミレスの駐車場にて、男性に暴行を加えた容疑で署まで同行を願う」

最後まで聞かずに新田が身を翻し、反対方向に向かって外廊下を走り出す。

「待て！」

制止の声をかけても止まらない。黒ずくめの逃亡犯を追いかけ始めた天音の前方で、いきなりガチャッとドアが開いた。鉄のドアに視界を遮られ、新田が見えなくなる。

「くそっ」

ドアを回り込んで新田を追いかけようとした天音は、玄関から飛び出してきた何者かのタックルを受けた。

「うおっ⁉」

横合いからどんっと強く押されて、足許のバランスを崩す。すっ転んで外廊下の床にしたたか尻を打ちつけた天音の上に、駄目押しで誰かが勢いよく飛び乗ってきた。かなりの重量で腹を圧迫され、ぐえっと喉から呻き声が飛び出す。

「コウちゃん、逃げてえー！」

上に乗っている女が叫んだ。新田の元カノで幼なじみのユカリだ。新田は事前にユカリに連絡を入れて、これから部屋を訪ねると知らせてあったらしい。

「退けっ！」

豊満体形で、ずっしりと重い女を押しのけようとしたが、「いやあ！」と抗われた。公務執行妨害だからといって、無闇に一般市民を突き飛ばして怪我をさせるわけにもいかない。

「離れろ！」

「いやいやーっ」

死に物狂いでしがみついてくるユカリに手を焼いていると、少し離れた場所から「うわあっ」という男の声が聞こえてきた。顔を上げて声の方角を見た天音の視界に、いままさに〝コウちゃん〟が投げ飛ばされるシーンが映り込む。くるりと一回転した黒づくめの男が、ばんっと大きな音を立てて背中から落下して、コンクリートの床に大の字になった。

見事な一本背負投を決めたのは、外階段で三階まで上がり、指示どおりに「そこで待機」していた苅谷だ。自分と新田のやりとりを聞き取った上で、自己流の状況判断で外廊下に飛び出し、被疑者の逃走を阻止したのだろう。

腰から手錠を取り出した苅谷が、仰向けに伸びた新田の片方の手首に手錠を嵌め、もう片方の輪を廊下の鉄柵にガチッと嵌めた。新田の身柄を確保してから、こちらに向かってくる。

「大丈夫ですか？」

心配そうに声をかけられて、「見りゃわかんだろ？　この女を退かせ」と命じた。

「わかりました」

応じた苅谷が、「失礼します」と断ってから、ユカリの両脇に腕を差し込んで、脱力した体を持ち上げる。天音から引き剝がされ、ぺたんと床に座り込んだとたん、ユカリがわっと泣き出した。

「うわあああ……ふぅう……ううっ」

どうやらこれ以上の抵抗は無駄と覚ったようだ。シミが目立つすっぴんをくしゃくしゃにして、涙をぽろぽろと零す。年甲斐もなくフリル満載の安っぽい部屋着に、贅肉がだぶついた腹回り、傷んでパサパサの茶髪、デコラティブなネイルが浮いて見える荒れた手——場末のホステスを絵に描いたようなユカリを複雑な気分で眺めていたら、「本浄さん」と呼ばれた。

顔を上げた先に、ユカリとは残酷なほどに対照的な手があった。キメの整った肌。すらりとまっすぐ伸びた長い指。ぴかぴかの爪は、ささくれ一つなく、爪半月がくっきり見えて、フォルムも完璧だ。人差し指より薬指が長い手の持ち主は、男性ホルモン値が高いというが、さもありなん。

「…………」

茹谷が差し伸べてきた手を思わず観察してしまってから、天音はふいっと横を向いた。すると、身を屈めてきた茹谷が、宥め賺すような声音で囁く。

「大丈夫ですよ。言ったじゃないですか。アレが起こるのは、あなたがヒート中の接触だけだって」

茹谷が言う〝アレ〟とは、肉体の接触をトリガーとして起こる、抗いがたい性衝動を指す。

びりびりと電流が駆け抜けるのを皮切りに、おびただしい発汗と発熱に見舞われ、コントロール不能の情欲に呑み込まれて、とどまることのない欲情の嵐に翻弄される。ピルの効力さえ無効にするほどの強いリビドー。

誰とでもそうなるわけじゃない。過去にアルファと接触する機会もあったが、そんなことは一度も起こらなかった。起こるのは苅谷とだけ。

――もしかしたら俺たちは、〝魂のつがい〟なんじゃないでしょうか。

はじめは、苅谷にそう言われても信じなかった。

運命の糸で結ばれたアルファとオメガのあいだにのみ成立する特別な繋がり――魂のつがいの存在は知識としては知っていたが、都市伝説の類（たぐい）だと思っていたからだ。

よりによってアルファのなかでもトップエリートの苅谷と野良オメガの自分が魂のつがい？

そんなわけがない。あり得ない。

だが、短期間に二度の制御不能の性衝動を体験して、都市伝説ではなかったことを認めざるを得なくなった。

とはいえ、理性が焼き切れるようなドエロいセックスをしたことで恋愛スイッチが入ってしまった苅谷に、『あなたが好きです。アルファもオメガも関係ない。俺が、あなたを好きなんだ』などと直球で口説かれたからといって、「ですね」と受け入れるわけにはいかない。苅谷はカテゴリーなんて関係ないと言い張るが、それは強者の理論だ。

アルファと野良オメガは住む世界が違う。その目に見えている世界も異なる。

――たとえつがいなんだとしても、俺たちは互いに自由だ。俺は誰にも縛られるつもりはないし、おまえを縛るつもりもない。

だから、つがいであることを認める一方で、苅谷に釘を刺すことを忘れなかった。

——一つ言っておく。この先、ボディタッチは一切禁止だ。

——俺としては、これが最大限の譲歩だ。お触り禁止が守れるなら、おまえとバディを組んでやってもいい。

かなり〝上から〟な条件を、茹谷は明らかに渋々とではあったが呑んだ。

ところがしばらくして、『例のびりびりするアレですけど、起こるのは本浄さんがヒート中の接触に限るようです』と進言してきた。

『どういうことだ？』

『実は……上の兄に魂のつがいに出会ったと話したんです。もちろん相手が本浄さんだということは伏せた上でです』

『……上の兄貴っていや、あれだろ？　首藤グループのＣＥＯ。俺でも名前を知ってるぞ』

『ご存じでしたか。長兄の圭騎は見識が広く、アルファ社交界の人脈も広いので、魂のつがいについても俺が知らない情報を持っているんじゃないかと思って打ち明けました。先々のことを考えれば、予備知識は得ておくに越したことはないですから。——兄に状況を説明したところ、それは「共鳴発情」だと』

『「共鳴発情」？』

『魂のつがい同士に起こる特別な現象を、そう呼ぶのだそうです。アルファとオメガは、魂のつがいに出会ったら接触で発情するよう、あらかじめ遺伝子がプログラミングされている。しかし現実的には、つがいと出会わないままに生涯を終える者がほとんどです。理由としては、そもそもアルファとオメガの絶対数が少ないこと。また、アルファはうちの両親のように家柄と血筋にこだわる偏向が強く、アルファ同士で婚姻関係を結ぶケースが圧倒的多数ですから』

『………』

『共鳴発情によって、魂のつがいであるアルファとオメガはピルの効力すらをも無効化する激しい発情モードに入ります。ただし、共鳴発情はオメガのヒートとの相乗効果でいっそうの高まりを帯びる傾向にあり、ヒートと重ならない時期の接触に於いては、互いの存在を認知するためのシグナル——びりっと電流が走るアレですね——を発し合うにとどまるようです。出会い頭に我を忘れて発情すれば、双方共に社会的信用を失うことになるので、現代社会に適応する形でプログラミングが書き換えられたのかもしれません。この法則に則れば、自分たちの場合は、本浄さんのヒートと我々の接触が重なって、いきなりあれだけ激しい共鳴発情が起こった特殊なケースだったということになりますね』

『……ふん』

『それと余談になりますが、魂のつがいのあいだには優秀な子供が生まれるらしいです。これについては過去に統計も取られていて、しっかりとしたエビデンスがあるそうです』

『エビデンスだ？　うさんくせー』

『まあ、アルファのなかには「より優秀な遺伝子」を望む層が少なからずいますから。——内輪話になりますが、うちは男ばかりの三人兄弟なんですが、下の兄は数年前に家を出たきり連絡がつかなくなっており……その上に俺まで刑事になると言い出したのが、両親には大ショックだったようで』

『そりゃそうだろう』

『「首藤家の人間が刑事になるなんてとんでもない！」と猛反対する父と母を、「首藤の家と事業に関しては長男の自分が責任を負うから、煌騎の好きにさせてやってくれ」と説き伏せてくれたのが長兄でした』

「ずいぶん弟想いの兄貴だな」

『ええ……本当に。兄の説得に両親が不承不承折れて、俺は念願の刑事になることができたわけですが、その結果、一族の期待を兄が一身に負うことになってしまった。兄は両親から「一刻も早く身を固めて跡継ぎを作れ」と矢の催促をされるようになりました。そこに親族も参戦してきて「どうせなら魂のつがいとのあいだに子供を作れ」と言い出したんです』

「……兄貴が気の毒になってきたぜ」

『三人いる息子のうち二人が当てにならないので、一番まともな長兄の身を一刻も早く固めさせたい両親の気持ちもわかるし、一族の安泰を願って優秀な世継ぎを望む親族の言い分もわからなくもない。兄も「責任を負う」と明言してしまった以上、身内の要望を無下にもできず……で、それでいま長兄の魂のつがい探しのために、週末ごとに実家でパーティを開いてオメガ女性を招待しているんです』

『花嫁探しのパーティねえ。血筋だの家柄だの、アルファの名家も大変だな。で？　長々くっちゃべっておまえはなにが言いたいんだよ？』

『すみません。話が逸れましたが、俺が言いたいのは、ヒートでなければ共鳴発情の影響は軽微であるということです』

『ハッ。そんな話鵜呑みにできるかよ』

もしもその情報がガセで、仕事中に苅谷に触れたことで共鳴発情が始まったら？

あのときみたいに理性のタガが外れ、獣よろしく発情してしまったら？

魂のつがいに出会ったのなら、相手のために飲むべきだと長兄に諭され、苅谷はアルファ用のピルの服用を始めたそうだが（オメガ用のピルと違って効き目も副作用もライトだが、毎日服用しなければならないらしい）、それだってその効果を無条件に信じるわけにはいかない。

（ピルを飲んでいると安心していて、もしも抑制が効かなかったら……一巻の終わりだ）

オメガであることがばれて、これまで積み上げてきたもの、すべてが水の泡となる。

あの日——本当はもっと生きたかったアマネに代わって、無念の死を遂げた母のためにも、生き延びると誓った。

あの日の誓いを、歯を食いしばって生き抜いてきたこれまでの人生を、こんなことで台無しにしてたまるか。

おのれに活を入れた天音は、目の前に差し出された手を取ることなく、自力で立ち上がった。せっかくの好意を無下にされた苅谷が、行き場を失った手をぎゅっと握り締める。

端整な貌に浮かぶ落胆と失望の色を見て取り、胸の奥にちりっと小さな疼痛が走ったが、天音はあえてその痛みに名前をつけなかった。

（……これでいいんだ）

これまでも誰の手も借りずに生きてきた。この先だって同じだ。

「俺は自分しか信じない。もう一度言っておく。俺に触るな。いいな？」

改めて言葉に出して釘を刺すと、苅谷がかすかに眉根を寄せる。しばらくのあいだ、持って行き場のない感情を持て余すような表情で立ち尽くしていたが、やがて小さくうなずいた。

「……わかりました」

心から納得している顔つきではなかったが、いまはプライベートについて話し合うタイミングではないと頭を切り替えたようだ。

「よし、被疑者を連行するぞ」

「はい。——彼女はどうしますか？」

苅谷が、泣き疲れて放心しているユカリを視線で示す。

「ユカリは新田が自宅に来ることを知っていた。つまり二人は事前に連絡を取り合っていた。そのやりとりはおそらく携帯に残っている。ユカリの携帯は物的証拠になる」

そう答えた天音は、まだコンクリートの床に座り込んだままのユカリの丸い背中をぽんと叩いた。

「素直に携帯を提出して、署での事情聴取に応じれば、公務執行妨害および逃走幇助については大目に見てやる。いつまでも座り込んでないで立て。立って自由を勝ち取れ。窮地から自分を救い出せるのは自分だけだ」


「本浄と苅谷。被疑者の確保と取り調べ、送検、身柄の送致、ご苦労だった」

デスクの前に並んで立つ煌騎と本浄に、刑事課課長の鬼塚が労いの言葉をかけた。

眉間に縦皺がデフォルトの厳つい顔は、部下の労をねぎらう際もにこりともしない。

がっしりとした長身といい、全身から漂う威圧感といい、お世辞にもとっつきやすいとは言い難い上司だが、煌騎は鬼塚に好感を抱いていた。自分がアルファであること、首藤家の人間であることを知ってなお、ほかの部下たちと等しく接してくれる。あれだけ「特別扱いは無用です」と念を押したにもかかわらず、いまだに顔を合わせれば、安っぽいおべんちゃらを使ってくる忖度署長とは大違いだ。

「ここから先は検察の領分だが、被疑者の自供も取れたし、物的証拠も揃っている。まず間違いなく起訴されるだろう。よくやった」

強面の上司からめずらしくお褒めの言葉を頂戴して、背中がうずうずした。アルファ特有のアドバンテージで、子供の頃からそれなりに称賛の声を授かる機会に恵まれてきたが、刑事としての働きを評価されるのは、自分にとってなによりの喜びだ。

晴れがましい気持ちが溢れかけるのを、しかしぐっと堪えた煌騎は、真剣な面持ちで言い返した。

「自分は本浄さんの指示に従っただけですから」

これは謙遜でもなんでもない。あのホステスに狙いを定め、彼女のアパートを張り込むと決めたのは本浄だ。新田を確保したのは自分だが、それだって本浄の指示どおりに行動した結果に過ぎない。

確かに、送検のための証拠集めと分類作業、調書作りなどは自分が主に担当したが（そしてそのあいだ本浄はふらっと姿を消したきりフロアに近寄りもしなかったが）、人間には得手不得手がある。デスクワークは、それが得意な人間がやればいいだけの話だ――。

「おまえたちもバディを組んで二ヶ月か。正直はじめはどうなることかと思ったが、徐々に息が合ってきたな」

「ありがとうございます」

うれしい言葉の連続投下に、思わず口許に笑みが浮かぶ。ちらっとバディを窺った煌騎は、隣に立つ相方のふて腐れたような表情に、上がっていたテンションがひゅんっと下がった。

腕を組んで体を斜めに傾けたダルそうなポーズは、あたかもダウンタウンのストリートギャングのようで、仮にも警察官が上司の前で取る態度ではない。

単純にルックスだけを取り上げれば、傍らに立つ男は、美を司る神の最高傑作と言えよう。アルファとしてアッパーヒルズで生まれ育ち、成長後は意図的にオメガとつき合ってきて、あらゆる美形に免疫がある自分が、見るたびに新鮮な驚きを覚えるほどに本浄は美しい。しかもただ美しいだけでなく、人を惑わす独特の色香がある。二十三年の人生で、妖艶(ようえん)と言い表して違和感のない人間に会ったのは、天音が初めてだ。

青みがかった白磁の肌。一流の絵師が筆ですっと刷(は)いたような眉。アーモンド形の切れ長の目。濡れた黒い瞳。繊細な鼻梁。赤みを帯びた唇。しっとりと艶(つや)やかな黒髪。出会った当初は、前髪で顔の半分が隠れているのを惜しいと思ったが、いまはもうわかっている。

彼が意識的に自分の容姿を隠していること。傍若無人な態度も、拒絶オーラも毒舌も、数々の威(い)嚇行動(かくこうどう)も、すべては本当の自分を隠すための擬態なのだ、と。複数のピアスをはじめとするダーティな服装も、同じ理論に基づく。

「本浄、どうした？　不満そうだな」

二つ並んだ顔の片方が、不機嫌丸出しであることに鬼塚も気がついたらしい。

「これで今月もおまえたちの検挙率はトップだぞ」

「言っとくけど、検挙率トップは別にこいつと組んだからじゃねえから。一人のときからずーっとだからな」

ドスの利いたハスキーな低音でクレームをつけた本浄が、煌騎を横目で睨んで「つか、息とか合ってねえし」と吐き捨てた。

「ちょ……その言い方はないんじゃないですか？」

ついムカッとしてつっかかり、本浄が「あ？　なんか文句あんのか？」と受けて立ったところで、

「二人とも落ち着け」と鬼塚が仲裁に入る。

「本浄、おまえだってずいぶん茢谷には助けられているだろう？」

そこは嘘でも「まあ、それは」と肯定して欲しかったが、空気を読まない男は部下を労うどころか、不愉快そうに「ふん」と鼻を鳴らした。

「話が終わったなら席に戻るぜ」

言い捨てて踵を返す。

「本浄さん！　まだ話の途中ですよ」

呼び止める煌騎の声にも足を止めず、均整の取れた痩身はスタスタと立ち去っていった。虚しく本浄を見送ってから上司に向き直り、「すみません」とバディに代わって彼の無礼を詫びる。鬼塚が苦笑いを浮かべた。

「おまえも大変だな」

「……いえ、バディですから連帯責任です。では俺も失礼します」

鬼塚に目礼して振り返ると、当の本浄はすでに自分の席に戻っていた。事務椅子にふんぞり返って足を高く組み、背凭れをギイギイ鳴らしている。

殺人、恐喝、強盗、誘拐、銃器や薬物に関わる凶悪犯罪を担当する刑事課は二十名の課員を擁した三つのチームに分かれている。煌騎と本浄が所属する一係が凶行犯罪担当、二係が盗犯罪担当、三係が組織犯罪担当だ。ほかに三名の鑑識員がいる。

刑事課のフロアには、事務机八席で作られた縦長の島が、等間隔で三列並んでいるが、現在はそのほとんどが空席だ。犯罪多発エリアを統括する警察署の宿命として、常に事件に追われている課員たちは、外回りに出ていることが多いからだ。

自分と本浄は、昼過ぎに担当していた事件の送検と送致を終えたばかりなので、突発の事件が起こらない限りは、今日および明日はフリー。束の間の休息は、三日間の過酷な張り込みを乗り越えたことに対する褒美と言ってもいい。

〝事件に片がつきましたし、今夜食事でもいかがですか?〟

バディの形のいい後頭部を見つめて、心のなかで誘い文句をつぶやく。

だがすぐに、「は？　なんで俺がおまえとメシ行かなきゃなんねえの？」「ねーよ」「ノーサンキュー」などなど、胸にグサグサくる拒絶の言葉が立て続けに浮かび、眉をひそめて心臓を手で押さえた。妄想ではなく、実際にこの二ヶ月で本浄から投げ返された台詞だ。

食事の誘いを躊躇うことなど、これまでの自分なら考えられなかった。だが、十数回のアプローチをことごとく塩対応で撥ね返されれば、さすがにさらなるアタックに躊躇いが生じる。

先程鬼塚が言っていたとおり、自分たちはバディとして徐々に息が合ってきたように思う。検挙数という結果が出ているのがその証拠だ。

先日も、一番年の近い先輩で課内唯一の女性刑事であり、すぐ後ろの席の瀬尾が、事務椅子を滑らせて近づいてきたかと思うと、『検挙数、すごいじゃん!』と興奮気味に囁いてきた。

『知ってる?　署のみんなが苅谷くんのこと〝猛獣使い〟って呼んでるの』

本浄を「誰にも懐かないし、誰にも手なづけられない野生の猛獣」と評したのは、一係チーフの黒木だった。

比類なき美しさを持つ、とびきり野蛮で獰猛な野獣――本浄天音を、課員たちはその存在を強く意識しながらも、取扱注意物件として遠巻きにしている。

『または〝山猫の首に鈴をつけた勇者〟。ねえねえ勇者くん、あの本浄さんをどうやってコントロールしているの?』

瀬尾に真顔で訊かれて答えに窮した。

手なづけてなどいないし、まるでコントロールもできていないからだ。

(それどころか、自分自身ですら制御できていない……)

二ヶ月前の、屋上での初対面はいま思い出しても最悪だった。

業務時間中に屋上で寝ていた本浄に、いきなり「うるせえ！」と怒鳴りつけられ、吸っていた煙草の煙を顔に吹きかけられた上に、「お坊ちゃん」呼ばわりされ、「おまえなんか三日ももたない」と、長年の夢にかける想いをせせら笑われた。

沸点が異様に低く、刑事なのに公序良俗の観念が著しく欠如した男が、自分のバディだとわかったときは、なんの罰かと運命の神を恨みもした。

しかし仮のバディとして、花街の男娼の不審死の真相を共に追う過程で、傍若無人なトラブルメーカーだと思い込んでいた本浄の意外な一面を知った。鬼塚が彼を「刑事課のエース」と、最大限に評価していたのは間違いではなかった。

チンピラ風の見かけを裏切り、相手によってきちんと敬語を使い分けることができるし、駆け引きだってお手の物。捜査勘がよく、鋭い観察眼を持っている。真相解明のためならば労を惜しまずに働き、ディープエリアにも果敢に乗り込んでいく。

本浄を駆り立てている原動力は、自身の功名心でも報酬でもない。

すべては、不遇の死を遂げた、名も無き死者の魂を救済するためだ。

本浄に対する評価が変わっていくなかで、意図せぬ接触によって引き起こされた「共鳴発情」。抗い難い性衝動によってバディと体を繋げた煌騎は、彼が抱える大きな秘密を知ることとなった。

本浄自身が、社会的弱者の野良オメガであること。

九歳で亡くなった幼なじみの国民番号を自分のものとし、ベータと偽って生きていること。

虚勢を張って強がっているけれど、本当の彼は心の奥深くに脆さを隠し持っている。オメガでありながら、過酷な環境で細い体を張り、社会的弱者のために闘っている。

そんな彼が、自分の魂のつがいだった。

この出会いに運命を感じない人間がいるだろうか。

魂のつがいを守りたいという思いが、この人を自分だけのものにしたいという独占欲へと移行するのに、さほど時間はかからなかった。

目の前で、オメガフェロモンを放出した本浄が警備員を誘惑するのを見て、脳の血管がぶち切れかかった。あれほどの激情に駆られたのは、生まれて初めてだった。

――やめろ！　触るなっ！　その人は俺の……っ。

俺のものだ！

無意識に発した心の声で、おのれの本心に気がついた。恋情を自覚してしまったら、もはや気持ちを抑えつけることはできず、本浄に「あなたが好きです」と告白した。

――アルファもオメガも関係ない。俺が、あなたを好きなんだ。

――たとえつがいなんだとしても、俺たちは互いに自由だ。俺は誰にも縛られるつもりはないし、おまえを縛るつもりもない。

――俺はフラれたということですか。

人生初の失恋に地の底まで落ち込んだが、直後に彼の本当の名前を教えてもらうことができて、現金にも舞い上がった。

——この名前を知ってるの、俺だけですよね？

——おまえはバディだからな。

この世で自分だけが、本浄の本当の名前を知っているという特別感。それは自分のなかで希望に繋がった。いますぐには無理でも、この先バディとして一緒の時間を過ごすうちに、いつかきっと想いを受け入れてもらえる。心と体が伴った本物の魂のつがいになれる。そう思っていたが……。

(甘かった)

名前を教えてもらえたあの日を境に、確かに仕事上のバディとしては受け入れてもらえるようになった。だがプライベートでは一線を引かれている。

際限なく求め合い、幾度となく繋がり合った——濃密な時間が幻だったかのように、本浄はつれない。

食事の誘いをことごとくスルーされ、彼の部屋にも、あの日以降一度も入れてもらえていなかった。

距離が縮まるどころか、むしろ日を追って遠ざかっている気さえする。

本浄は自分との肉体的接触を徹底的に忌避している。自分が少しでも近づくと、露骨に顔をしかめ、全身の毛を逆立ててフーシャー威嚇する山猫よろしく警戒心を剝き出しにする。

——俺は自分しか信じない。もう一度言っておく。俺に触るな。いいな？

一昨日の昼、新田を確保した際にも釘を刺された。

自分たちのあいだに共鳴発情が起こるのは、本浄がヒートの一週間だけ。自分はアルファ用のピルも飲み始めた。だから、ヒートじゃない三週間は安心して背中を預けて欲しい。そう、どんなに言葉を尽くして説明しても信じてもらえず、差し伸べた手を拒絶される。

もちろん、本浄がナーバスになる理由もわかっている。

野良オメガであることが公になったら、刑事ではいられなくなる。それどころか逮捕されて、刑に服すことになるかもしれない。そのリスクを思えば、彼が必要以上に慎重になるのもわかる。

でも、自分は味方だ。本浄の秘密を知る、唯一の味方だ。

魂のつがいであり、仕事上のバディであり、唯一の味方でもある自分を拒む——彼の頑なさが苛立たしくももどかしい。

だからといって諦められない。

奇跡的に出会えた、魂のつがいを諦めることなんかできない。

（それだけはぜったいにできない）

胸のなかで強く言い切り、つれないバディの後ろ姿を切ない眼差しで見つめていると、スーツの内ポケットの携帯が震え出した。取り出した携帯のホーム画面に、【美月】という発信者の名前を認めた煌騎は、つと眉根を寄せる。

安藤美月は、警察学校に入るまで恋人関係にあった、いわゆる元カノだ。歴代の彼女のなかでは一番新しい元カノになる。職業は女優で、年齢は二歳年上の二十五歳。

数年前に主演した恋愛ドラマでブレイクし、その後も順調にスターダムを駆け上がって、現在では若手女優ナンバーワンの呼び声も高い売れっ子だ。女優という職業にとって容姿が重要なファクターであるのは必然だが、美月も例に漏れずオメガだ。

しかしオメガだからといって、誰もが成功するわけではない。トップに立てるのはほんの一握りの選ばれし者であるのは、どこの業界も同じだ。美月は恵まれたルックスのみならず、確かな演技力と万人に愛される魅力、さらには運も兼ね備えていたということだろう。

実際、わがままなところはあったが、それも魅力に変えることができる、甘え上手でチャーミングな女性だった。

旬な若手女優と数々の浮名を流してきた首藤家三男の恋は、ほどなくマスコミに嗅ぎつけられ、デート写真の隠し撮り（首藤家三男は一応一般人なので、目消しが入っていた）スクープは世間の大きな関心を呼んだ。以降、煌騎は味を占めたパパラッチに追い回されることになり、「結婚秒読み」だの「ついに婚約」だの、事情通やら関係者やらの談話で構成されたフェイクニュースが、あたかも真実であるかのように世間の口の端に上った。

その手の空騒ぎに嫌気が差していたところに、夢の実現を前にして恋愛沙汰にうつつを抜かしている場合ではないという焦りが重なって、警察学校の寮に入る少し前に煌騎のほうから別れを切り出した。美月はフラれるのが人生初だったらしく、「私と別れるとか正気？　信じられない！」とキレた。「いやよ！　別れるなんてぜったいいや！」とかなり抵抗されたが、そこは根気強く説得を続け、最終的にはなんとか受け入れてもらった。

運命の人と出会ったいまにして思えば、あんなふうに自分から別れを告げることができた美月との恋愛は、本当の恋ではなかったのかもしれない。

しかし美月のほうはその後も胸に燻（くすぶ）るものがあるようで、時折ふと思い出したみたいに、気まぐれに連絡を寄越した。相変わらず自分ペースで、相手側の事情を考慮せずに、深夜や明け方に電話をかけてくる。しかも内容はどうでもいい業界の噂話や仕事の愚痴だ。

着信拒否も考えたが、実行に至る前に連絡がふつりと途絶え、この二ヶ月はまったく音沙汰がなかった。最後にかけてきたのがD東署に着任した日で、あのときの冷たい対応を怒っているのか、もしくは新しい恋が始まってつれない元カレを記憶から消去したか。

いずれにせよ、これでフェードアウトだろうと内心ほっとしていたのだ。

これをきっかけに、またこちらの都合などお構いなしの電話攻勢が始まるのは困る。例によってどうでもいい用件なら、もうかけてこないでくれとはっきり言おう。それがお互いのためだ。

そんなふうに考えながら、震え続けている携帯を手に刑事課のフロアを出た。人気（ひとけ）のない廊下の端で通話ボタンをタップし、耳に当てる。

「もしもし、美月？」

『煌騎!?　あー……やっと摑まった』

「仕事中には連絡するなと言ってあっただろう？」

『わかってるけど、メッセージ送ってもスルーで既読つかないじゃない』

不服そうに言い返され、そういえばここしばらくは張り込みと送検の準備でバタバタしていて、メッセージアプリもろくにチェックしていなかったことに気がついた。その間に何度か連絡をもらっていたらしい。

「ここ数日は仕事が立て込んでいたんだ。それで、なんの用だ？」

あえて冷たく促すと、これまでに聞いたことがないような低めの声が返ってきた。

『ねえ……亜矢のこと覚えてる？　何度か一緒にゴハンしたよね？』

その名を聞いて、条件反射のように若い女性の顔が脳裏に浮かぶ。確かに三人で何度か食事をしたが、最後に会ったのは、美月とつき合っていた頃になるから一年近く前だ。亜矢もやはりオメガで、まだ二十歳と若かったが、二人は本当の姉妹のように仲がよかった。

「同じプロダクションの後輩だろ？」

亜矢自身は女優としては駆け出しで、ドラマの端役出演が数回程度のキャリアだった。グラビアが主戦場だったようだが、目標はあくまで女優ということで「いつか美月先輩みたいに、キャストの一番はじめに名前がクレジットされるようになるのが夢です。だからいまはとにかく、プロデューサーさんや演出担当の人に顔を覚えてもらうために、オーディションを受けまくってるんです」と大きな目をキラキラ輝かせて語っていた。

一途でポジティブな子という印象が残っている。

「彼女がどうしたんだ？」

『死んだの』

「死んだ⁉」

思わず大きな声を出してしまい、首を捻って周囲に人がいないのを確認した。誰もいないのを確かめてから、「いつ？　死因は？」と尋ねる。

『十日前。睡眠薬を服用中に入浴して溺死。警察の調べでは自殺ってことになってる』

「〝なってる〟？」

『私はそうは思わない。あの子が自殺するはずないもの』

「そう言い切る根拠は？」

『だってあの子……おなかに……子供がいた……』

嗚咽を堪えるような、途切れ途切れの告白に息を呑んだ。

「妊娠していたのか……。子供の父親は？」

『それがわからないの』

美月の説明によれば、亜矢は半年前にレイプドラッグで暴行されたという。

『レイプドラッグ……』

レイプドラッグとは、女性のグラスに密かに睡眠薬などを混入させ、意識不明になったところを暴行する、卑劣極まりない手口だ。成功に味を占めて繰り返す、常習犯が多いとも言われている。

半年前のその日、飲み会の席に呼ばれた亜矢は、初対面の男たち三名と一緒に酒を呑んでいたが、途中からぷつりと意識が途切れた。次に意識が戻ったときにはすでに夜が明けていて、ホテルのベッドに一人で寝かされており、暴行された痕跡があった。

すぐにアフターピルを飲んだが、不運にも効かなかったようだ。数ヶ月後に妊娠が発覚。当時、恋人はおらず、その暴行以外に妊娠の心当たりはなかった。

亜矢は自力で父親探しを始めたが、飲み会に参加していた三名を特定することはできなかった。

『あの子、私には心配かけたくないって、レイプドラッグのことも妊娠のことも黙ってて。でもそのうちに体調を崩して……いま思えばつわりだったんだけど……それでグラビアの仕事もできなくなって、だんだん精神的に不安定になってきちゃって……。心配だったけど、心療内科には行きたくないって言い張るから無理強いもできなかった。そのあと私、ドラマの撮影と舞台が重なってめちゃくちゃ忙しくなってメッセージでしかやりとりしてなくて……数ヶ月ぶりに会った亜矢のおなかが見てわかるくらいに膨らんでて……びっくりして問い詰めたら……やっと全部話したの』

経緯を説明する声が、啜(すす)り泣(な)きでところどころ途切れる。

「その……亜矢は……子供を堕ろすという選択は考えなかったんだろうか」

しばらく躊躇(ちゅうちょ)したのちに、思い切って口にした。

望んだ妊娠ではない。誰の子供かもわからない。

子供が生まれたら、主演女優になる夢だって絶たれるかもしれない。

もし自分が亜矢だったら――彼女と同じ状態になって、刑事になる夢を諦めなくてはならなくなったら、どうしただろうと考えてしまう。

『……それも考えたみたい。でも、いざ病院の前まで行ったら足が竦んで動けなくなった。授かった命をみずから奪う決断がどうしてもできなかったって……言っていた』

「……そうか」

『望んでできた子供じゃなかったけど、亜矢は赤ちゃんを産もうとしていた。その亜矢が、我が子をみちづれに死ぬわけないよ。――ねえ、お願い。本当のことを調べて』

美月の懇願に、煌騎は即答することができなかった。

所轄の警察署には縄張りがあり、担当エリア外で起きた事件に手を出してはならないというルールがある。それをやってしまったらテリトリー侵害だ。

しかも亜矢はすでに自殺で処理されてしまっている。終わった事件を掘り起こせば、担当所轄の面子を潰すことになり、所轄同士のいざこざに発展する可能性はさらに大きくなる。

そうなったら、自分個人の問題では済まない。

「…………」

携帯を持つ手に無意識にぎゅっと力を入れて葛藤していると、

『あなた刑事でしょ⁉』

リアクションがないことに苛立ったらしい美月が尖った声を出した。

『あなたが刑事になるために、私はあなたと別れた。あなたが好きだったし、別れたくなかったけど、「どうしても刑事になりたいんだ」って言ったあなたの、あんなに真剣な表情を初めて見たから……諦めるしかなかった。私、すっごく泣いたんだから……。映画の撮影中だったから、泣き腫らした目をメイクで誤魔化すのも大変で』

「美月……」

意外な告白に驚く。自分の前では最後まで涙を見せなかったし、どちらかというと初めてフラれたことに女優のプライドが傷ついて、引き摺っているのかと思っていた。

美月にとっては本気の恋であったことを知って胸が痛んだが、だからといってどうすることもできない。自分の心のなかにはもう魂のつがいがいる。

「……すまない」

『謝らないで！』

美月がキレ気味に叫んだ。

『今更そんな言葉が欲しいんじゃない。そうじゃなくて、刑事として償って欲しいの。このままじゃ亜矢がかわいそうで……私……っ』

ふたたび声を詰まらせる美月に、煌騎は「……わかった」と告げた。

そうすることで、償いになるのかどうかはわからない。亡くなった亜矢が報われる結果になるのかどうかもわからない。

それでも、保身のために美月の涙の訴えを聞かなかったことにするのなら、両親の反対を押し切り、兄に迷惑をかけてまで刑事になった意味がない。

結果的に亜矢の死が所轄の見立てどおりに自殺であったとしても、レイプドラッグの犯人を捕まえることができれば、次の犠牲者を出さずに済む。それが彼女にとっても供養になるはずだ。

「担当エリア外だから正式な捜査はできないが、個人的に探ってみる」

Resonance 2

屋上へと続く階段を二段飛ばしで上っていた天音は、踊り場に辿り着いたタイミングで、急激なのぼせを感じた。

(始まった)

そう思った刹那、全身がカーッと熱を孕んで毛穴からぶわっと汗が噴き出す。ドクドクとうるさい心臓の共鳴を鼓膜に感じつつ、階段に腰を下ろした。下の自販機で買ってきたミネラルウォーターのボトルを横に置き、ボトムのバックポケットからＰＴＰ包装を取り出す。すでに手がジリジリと痺れ始めていて、ボトルのキャップを開けるのに手こずった。焦燥を抑え込んでどうにか蓋を捻って開け、震える指でＰＴＰシートから錠剤を一つ押し出す。口のなかに放り込んだ錠剤を、ミネラルウォーターで喉の奥に流し込み、さらにごくごくと水を飲んだ。

「……ふー……」

口から零れた水を手の甲で拭い取り、自分に言い聞かせる。

(これでもう大丈夫だ)

抑制剤を飲んだからといってすぐに効くわけではないが、精神的にはだいぶ楽になった。実際に十分ほどで効き始めるとわかっているからだ。とはいえ、まだ鼓動が速い。

「予定より早く来やがった。くそ……毎度毎度……心臓に悪いぜ」

初めての発情期（ヒート）を迎えたときから、もう百回以上は体験しているのに、いまだにこの〝始まり〟の瞬間に慣れることができない。

唐突に体がなにものかに乗っ取られる感じ。

自分が自分でなくなってしまうような違和感。

自身では制御できない異変——発汗、火照り、口の渇き、におい……。

それでも自分がラッキーだったのは、周期が安定しており、予定日にほぼ誤差がない体質だったことだ。ヒートはきっちり一週間だし、三週間の間を置いて、次のヒートもカレンダーどおりに来る。

体質によっては、ヒート期間が三日とか十日とかまちまちであったり、二ヶ月に一度しか来ないときもあれば月に二回来るときもあるなど、周期が不順なオメガもいるようだ。

もし自分がそういう体質であったなら、今日まで刑事であり続けることは不可能だった。

予防策として事前にピルを飲んでおくこともできなくはないが、自分の場合はヒートじゃない通常時に飲むと、副作用の頭痛がひどいのだ。はじめの頃に試してみたが、あまりの痛みで身動きが取れなくなり、一日寝込んでしまった。あれでは仕事どころじゃない。外回りが多い刑事としては使い物にならない。

（それくらい劇薬ってことだよな）

専門家ではないので、どうしてピルによってヒートの発作が抑制されるのか、その仕組みはわからない。だが、自然の摂理を曲げて、無理矢理〝ない〟ことにするのだから、劇薬であるのは確かだろう。オメガが比較的短命なのも、もしかしたらピルの常用を義務づけられていることと無関係ではないのかもしれない。政府は都合の悪い事実には蓋をして公にしないが。

ともあれ、もともと誤差がなかったことに加えて、年々経験値が上がり、最近では「そろそろ始まる」のがわかるようになってきた。これは理屈ではなく、感覚としか言いようがない。

予定日の今日も、夕方の五時を過ぎた頃に「そろそろ」な気がしたので、刑事課のフロアを抜け出して屋上へ向かった。

同僚たちがいる場所で始まってしまうと、すぐにピルを飲んでも、効くまでの十分くらいは微量のフェロモンが漏れ出てしまう。彼らはベータなので、アルファほどオメガフェロモンに敏感ではないが、それでも異変は感じるはずだ。〝におい〟の元が自分であると感づかれるリスクを避けるためには、始まる前に人のいない場所へ移動する必要があった。D東署の署員は忙しいので、昼休み以外の時間帯に屋上に上がってくる者はいない。だから署内で始まりそうな場合は、あらかじめ人気（ひとけ）のない屋上の塔屋に避難しておくことが多かった。

（あのときもそうだった……）

あの日も予定日で、朝いちで始まりそうな気がして、屋上の塔屋に上り、ピルを飲んで寝転がった。効いてくるのを待つあいだ、ストレス解消に煙草に火を点ける。そのタイミングで、ドアがギィーと軋む音が聞こえてきた。ドクンッと心臓が不穏な鼓動を刻む。

こんな時間に誰だ？

予定外の展開にフリーズしていると、ピリリリリッと呼び出し音が鳴り始めた。

――……もしもし、美月？

電話に出たのは若い男だった。聞き覚えのない声。低いのによく通る声の持ち主だ。

――なに？　……特に用があるわけじゃないなら今度にしてくれないか。いまは仕事中だから……切るよ。

やけに素っ気ない物言いに、逆に親密さが滲み出ている。関係が遠かったら、こんなに冷たい言い方はできないはずだ。恋人か。別れたのにしつこく連絡を寄越す元カノあたりか？

意図せず聞き耳を立ててしまう結果となり、刑事の習性でつらつらとそんな余計なことを考えているうちに、忙しなかった動悸が収まってきた。汗もすーっと引いていく。

効いてきた。もう大丈夫だ。

ほっとしたところで、再度ピリリリリッと呼び出し音が鳴り始める。よし、このタイミングで邪魔者を追い払おう。そう考えてむくりと起き上がる。呼び出し音の発信源に向かって「うるせえ！」と怒鳴りつけた。演技半分、ビビらせやがってという八つ当たり半分だ。

――ピリピリピリピリ、うるせーよ！　人が気持ちよく寝てるとこ起こしやがって。

自分以外に人がいるとは思っていなかったのだろう。虚を衝かれたような面持ちで、若い男が立ち尽くしている。やはり見たことのない男だ。

知らない男ではあったが、一目で特別な人間なのはわかった。

男として非の打ち所のないルックスと、均整の取れた九頭身。エネルギーとやる気に満ちた瑞々しい肉体を包み込む衣類が、また一目で上質なものだとわかる。

黄金色のセレブオーラを放つ美男が、場末の警察署の屋上に立っている図は、場違い感がハンパなかった。その違和感の答えを、のちに身を以て知ることになったが……。

――誰だ、おまえ。

誰何には答えず、男がしなやかな動きで歩み寄ってきた。怒鳴られても怯むことなく、塔屋の自分を見上げて堂々と名乗る。

――本日付でダウンタウン東署に配属になりました、苅谷煌騎です。

「…………」

二ヶ月前のことなのに、いまでも一語一句を違えずに脳内再生できる。あのときの苅谷の恐れを知らないまっすぐな眼差しも、凛とした立ち姿も、艶のある低音も、網膜と記憶にはっきり焼きついている。

(ま、結局、ちょいと脅しをかけて追い払うつもりが、思いのほかあいつが頑固で退かねーから、こっちが立ち去る羽目になったけどな)

唇をふっと自嘲気味に歪め、天音はボトムのバックポケットに片手を突っ込んだ。煙草のパッケージを取り出し、顎の前で揺すり上げ、飛び出してきた一本を唇でキャッチする。愛用のオイルライターで火を点けて、煙を肺の一番奥まで吸い込んだ。

屋上に行き着く前に踊り場で始まってしまったが、ちょうど追っていた事件の片がついたタイミングだったのはよかった。

これが張り込みの最中だったら、だいぶ面倒なことになっていただろう。なにしろ、狭いバンで一緒に張り込んでいる相方がアルファの苅谷だ。

ただでさえアルファはオメガフェロモンに敏感であるところに持ってきて、苅谷は自分の魂のつがいだ。おそらく、ほんの微量のフェロモンにも反応して欲情するに違いない。苅谷がサカッたら自分も引っ張られる。その結果どうなるかは、すでに二度体験済みだ。被疑者そっちのけでカーセックスなんて醜態を晒した日には、完全に詰む。

「……だからバディなんざ持ちたくなかったんだよ……」

苅谷と組むことで、余計な不安材料を抱えるようになった。自分がオメガであることを、いやでも認識せざるを得なくなった。

いつか命取りになるかもしれないリスクを抱えてまで、苅谷とのバディ関係を継続するべきか、否か。

この二ヶ月間、折に触れて考えてきたが、まだ答えは出ない。

「……ふー……」

紫煙と一緒にため息を吐き出し、吸いさしを指に挟んだ手で顔に触れた。汗はすっかり引いて、体温も通常に戻っている。どうやら収まったようだ。ピルの効き目を確認してから、ミネラルウォーターのボトルを小脇に挟んで立ち上がる。

「さて、戻るか」

途中まで灰になった吸いさしを落とし、スニーカーの底で踏み消した天音は、そのまま階段を下りようとして、足を止めた。横目でちらっと、潰れた吸い殻を見やる。

『煙草は百害あって一利なしですが、どうしても吸いたい場合は喫煙所で。非喫煙者を副流煙被害から遠ざけるのは、喫煙者の最低限のマナーです。それと、自分で吸った煙草の後始末には責任を持ってください。ポイ捨てはもってのほかです』

脳内でリフレインする口うるさい男の声に眉根を寄せつつ、ボトムの前ポケットに手を突っ込んで、携帯灰皿を取り出した。何度言ってもマナーが身につかない天音に業を煮やしたらしく、一ヶ月ほど前に刈谷に無理矢理押しつけられたものだ。

くるりと反転して吸い殻を拾い上げ、携帯灰皿のなかにぽとりと落とす。蓋を閉めた携帯灰皿をポケットに戻しながら、ちっと舌を鳴らした。

「……なに飼い慣らされてんだ」

自分への苛立ちに顔をしかめてひとりごちると、天音は階段を下り始めた。

天音が所属する刑事課は、地下二階、地上五階建ての署屋の二階にある。

屋上の手前の踊り場から、二階の刑事課フロアまで引き返した天音は、自分のデスクに戻ろうとして、隣の席の苅谷に目を留めた。ノートパソコンに向かうまっすぐな背中から、集中しているのがビシビシ伝わってくる。

そういえば、二十分ほど前に自分が席を立ったときも、やたらと気難しい顔でディスプレイ画面を睨みつけ、鬼スピードでキーボードを叩いていた。

（あいつ、なにやってんだ？）

今日の昼過ぎに被疑者の身柄送致と送検が済んだばかりで、リミットが迫っているような喫緊の仕事はない。たとえほかの課員にサポートを頼まれたのだとしても、ハイスペックなアルファ様なら片手で楽々こなせるはずだ。

いつになく全力投球モードの苅谷に違和感を覚えた天音は、その背後に忍び寄り、肩越しにノートパソコンの画面を覗き込んだ。複数のウィンドウが立ち上がっている。どうやらインターネットで調べ物をしているようだ。

なにを調べているのかを確かめようと、さらに身を乗り出した瞬間、気配を察したらしい苅谷の肩がぴくっと揺れた。ばっと振り返り、背後に立つ天音を認めるやいなや、手許のノートパソコンの画面をばんっと閉じる。

相方の不自然なリアクションに、天音は片眉を上げた。

「なんで閉じた？」

気まずい表情の茢谷が、すっと目を逸らす。

「……特に意味はありません」

「意味なくねえだろ。エロサイトでも漁ってたのか？」

「就業中にそんなものを観るわけがないじゃないですか。というかオフでも観ません」

挑発にまんまと乗って視線を戻し、睨みつけてきた。

「そうか。じゃあ、隠す必要ないよな」

言うなり天音が机の上に手を伸ばすと、茢谷はノートパソコンを攫うように掴んで立ち上がる。

「これは俺の私物です。勝手に触らないでください」

ノートパソコンを背中に回して数歩後ずさり、険しい声と顔つきで牽制してきた。ガードの堅い男に、天音はじわりと目を細める。

(そんなんで逃げ切れると思ってんのか？　てか、俺を誰だと思ってんだ？　刑事舐めんな)

隠されれば隠されるほど、暴きたくなるのが刑事のサガというものだ。

「そーかよ。……ま、いい」

肩をすくめて低くひとりごち、自分の椅子に腰を下ろす。背凭（せもた）れに体重を預け、事務椅子のスプリングをギイギイ軋ませながら、まだ警戒を緩めない男に「なあ」と話しかけた。

「今日このあと、メシに行かないか？」

天音からのアプローチに、茢谷がじわじわと瞠目（どうもく）する。

「メシ……ですか？」

生まれて初めてその単語を耳にしたとでも言いたげな、虚を衝かれた面持ちで聞き返してきた。

「そ、夕飯。事件も片がついたし、軽く打ち上げってことで。どうだ？」

視線の先の端整な貌（かお）に、様々な感情が浮かんでは消えていくのを、じっくりと観察する。

はじめに浮かんだのは、純粋な驚き。これまで茢谷からのメシの誘いを百パー断ってきたから、驚くのも当然だろう。

衝撃が過ぎると、次第に実感が湧いてきたのか、青灰色の瞳が歓喜に輝く。眩しいほどのアルファオーラ全開の、歓喜を噛み締めるような表情は、だがそう長くは続かなかった。

夏の夕立の前兆のごとく、青く晴れ渡っていた瞳が急激に陰りを帯び、明るかった表情もみるみる曇っていく。

「……せっかくのお誘いなのにすみません」

双眸（そうぼう）に憂いを宿して力なく謝罪する——こんなにテンションの低い茢谷を見るのは初めてだ。

「今日は用事があって……」

「そうか。じゃあ、明日はどうだ？」

食い下がる天音に苅谷が息を呑み、ぎゅっと唇の端を引き結ぶ。眉間に苦悩の縦筋を刻んで、苦しそうに答えた。

「明日も確約はできません」

「……ふーん」

腹筋を使って後ろに倒していた体を起こし、天音は腕を組んだ。

「メシのあとは俺の部屋で一杯やろうと思ってたんだが……用があるんじゃ仕方ないな」

苅谷が俯き加減だった顔を振り上げる。

「本浄(ほんじょう)さんの部屋に？　本当ですか⁉」

「嘘ついてどうすんだよ。……そういやおまえが俺の部屋に来るのは、アレ以来か」

あえて声を潜め、意味ありげな物言いをする天音に、苅谷がこくっと喉を鳴らした。〝アレ〟というのが二度目の共鳴発情を指すことを瞬時に察知した男の目が、脊髄反射(せきずいはんしゃ)よろしく濡れて艶(なま)めく。

（エロい顔で思い出してんじゃねーよ）

無意識にフェロモンを垂れ流す男に胸のなかで毒づいていると、苅谷がすごい勢いで距離を詰めて来た。

「明後日はどうでしょうか。その頃にはたぶん片がついている気がす……」

「なんの片だ？」

すかさず突っ込む。

「新田の事件じゃねえよな。あれは今日の昼に片がついたばかりだ。おまえは一人でなにを抱え込んでいる？」

「それは……」

言い淀む苅谷の顔に、懊悩が透けて見えた。

「事によっちゃ力になれるかもしれない。話してみろよ」

「………」

誘導に屈せず、苅谷が押し黙る。

(案外粘るな)

腕組みを解いて前屈みになった天音は、目の前の男を上目遣いに見た。

「バディの俺にも言えないことなのか？」

苅谷がきゅっと唇を噛む。

「なるほどな」

天音はゆっくりと首を左右に振った。

「おまえとバディを組んで二ヶ月。いくつかの事件を経て少しずつ、俺的には信頼関係が築かれている実感があったんだが」

「本浄さん……」

「残念ながら、おまえのほうは違ったってわけだ」

寂しげな表情でつぶやき、くるりと背中を向ける。とたん、苅谷が「本浄さん！」と呼んだ。

（よし来た）

後ろ向きでにんまりと口角を上げた天音は、直後にすっと真顔になって椅子を回転させた。

ふたたび向き合った苅谷に、白々しく「なんだ？」と水を向ける。

「あの……」

最後の抵抗というやつか、無駄に数秒葛藤したのちに、苅谷が腹をくくった顔つきで口を開いた。

「本浄さんに相談したい件があるんです。話を聞いてもらってもいいですか？」


「で？　安藤（あんどう）美月とはどこで会うんだ？」

助手席の天音の問いかけに、ステアリングを握る刈谷が「彼女のマンションです」と答える。

「彼女は顔を知られていますし、話の内容が内容ですから」

「まあ、トップ女優様にダウンタウンの小汚い居酒屋にお越しいただくわけにもいかねえしな」

皮肉めいた口調には黙ってうなずくだけにとどめ、苅谷は車をD東署地下二階の駐車場から出した。ちなみに、駐車場に並んでいる車の八割はパトカーと覆面車だ。残りの二割のスペースが、お偉いさんと来客に割り当てられている。そんな限られた枠内で、新人の苅谷が駐車スペースを与えられ、車通勤を許されているのは、明らかなる特別扱いだ。

だが本人はそこに疑問を抱いていないらしい。アルファの名家に生まれ、ごくごく当たり前に特別扱いを受けてきたせいだろう。苅谷はアルファにしては空気を読むほうだし、他人に対する気遣いもきちんとできる。だからこそベータばかりの署内でも（セレブ丸出しの服装は別として）さほど浮かずにそこそこうまくやっているが、その苅谷をしても、完全には特権階級思考をリセットできないのだ。

（ま、こいつがアシになってくれるのは楽でいいけどな）

苅谷の車はシルバーボディのツーシーターで、エクステリアは最高級の本革仕様。乗り心地は最高だし、小回りも利く。しかもオーナーの苅谷は運転がプロ並みに上手い。

運転手付きの高級車をアシにできる特権をみずから失うばかはいない——というわけで、あえてその点は指摘してこなかった。

地下から屋外に出てほどなく、車窓を流れ始めたダウンタウンの町並みを横目に、先程あの手この手で聞き出したばかりの話を反芻する。

半年前、オメガの駆け出し女優・亜矢がレイプドラッグの犠牲になった。犯行当時の意識がなかったため、暴行した相手が誰であったかは不明（飲み会に参加していた三名のうちの誰か一人なのか、三名全員が関わっていたのかも不明）。

その後、不運にもアフターピルが効かずに妊娠が発覚。自力で父親を捜そうとしたが、突き止めることはできなかった。

やがて亜矢は体調不良から仕事のキャンセルを余儀なくされ、メンタルを病む。

最終的に、睡眠薬を服用後に入浴して溺死。

担当所轄（たんとうしょかつ）による捜査の結果、彼女の死は自殺として処理された――。

仕事柄、気が滅入るような事件を見聞きするし、実際に担当もするが、なかでもこれはかなりの胸クソ案件だ。

苅谷の調べによると、亜矢は都心からやや離れた郊外のアパートに住んでいた。所属プロダクションが寮として借り上げたアパートで、死亡が確認されたのもそのアパートの一室だ。住所はミッドタウンの南地区（ブロック）。従って、亜矢の不審死を担当したのはミッドタウン南署ということになる。

ミッドタウン南署――通称M南署は、都市部周辺の住宅密集地（インナーシティ）に隣接する、郊外の住宅街をテリトリーとする。

一般的に、都心部から離れるほどに凶悪犯罪件数は減る傾向にあり、代わって、ひったくりや万引き、住人間のトラブル、交通事故、事件性のない死亡案件などが取り扱いのメインになる。繁華街や花街（はなまち）、スラムを内包し、凶悪犯罪の宝庫であるD東署とは対照的だ。

凶悪事件を扱う件数が少なければ、どうしたって署員の経験値は上がらず、事件に対する勘も鈍る。手術件数の少ない外科医の腕がいつまでも上達しないのと同じ理屈だ。

もともとM南署の捜査員の能力に限界があった上に、捜査対象者である亜矢がマタニティブルーでメンタルを病んでいたという情報バイアスがかかり、「自殺」という安易な結論が導き出された可能性は高い。

現時点ではあくまで推測でしかないが、少なくともこの話を苅谷に伝えて「真実を明らかにして欲しい」と頼んできた安藤美月は、亜矢の死を自殺と考えていない。

安藤美月は亜矢が所属していた事務所の先輩にあたり、芸能界に疎い天音ですら名前と顔が一致する売れっ子女優だ。

苅谷は今夜、安藤美月と会い、彼女から聞き取りをする予定になっていた。それを知った天音は即座に「俺もその場に同行する」と名乗りを上げた。

苅谷は自分の申し出に戸惑ったようで、「……いいんですか？」と聞き返してきた。

三日間の張り込みを終えても解放感に浸る間もなく、四十八時間というタイムリミットに追い立てられ、取り調べや送致の準備に奔走し——やっと事件に片がついて手に入れた、ひさしぶりの自由時間だ。

それを、仕事でもない案件のために使っていいんですか？　という意味だろう。

その問いかけに対して天音は本心を明かすことなく、「どーせ暇だしな」と軽口で返した。

本来ならば、ヒートが始まった日は、できるだけ他人との接触を避けるのが定石だ。ピルで制御しているとはいえ、初日はその効果がまだ不安定なことがままあるからだ。とりわけ魂のつがいである苅谷とは距離を置いたほうがいい。これまでも特別な事情がない限りは、初日は早めに部屋に戻り、一人静かに夜を過ごすことが多かった。

だが、亜矢の不遇の死を知った以上は、部屋に籠(こ)もって読書三昧というわけにはいかない。

そもそも亜矢がレイプドラッグの犠牲者になったのは、彼女がオメガだったからだ。

花街の野良オメガはプロのセックスワーカーだが、市井(しせい)の人である一般のオメガにも、繁殖カテゴリーの逃れられない特性として、ヒートがある。加えて容姿に優れていることから、ベータやアルファの性欲のターゲットになりやすい。しかも性被害に遭っても、泣き寝入りすることがほとんどだ。

ヒートがあるせいで、一部の職業に就(つ)くことを禁止されており、経営者や政治家、官僚などの支配者層に食い込むことができないオメガは、総じて社会的地位が低く、彼らの抗議の声が掬(すく)い上(あ)げられることは稀だ。

襲われたのはおまえがオメガだから。おまえのほうから誘ったに違いない。

アルファが――ベータがおかしくなったのは、おまえたちのオメガフェロモンのせいだ。

警察に訴え出たところでそう決めつけられ、言葉の暴力による〝セカンドレイプ〟を受ける。

事件に巻き込まれても、まともに捜査をされることもなく葬り去られる。

だからこそ、自分は刑事になった。

泣き寝入りするオメガ(弱者)を一人でも減らすために――。

以前関わった野良オメガの男娼ショウや、今回の亜矢のように、すでに死亡していて命を救えない場合もある。それでも、詳細を明らかにすることで、無念を晴らすことはできる……。

「そろそろ着きます」

運転席から声が届き、物思いを破られた。ここまでは運転に集中していたのか、苅谷が話しかけてくることはなかった。もしかしたら苅谷自身も、美月に会ってなにをどう聞き取りするか、考えをまとめていたのかもしれない。

いつの間にか車は、インナーシティのなかでも際だった地価で知られる高級住宅街に差し掛かっていた。アルファの邸宅が固まっているアッパーヒルズには及ばないが、成功者や富裕層が集まるエリアだ。

「あのタワマンです」

目的地を知らせた苅谷が、窓の明かりが夜空に煌めくタワーマンションに車を近づける。

万全なセキュリティが売りで、一階のロビーにコンシェルジェが常駐する高層マンションは、庶民には手が届かない富の象徴だ。

地下に通じるゲートの前でいったん停車した苅谷が、慣れた手つきで操作盤のパネルに数字を打ち込む。ゲートが開くと、ゆるやかなスロープを蛇行しながら下っていき、地下駐車場のゲスト用とおぼしきスペースに車を停めた。見渡す限り、駐まっているのは高級車ばかりだ。

苅谷がエンジンを停止するのを待ってシートベルトを外し、助手席から降りる。苅谷も運転席から降りてきて、キーレスキーでロックした。

「六時五十二分」

三つ揃いのスーツのジャケットから最新のデバイスを取り出した苅谷が、ホーム画面のデジタル表示を読み上げる。

「時間変更のメッセージも届いていませんので、仕事先から帰宅して待っているはずです。行きましょう」

迷いのない足取りで歩き出した苅谷のあとを追ってほどなく、柱の陰に設置されたエレベーターに辿り着いた。ホールボタンを押して開いた扉に軽く手を添え、「先にどうぞ」と促す男に、心のなかで（タラシ）とつぶやく。さりげなくスマートに繰り出されるこの手のエスコートも、女子的に高ポイントなんだろう。

無人のケージに乗り込むと、続いて乗り込んできた苅谷が操作盤の前に立ち、最上階の「25」のボタンを押した。スライドドアが音もなく閉まるのと同時に、天音は「そういや」と切り出す。

「おまえと初めて屋上で会ったとき、ピリピリピリピリしつこく電話をかけてきていた相手の名前が『美月』だったな」

「………っ」

並んで立っている苅谷の肩が揺れ、首を回してこっちを見た。両目が見開かれている。

「覚えて……？」

「おまえから安藤美月の名前が出た際に、どっかで聞いたことがあると引っかかったんだが、まあ、芸能人だしな……と思いながらここまで来て、〝勝手知ったる〟おまえの様子で思い出した。――あの電話の感じは単なる友達じゃねえよな。元カノだろ？」

天音の指摘にうっと息を呑んだ苅谷が、数秒後に止めていた息を吐いた。

「……昔の話です。警察学校に入る前に別れました」

「けどまだ連絡は取り合っている、と」

「本浄さん、本当にいまはもう関係ありませんから。連絡だって二ヶ月ぶりで……」

「どーでもいいし、興味ない」

躍起になって言い訳をする男をぴしゃりと遮り、「二十五階に着いたぞ」と冷ややかに告げる。

スルスルと開いたスライドドアを天音が顎で指すと、苅谷はぐっと言葉を呑み込んだ。

「ほら、案内しろよ。元カノの部屋に」

嫌みったらしい口調の促しに、むっとしつつも、先にエレベーターを降りる。前を歩く男を追って、天音は見るからにグレードの高そうな内装の内廊下を進んだ。やがて辿り着いたドアの前で足を止めた苅谷が、インターホンに手を伸ばす。ボタンを押してまもなく、インターホンからブツッという音が聞こえた。

『はい』

「苅谷です」

『ちょっと待ってて』

言葉どおりに少し待たされ、ドアがガチャリと開く。隙間から、テレビＣＭでおなじみの白くて小さな貌が覗いた。ほとんどすっぴんに近いナチュラルメイクだったが、充分に美しい。苅谷と目を合わせた美月が、次に天音を見た。

「電話で話したバディの本浄さん。すごく優秀な刑事なんだ」

「どうも」

お世辞はスルーして、美月に向かって軽く会釈する。トップ女優は、大きな目をますます見開き、天音の顔をじっと見つめてきた。

「この人が刑事？」

訝しげな声が零れる。身分詐称を疑われるのは、らしからぬ見てくれのせいで慣れっこだ。

「警察手帳を見せたほうがいいか？」

天音の切り返しに、美月が肩をすくめる。「必要ないわ。入って」と言って身を退いた。三和土で靴を脱いだ苅谷が、律儀に「お邪魔します」とつぶやいて足を上げ、天音もそれに倣う。

「疲れているのに来てくれてありがとう」

「いや……亜矢のことは残念だった」

感謝の言葉に苅谷が低い声で応じ、美月も黙って首肯した。身を返して「こっち」というふうに、内廊下を歩き出す。帰宅してから部屋着に着替えたのだろう。もこもこした素材のセットアップのルームウェアに身を包み、栗色の髪をバレッタで無造作に一つにまとめている。装飾品は両耳たぶに光る小粒のピアスくらいだ。

そんな飾り気のない格好でも、やはり人の目を引きつける魅力がある。数多の若手女優のなかでナンバーワンなのも、苅谷が恋人に選んだのも納得だ。

美月が内扉を開け、シックな色合いで統一されたリビングが現れた。二十畳ほどのリビングの約半分をガラス窓が占めており、見事な夜景が一望できる。さすがはタワマン最上階、最高の眺望だ。

(二十五やそこらで下界を見下ろす身分とは、大したもんだな)

感心していたら、どこかで「わんっ」という鳴き声が聞こえ、なにかがタタタッと小走りに駆けてくる気配を感じた。もう一度「わんっ」と吠えて苅谷に飛びつく。

「アンズ！」

よく見れば、苅谷の長い脚に纏わりついているのは赤茶色のトイプードルだった。飼い主の元カレの登場に興奮して、苅谷の周囲をぐるぐる回ったり、ぴょんぴょん飛びついたりしている。先程まで表情が硬かった苅谷も、目許を緩めてしゃがみ込み、歓迎の意を全身で表すトイプーの丸い頭を撫でた。

「ひさしぶりだな。元気だったか？」

「わんっ」

「アンズ、スーツを汚しちゃだめよ。この人の服めちゃくちゃ高いんだから」

犬はしゃぎする愛犬の様子を、美月はやや切なげな面持ちで眺めていたが、未練を断ち切るみたいに頭を振って、リビングの一角にあるキッチンへと向かう。

「なにか飲む？」

冷蔵庫のドアを開けて尋ねてくる美月に、茢谷が仰向けに転がったトイプーの腹をわしゃわしゃ撫でながら「お構いなく」と答え、天音は「水がもらえたらうれしい」と言った。

ミネラルウォーターのペットボトルを三本抱えて戻ってきた美月が、「座って」とソファを顎で指す。茢谷と天音がソファに腰を下ろすと、美月はカフェテーブルのそれぞれの前にペットボトルをセットしてから、向かい合わせに置かれたウィングチェアに腰掛けた。

「どうぞ」

「ありがとう」

天音は自分の前に置かれたペットボトルを手に取り、喉を潤した。美月もミネラルウォーターを一口飲む。茢谷だけがボトルを手に取らず、代わりにスーツの内ポケットから黒革の手帳とペンを取り出した。

ひとしきりはしゃいで疲れたのか、アンズは美月の膝の上に収まって目を瞑っている。

「早速だが、現時点では自殺で決着がついている亜矢の死について、再検証するために詳しい話を聞かせてもらいたい」

聞き取りのセッティングが整ったのを見計らい、天音は美月に説明を求めた。

「俺が電話で聞いた内容は共有済みなので、省略して構わないよ」

苅谷の補足に、美月がうなずく。

「これは亜矢から聞いた話だけど……半年前、レイプドラッグの被害に遭った夜、亜矢は飲み会のホステス役のピンチヒッターで呼び出されたらしいの」

「呼び出されたって誰に？」

天音の確認には、「亜矢の元マネージャーで下川（しもかわ）っていう男。いまはもう事務所を辞めているけど」と答えた。

美月と亜矢が所属している芸能プロダクションは、『チャンスプロモーション』だ。業界では中堅だが、女優やタレント、モデルなど、きれいどころの女性を数多く取り揃えており、オメガを積極的に登用している。

「元マネージャーが仲介したということは、それは仕事だった？」

メモを取りながら、今度は苅谷が尋ねる。

「正規の仕事とは言い切れないグレーゾーンっていうか。亜矢はまだデビューして二年だったから、それだけで一本立ちできるほど女優の仕事はなかった。だから主戦場はグラビアだったの。男性向け週刊誌に載っている水着の写真とか……バリューのない新人が一度は通る道ね」

「事実、亜矢はグラビアアイドルとして多数の雑誌の誌面に登場しています。単独の写真集も発行していますので、特定の層には知名度があったようです」

苅谷が美月の言葉を補完した。

「新人にはグラビアや深夜バラエティ、ネット系の仕事のほかに、飲み会に参加するバイトがあって。ＶＩＰや著名人が集まる飲み会に、事務所が若いタレントを華やぎ要員――『キャスト』として斡旋するのね。ちゃんとギャラは発生するし、高いお酒が呑めるし、お金持ちのＶＩＰとも知り合えるしで、積極的に引き受ける子もいる。楽に稼げる術を知って、そのまま身を持ち崩しちゃう子も残念ながら一定数いる……。ただ亜矢は、女優になりたいっていう目標があったから、キャストのバイトはずっと断っていた。でもその夜は、もともとキャスト予定だった子がインフルエンザに罹ってしまって、困り果てたマネージャーに泣きつかれて……断れなかったみたい。いつもがんばって仕事を取ってきてくれるマネージャーの頼みだったからって言ってた」

そこでいったん言葉を切った美月は、憂い顔で膝の上のアンズを撫でる。

「マネージャーの指示で出向いたクラブのＶＩＰラウンジには、三人の若い男たちが待っていた。ほかにも女性キャストがいると思っていたから、キャストが自分一人だったのには驚いたけど、三人に『待っていたよ！』と歓待されてしまい、引き返せなくなった。ここで自分が帰ったら、事務所やマネージャーの面子を潰すことになる。義理堅い亜矢はそう考えた。三人のうちの一人は、『きみをグラビアで見て以来のファンなんだ。今日はきみがピンチヒッターでラッキーだ』と言って喜んでいたそうよ。彼らは話がうまくて気も利いてやさしかった。和やかな歓待ムードのなか、勧められるがままにカクテルを二杯呑んだ。二杯目の途中で意識が混沌としてきて……気がついたら朝で、ホテルのベッドに一人で横たわっていた……」

「一杯目で警戒心を解き、二杯目に睡眠薬を盛ったのだとしたら、典型的なレイプドラッグだ。カクテルを提供した店側とグルの可能性もあるな」

天音のつぶやきに、苅谷が険しい表情で「朝まで意識がなかったとなると、かなりの量の睡眠導入剤、もしくは強力な睡眠薬をグラスに混入された可能性が高いです」と言った。

「発覚の直後に警察に届け出をし、病院で尿検査をすれば、薬の残留成分が検出されたかもしれませんが……」

レイプドラッグの立証は時間との勝負だ。薬の成分が体内から出てしまったあとでは遅く、そのとき身につけていた下着や衣類——ただしビニール袋に入れて保存したものに限る——など、物的証拠がなければ立証は困難だ。

物的証拠がないケースに於(お)いては、相手に合意の上での性行為だったと言い張られてしまえば、性的暴行を証明するのは難しい。セックスは密室内で行われることがほとんどで、当事者以外の目撃者がいないからだ。

今回のケースは、暴行時から半年経っていること、暴行を受けた亜矢自身が死亡して亡骸(なきがら)が火葬されてしまっていることから、レイプドラッグの有無を証明するのは極めて困難と言わざるを得なかった。

「その場に亜矢をブッキングしたマネージャーには、暴行の件は打ち明けたのか？」

難しい案件であることを改めて認識しつつ、正面の美月に問いかける。

「話したけど、まともに取り合わなかったらしいわ。これは事故みたいなものだ。命を取られたわけじゃない、アフターピルを飲んだなら妊娠の心配もないし、運が悪かったと思って早く忘れたほうがいいって。男たちを訴えることも、警察に被害届を出すのも反対された。そんなことをして、もしマスコミに漏れたら、飲み会に行ったほうが悪い、オメガのほうが誘ったに違いない、隙があるからだと叩かれる。たとえ被害者であっても、マイナスのイメージがついたタレントをスポンサーは嫌う。こんなことで夢を諦めるのかって。とにかく忘れろの一点張りだったみたい。亜矢は男たちの存在を〝なかったことにする〟かどうかをすごく悩んだって。……私はそのときドラマの撮影で地方に……いて」

ここまでは比較的淡々と語っていた美月が、そこで不意にぎゅっと唇を噛み締めた。

「わた……私が……ちゃんと話を聞いてたら……こんなことにはならなかっ……」

唇がわななき、途切れ途切れの声が零れ落ちる。苅谷が手帳とペンをカフェテーブルに置いたかと思うと、ソファから立ち上がった。肩を震わせて嗚咽を堪える美月に歩み寄り、ウィングチェアの傍らから慰めの言葉をかける。

「美月は、美月にしかできない仕事を精一杯やっていたんだ。亜矢だってそれがわかっていたから、あえて連絡しなかった。自分を責めるな」

「だ、だけどっ……」

美月がくしゃりと顔を崩した。ぎゅっと閉じた目から、ぽろぽろと涙が零れ落ちる。クーンと心配そうに鳴いていたアンズが、涙で濡れた飼い主の手をペロペロと舐め始めた。

茢谷もジャケットのポケットから真っ白なハンカチを取り出して差し出したが、美月はそれを受け取らずに立ち上がる。アンズがとんっと床に着地するのと同時に、茢谷の胸に顔を埋めて泣き出した。

「ううう……ふうっ……う、うぅっ」

いったん感情失禁してしまえば、そう簡単に止められるものではない。いっそ思いっきり泣かせたほうがいいと判断したんだろう。しがみつくのに任せ、茢谷は美月の背中を手でさすった。泣き声がいっそう激しくなる。

「…………」

背中をやさしくさする茢谷と、気を許して子供のように泣きじゃくる美月から、天音はつと目を逸らした。

いつの間にか、胸のなかがざわざわしている。心がざわついていて、尻が落ち着かない。

不安……とも違う。鬱陶しい？　息苦しい？

(なんだよ……これ)

言葉でうまく言い表せない、生まれて初めて味わう不快な感覚に、じわりと眉根を寄せる。

まるで、湿気を含んだ綿を無理矢理喉の奥に押し込まれたみたいに、息苦しかった。

二人は過去につき合っていた。おそらく美月はトップ女優として外では気を張っていて、気を許せる相手があまりいないのだろう。元カレの苅谷は、素の自分を見せて甘えることができる、数少ない人間の一人なのだ。苅谷も亜矢を知っているから、悲しみをシェアできるという共通項もある。それだけのことだ。

頭では理解していても、感情が乱れるのは制御できない。そのことになおのことイラついていると、美月が顔を埋めていた苅谷の胸から離れた。洟(はな)を啜(すす)りながら、渡されたハンカチを目許に押し当てる。「ごめんね」と謝る美月を、苅谷が「いいや……そっちこそ大丈夫？」と気遣わしげに見つめた。

「もう大丈夫。ありがとう」

美月が苅谷にハンカチを返し、足許でクンクン鼻を鳴らしているアンズを抱き上げる。彼女が愛犬を膝に抱いて椅子に座り直すのを待ち、天音は努めて冷静な声音で、中断していた話の続きを促した。

「亜矢はマネージャーに反対されて被害を公にするのを諦めた――ところが、アフターピルは効かず、数ヶ月後に妊娠が発覚した。それで合っているか？」

「そう……しかも最悪なことに、その頃にはもうマネージャーの下川は事務所を辞めていて連絡がつかなかった。亜矢は当日のことを必死に思い出して、三人の男たちを捜した。でも、名前もわからない彼らを、ツテもコネもない亜矢が捜し出すのは難しかった。あの夜のクラブにも行ってみた

けれど、店に辿り着くことすらできなくて……そのうちにつわりが始まって身動きが取れなくなった。グラビアの仕事もできなくなって露出も収入も減って……きっとものすごく不安だったと思う。でもね、私が話を聞いたときは、『いろいろ考えると不安しかないけど、それでもこの子を産みたいんです』って言ってたの。誰の子かもわからないのに……乱暴されてできた子なのに……この子を産みたいって。亜矢は両親を早くに亡くして身内がいないから……新しい家族ができるのがうれしいって」

ふたたび美月の声が震え出す。だが今度は泣くのをぐっと堪えて、言葉を継いだ。

「だから、亜矢が自殺するなんて信じられない。……信じられないのよ」

ひとりごちるように繰り返し、膝の上の愛犬をぎゅっと抱き締める。

「きゅーん……」

伏せていた顔をおもむろに上げた美月が、正面の天音をまっすぐ見つめてきた。

「刑事さん、ただでさえ本業がお忙しいのに……無理なお願いなのはわかっています。でも、女優としての未来を断たれた亜矢と、生まれてくるはずだった赤ちゃんのために、どうしても本当のことが知りたいの」

「わかった」

天音は簡潔に応じる。

「俺と苅谷で、できる限りのことはやってみる」

美月が信じられないといった表情を浮かべた。苅谷も意外そうに目を瞠(みは)る。

「……いいの？」

「どのみちレイプドラッグの犯人を野放しにはしておけない。このまま放っておけば、第二、第三の被害者が出る可能性がある。いや、すでに出ているかもしれない」

同様の見解を抱いていたのだろう苅谷が、厳しい顔つきでうなずいた。

その横で、美月がアンズを抱いたままウィングチェアから立ち上がる。体を二つに折って深々と頭を下げた。

「どうか……よろしくお願いします」

「結局、本浄さんまで巻き込んでしまって……すみません」

美月のマンションの地下駐車場までエレベーターで下り、駐めてあった車に乗り込んだところで、苅谷が謝罪してくる。

「おまえが謝る必要ねえだろ。むしろ、こっちから巻き込まれに行ったんだ」

言うなり、天音はダッシュボードの上に投げ出してあったパッケージから、煙草を一本引き出して咥(くわ)えた。

「……本当にいいんですか？」

「しつこいな」

「俺はともかく、本浄さんは美月とも亜矢とも面識がなかったのに……なぜですか？」

「言っただろ？　暇つぶしだって」

「………………」

　苅谷が納得していない気配は伝わってきたが、スルーして、愛用のオイルライターで煙草の先に火を点ける。

　幸薄いオメガに感情移入してしまう心のありようを、アルファのなかでも最上位クラスに属するこいつに話したところで理解されない。

　一歩間違えば、亜矢は自分だった。だからまったく他人事じゃない。

　そう思うに至る過去のあれこれを話して、憐れまれるのもまっぴら御免だ。

　助手席のパワーウィンドウを下げて、車外に煙をふーっと吐き出す。

「亜矢の件、どう思う？」

「自殺か他殺か、ですよね」

　天音の仕事モードの声を聞いて、頭を切り替えたらしい苅谷が、ジャケットの内ポケットから手帳を取り出して開いた。

「ここに来る前に警察の中央データベースにアクセスして、ミッドタウン南署の担当捜査員が自殺と結論を出した捜査報告書を読みました。それによると、死亡時刻は深夜零時から二時のあいだ。死亡現場は亜矢の自宅アパートの浴室です。撮影で海外にいた美月が、死亡推定日の夜から翌朝にかけて、複数回電話をかけても応答がなかったため、チャンスプロモーションのスタッフに様子を見に行くように依頼。亜矢は心身の不調を理由にタレント活動を休んでいましたが、休職扱いで、プロダクションが寮として借り上げたアパートに住んでいました。管理人の立ち会いのもと、ドアの鍵を解錠してスタッフが室内に入ったところ、浴室で心肺停止状態の亜矢が発見されました。検死解剖の結果、胃のなかに固形物はなく、死因は溺死と判明。はじめは事故死と思われましたが、毛髪から微量の睡眠薬が検出されたことにより、自殺の可能性が出てきました。それと、解剖した際、肺のなかの水が泡立っていたようです。死亡後に肺に水が入った場合は泡立ちません。つまり、死亡後に第三者にバスタブに沈められた可能性は低い。遺体に争った形跡はなく、浴室から亜矢以外の指紋も検出されていません。またアパートの両隣の住人も、死亡推定時刻に、とりたてて不審な物音などは聞いていないと証言しています。監察医の見立ては、入浴する前に睡眠薬を服用し、バスタブのなかで意識を失って湯のなかに沈み、肺に水が入ったことによる窒息死。この診断を受けて、自殺という結論が下されました」

「事件性が認められない上に、父親不明の子供を妊娠中、メンタルが不安定で休職中のトリプルコンボだ。自死での決着はそうズレた判断でもない。――睡眠薬は遺品に市販薬の残りがあったのか。それとも心療内科にかかっていて、処方されたものだったのか。そのあたりの記載はあったか？」

「遺品のリストに市販の睡眠薬は記載されていませんでした。処方薬の可能性については、ちょっと調べてみます」

手帳にペンを走らせた苅谷が顔を上げて、「やはり他殺ですか」と尋ねてきた。

「さあな。だが、六ヶ月ともなれば胎動を感じるだろ？　どんどん腹だってでかくなって、日を追って母親としての実感が湧いてくるはずだ。いくらマタニティブルーだったとしても、母親の自覚を持ち始めた亜矢が自死を選ぶかって話だよな」

「もし他殺だったとしたら……犯人を許せません」

喉の奥から低い声を押し出す苅谷を横目で見る。思い詰めたような表情を一瞥した天音は、「捜査に私情を挟むな」と告げた。

「私情は冷静な思考を乱し、目を曇らせ、判断力を鈍らせる。百害あって一利なしだ」

そう釘を刺してから、世間一般には「百害あって一利なし」の代表格と言われる煙草をぴんっと弾き、ダッシュボードのアッシュトレイにインする。

「私情といえば……元カノの安藤美月。あれはおまえに未練があるな。美人だし犬も懐いてるし、これを機によりを戻す気はないのか？」

シートベルトを装着しながら軽口を叩くと、苅谷の顔色が変わった。眦を吊り上げて、凄むような声を出す。

「なぜそんなことを言うんですか」

「あ？」

「俺が好きなのはあなたです」

挑むような眼差しで天音を見つめた苅谷が、揺るぎない声音で告げた。

「俺の魂のつがいは、あなただ」

「………………」

まるで、それこそが人生における最重要事項であるかのような物言い。

苅谷にとっては重要らしいが、あいにく自分にとってのプライオリティはそこまで高くない。

魂のつがいだの、運命の出会いだの、恋だの愛だの、そんなものは脳内お花畑の小娘にでも任せておけばいい。世の中にはもっと大切なことがある。

天音は、ふっと唇の片端を上げた。

「……それってそんなに重要か？」

わざと声色に嘲笑を滲ませる。

「おまえが性癖的にどうしてもオメガがいいなら好きにすりゃいい。個人の自由だ。けどな、だからってわざわざ野良の男を選ぶ必要がどこにある？　その点、安藤美月ならトップ女優だし、誰もが認める美人だ。家柄が釣り合うのかどうかは俺にはわからねえが……」

「本浄さん！」

出し抜けに、窓ガラスが震えるほど声を張られた天音は、両耳に指を突っ込んで顔をしかめた。

「うっせーな。なに目ぇ三角にしてカリカリしてんだよ。あー、あれだ。おまえ腹減ってんだろ？よし、どっかでメシ食って帰ろうぜ。ほら、早く車を出せ」

軽くあしらおうとしたことで、逆に火に油を注いでしまったらしい。

「俺は本気だって何度言ったらわかるんですか？　何度言ったら信じてくれるんですか！」

溜め込んでいた苛立ちを爆発させた苅谷が、それでもまだ気持ちが収まらないとばかりに、天音の二の腕を鷲掴(わしづか)みにしてきた。刹那、接触した場所からびりびりっと電流が走る。

「……………っ」

二人同時にびくっと身を震わせた。直後に苅谷がばっと手を離し、自分の手のひらを食い入るように見つめてから、次に天音の顔を見る。その目は、大きく見開かれていた。

「……いまの……？」

ちっと舌打ちが漏れる。

あれだけ「お触り禁止」と繰り返し言い聞かせてきたのに、このざまか。

（ったく、「待て(ステイ)」ができない、ばか犬が）

心のなかで悪態をつきながら、天音はまだ余波でぴりぴりと痺れている二の腕をさすった。危ないところだった。あと数秒、苅谷が手を離すのが遅かったら——。

「本浄さん、いまのって？」

繰り返しの問いかけに、そっぽを向いてぼそっとつぶやく。

「……今朝から始まった」

「始まった？」

今回に限って鈍い男に苛立ち、横を向いたまま吐き捨てた。

「ヒートだよ！」

苅谷が「あっ」と声を出す。天音はちらっと目の端で、バディの様子を窺(うかが)った。見開いていた両目をじわじわと細めたかと思うと、なにかを抑えつけるみたいに眉根を寄せている。ごくりと、尖(とが)った喉仏が上下した。

（エロい顔すんな、くそガキ！）

フェロモンを垂れ流す男を胸中で罵倒してから、苅谷のほうに向き直る。うっすら上気した貌を正面から睨(ね)めつけて警告を発した。

「もちろんピルは飲んでいる。だが知ってのとおり、おまえには無効だ。今日から一週間、どんなことがあろうとぜったいに俺に触るな。わかったな？」

「………………」

「苅谷、返事！」

警察学校の教官よろしく叱りつけて、ようやく「……はい」と掠(かす)れたいらえが返ってくる。

その後もしばらく熱っぽい眼差しをこちらに向けていたが、天音が顎をしゃくると前を向いてステアリングを握った。気持ちをリセットするためにか、ふーっと息を吐いた苅谷が、視線をすっと上げる。低い声で告げた。

「車を出します」

Resonance 3

翌日、本来ならば非番である一日を、天音と苅谷は亜矢の死の捜査に充てることにした。

仮の『捜査本部』はダウンタウンの天音の部屋だ。

発情期中に苅谷を部屋に入れることに迷いがなかったわけではないが、D東署とは別の場所に基地が必要だった。所轄外の事件――しかも自殺で決着済みの案件を掘り起こしているなんてことが上司や同僚にばれたら、おそらく二人とも懲戒処分だ。

苅谷は実家住まいで、しかも両親は息子の仕事を快く思っていない。シェアオフィスなどを利用する手もあったが、不特定多数の人間が出入りするスペースでは他人の目や耳が気になる。

これらの要素を勘案した結果、やはり天音の部屋をベースにするのがベストだという結論が導き出された。

苅谷には昨夜、「今日から一週間、どんなことがあろうとぜったいに俺に触るな」と警告済みだ。共鳴発情さえ起きなければ、これまでも問題なくコンビで仕事ができたし、苅谷だってバディ解消は避けたいはずだ。

（朝いちで抑制剤も飲んだ。大丈夫だ……）

言い聞かせていると、約束していた朝の十時ぴったりにドアがノックされる。苅谷だ。

「おはようございます」

ドアを開けた天音は「ご苦労」と言ってバディを招き入れた。本来はオフである今朝も、苅谷はテーラーメイドの三つ揃いスーツをびしっと着こなしている。一方の天音も、長袖の白のカットソーとブラックデニムの組み合わせは、いつも通りの格好だ。

「失礼します」

例の夜以来――二ヶ月ぶりに部屋に足を踏み入れた苅谷が、感慨深げな表情で室内を見回して、

「変わっていませんね」とつぶやく。

「そうか？」

苅谷の視線に釣られた天音も、見慣れた室内を見回した。コンクリートの壁と天井に囲まれた四角い部屋。床は黒ずんだフローリング。天井では年代物のシーリングファンがまったりと回転している。ワンルームだが、中二階に鉄梯子（てつばしご）で上れるロフトがあり、そこが寝床だ。

物件自体はかなり古い集合住宅だが、場所柄か個人主義の住人が多く、お互い干渉し合わないところが気に入って、住み始めて七年になる。

ダウンタウン東署に配属が決まった当時、部屋を探すに当たって天音が優先したのは、賃料の値頃感と職場へのアクセスの良さだった。築年数だの間取りだの日当たりだのは、正直どうでもよかった。

部屋なんて、雨風が凌げて寝床とシャワーとトイレがあればいい。そう思うのは、自分の生い立ちが関係しているのかもしれない。母親が死ぬまでは娼館住まいだったし、スラムでは廃屋生活、教会に保護されたあとも寮住まいだった。独り立ちしたのちも、バイト代でまかなえる物件であることが最重要で、それ以外に目を向ける余裕などなかった。

生まれてからこの方、まともな家庭というものを知らないせいか、インテリアに凝ったり、生活しやすいように工夫したりといったベクトルに、まるで興味が湧かない。基本、客を呼ぶこともないので、部屋を飾る必要もない。

そんなわけで、家具と呼べるようなものは、革張りのソファが一つと、木製のカフェテーブルが一台、円形のダイニングテーブル一卓と椅子が二脚、ステンレスシェルフが一台のみ。どれもダウンタウンの古道具屋で購入したものだ。

「適当に座れよ」

「はい」

苅谷が革張りのソファに腰を下ろす。

「コーヒー飲むか？」

「飲みます」

妙にうれしそうな声で即答した。

キッチンで二つのマグカップにインスタントコーヒーの粉末を入れて熱湯を注ぎ、カフェテーブルまで運ぶ。苅谷の前にマグの片方を置き、もう片方は手に持ったままソファに座った。が、苅谷とはしっかり距離を取る。念のための予防策だ。

「いただきます」

なにやら神妙な面持ちで、苅谷がマグカップを手に取り、コーヒーを飲む。じっくり味わうようなタメを作ってから、「すごく美味しいです」と言った。

「は？　インスタントだぞ？」

「インスタントでもなんでも、本浄(ほんじょう)さんが俺のために入れてくれたという事実が重要なんです」

熱を帯びた口調で語る男に、露骨にげんなりしてみせる。

「そういう歯が浮くやつ、いちいちブッこんでくんな。うぜーから」

「………っ」

「打ち合わせ始めんぞ」

反論しかけた苅谷が、なにも言わずに口をつぐんだ。一瞬、妙にソソる憂い顔を見せたあと、気を取り直したかのように居住まいを正して、手帳とペンを取り出す。

その様子を見た天音も、仕事モードに思考を切り替えた。

亜矢に関しての基本情報は、昨夜、美月(みつき)から聞いて頭に入っている。

亜矢は芸名で、本名は白石(しらいし)亜矢。北の小さな山間(やまあい)の村で母子家庭の一人っ子として育ったが、亜矢が十七のときに母親が病気で他界。母の死後、高校を中退し、女優を夢見てセントラルシティに出てきた。アルバイトで生計を立てながら演劇スクールに通っていた二年前、スカウトの目に留まり、チャンスプロモーションに入所。美月とは、もともと亜矢が美月のファンであったことから、急速に親交を深めた。

美月いわく、自分以外にセントラルシティに親しい友人はおらず、恋人もいなかった。恋人に関しては、事務所の方針が恋愛御法度（売れっ子は例外）なので、作らなかったというのが正しい。友人に関しては、同じ事務所のタレント同士はライバル意識が働くのもあって、なかなか心を許すまでの関係になりづらかったようだ。これも事務所の方針に従って、ＳＮＳもやっていなかったので、オンライン上の繋がりもない。となれば、交友関係はかなり限られてくる。

「今朝こちらに伺う前に、亜矢がかかっていた医療機関に立ち寄ってきました」

苅谷の報告に、天音は片眉を上げた。

「亜矢がかかっていた病院をどうやって特定した？」

法定相続人となる血縁者不在のため、本人が荼毘に付されたのち、亜矢の遺品も処分されてしまっていた。美月によれば、アパートの部屋もすでに簡単なリフォームとクリーニングを済ませ、空室になっているという。

つまり、物的な手がかりはゼロ――。

これは相当手こずるぞと、案じていたのだが。

「国民番号から辿りました。国民番号には生まれた産院から始まり、学歴、就職先、銀行の口座番号、婚姻歴、犯罪歴、かかった医療機関、果てはどこで火葬され、どこに埋葬されたかまで、人間の一生分の個人情報が紐付けされています。データベース上の亜矢の調書にも、当然のことながら国民番号が明記されていました」

淀みなくすらすらと答える茢谷に、顔には出さずに腹のなかで唸った。

なにはともあれ足を使って情報を集め、犯行に繋がる物的証拠に当たる――それが捜査の基本だと自分は教わったが、どうやらイマドキの新人はアプローチ方法が異なるらしい。

「セントラルシティで亜矢がかかった医療機関は、アパートの近くの総合病院の内科と産婦人科です。心療内科にはかかっていませんでした。今朝、総合病院を訪ねて内科と産婦人科に確認を取りましたが、いずれも睡眠薬を処方した記録は残っていません」

「市販薬は部屋になかった。処方薬でもない。となると、毛髪から検出された睡眠薬は外部から持ち込まれたものである可能性が高いってことか」

茢谷が「はい」と肯定した。

「これで、美月の『子供のためにも亜矢が死ぬわけがない』という主張が現実味を帯びてきましたね」

他殺の線が濃くなったからか、青灰色の双眸が輝きを増す。獲物を見つけた猟犬の目だ。

いまにも飛び出して行きそうな男を「そう先走るな。予断は禁物って言っただろ」と諌めつつ、天音はボトムのバックポケットから携帯を引き抜いた。

「こっちも昨夜の仕込みがそろそろ熟す頃合いだ」

「仕込み……？」

訝(いぶか)しげなつぶやきに、「昨夜クロウに、亜矢の元マネージャーの現在の職場と連絡先をオーダーしておいた」と答える。

クロウというのは、仕事が確実な上に口が堅いので、贔屓(ひいき)にしている情報屋だ。

苅谷もクロウの存在は認識している。はじめの頃は目くじらを立てて「金銭で情報を買うのは服務規程を逸脱した行為です」などと眠たいきれいごとをほざいていたが、その後クロウの情報のおかげで事件が解決したこともあってか、最近は言わなくなった。

違反ギリギリのグレー案件だとわかっていても、捜査に有効であると判断すれば柔軟に受け入れる。合理的で適応力が高く、ときと場合によって清濁併(せいだくあわ)せ呑(の)むところは、いかにも支配者カテゴリーであるアルファらしい特性だ。

「元マネージャーというと下川(しもかわ)ですか？」

「仮に亜矢が他殺だったとして、疑わしいのは誰だ？」

天音が問い返すと、苅谷が思案するような表情で口を開く。

「物盗りや暴行狙いの犯行ではないですよね。暴行された形跡があれば、その旨が報告書に記載されているはずです。それに行きずりの犯行なら、わざわざ睡眠薬を飲ませて溺死に見せかけるなどという、まどろっこしい小細工はしない。肺の水が泡立っていたので、暴行目的で押し入り、うっかり死なせてしまった挙げ句、バスタブに沈めた可能性も消える。以上から、計画的な犯行ということになります」

「そうだ。両隣の住人が不審な物音や悲鳴を聞いていないことからも、顔見知りの犯行と見ていい。被疑者が顔見知りだったから、亜矢は部屋に入れた。その後、被疑者が持ち込んだ睡眠薬入りの食べ物、もしくは被疑者が睡眠薬を入れた飲み物を口にして意識を失った。胃のなかに固形物がなかったという所見から考えて、おそらく飲み物だろうな。被疑者は意識を失った亜矢の衣類を脱がせ、湯を張ったバスタブに沈めた……」

「そうなると被疑者はかなり絞られてきます。亜矢は極端に交友関係が狭かった。深夜、部屋に上げるほど近しい間柄となると、第一候補は美月になりますが、彼女は亜矢の推定死亡時刻には海外にいた。海外ロケが終わり、美月が帰国したのは、亜矢が荼毘に付されたあとです」

もともとその可能性はほぼゼロだ。美月が犯人なら、自死で決着がついた亜矢の死因を、わざわざ掘り返して検証し直して欲しいと頼んでくるわけがない。

「美月は除外していい」

苅谷がうなずいた。

「地元にはもう親族は残っていませんし、美月によれば、同郷の友達が遊びに来るようなこともなかったそうです。SNSもやっていない。事務所内の人間関係も希薄。下川が辞めたあと、一応担当を引き継いだスタッフはいますが、亜矢が休業していたので、形ばかりのマネージャーだった。

こうして潰していくと、美月の次に亜矢と近しいのは、下川ということになりますね」

「そういうことだ。元マネージャーならば、亜矢が部屋に上げてもおかしくない。さらに下川はレイプドラッグの件で、ドタキャンしたキャストの代わりに亜矢を飲み会にブッキングした当事者だ。飲み会のメンバー三人の素性を知っている可能性がある」

「その三人のうちの一人が亜矢の子供の父親か……」

苅谷が低くひとりごちたとき、天音の携帯が震え出す。メール着信を知らせるバイブ音だ。

「来た」

ホーム画面で送信者を確認する。予想は当たり、クロウからだった。

届いたメールには、下川のフルネームとチャンスプロモーション在職時の写真、そして彼の現在の仕事についての情報が添付されていた。

急な依頼のため、現時点でわかったのはここまで。住所と電話番号は突き止められなかったと、補足の一文がある。

とりあえず顔と名前、職場がわかれば充分だ。あとは本人に直接当たればいいだけの話だ。

【情報を受け取った。ギャラはいつもの口座に振り込む】

そう返信したその手で引き続き携帯を操作し、クロウのネットバンクの口座にギャラを振り込んだ。一分も待たずに【振り込み確認済み。次の依頼を待つ】とレスが来る。

「よし、行くぞ」

携帯をバックポケットにねじ込んで腰を浮かせた天音の号令に、苅谷も表情を引き締めてソファから立ち上がった。

四ヶ月前に芸能プロダクション『チャンスプロモーション』を退職した下川は、現在ダウンタウンの繁華街にある居酒屋で働いている。――下川の最新情報が記されたクロウのメールには、彼の新しい職場である居酒屋のマップも添付されていた。

苅谷が運転するツーシーターでダウンタウンの繁華街まで移動して、目的地に一番近い駐車場に車を駐める。そこからは徒歩で目指す店へと向かった。

下川が働く居酒屋は、繁華街の目抜き通りから、奥に二本入った裏通りに面していた。営業は午後五時からだが、すでに店内は仕込みに入っているらしく、【はりきって支度中！】と書かれた木の看板が店頭に立てかけられている。出入り口のドアは施錠されていた。

「裏に回ろう」

天音が先頭に立って店の角を曲がる。隣の店舗との隙間にあたる、約一・五メートル幅の空間の前方に、居酒屋の裏口が見えた。裏口はドアが開け放たれており、そこから、談笑する声や水の音、湯気、炒めた醤油と油のにおいが流れ出している。どうやら厨房に繋がっているらしき裏口の横の壁に、一人の男が背中を預けて携帯を弄っていた。

　三十代後半とおぼしき男だ。白いTシャツに紺のボトム、藍染めに白抜きで店名が入った前掛けを腰に巻き、頭にはやはり藍染めの手ぬぐいを巻いている。

　クロウから送られてきた写真では、きちんとネクタイを締めてスーツを着用していたが、視線の先の男は無精髭を生やし、足許も裸足に雪駄だ。

　それでもまだ辞めてからそれほど時間が経っておらず、面変わりしたというほどの変化はなかったため、男が目当ての人物であるのはすぐわかった。

　俯いて携帯を弄っている男に近づくと、気配を感じたのか、顔を上げる。腫れぼったい奥二重の目がこちらに向けられた。

「下川徹だな？」

　天音の確認の呼びかけに、男が薄い眉をひそめる。ラフな格好に複数ピアスのチャラいチンピラと三つ揃いスーツのエリートという、奇妙な取り合わせを訝しむような表情で、天音と苅谷を交互にじろじろ眺めてから、「あんたらなに？」と聞き返してきた。

　刑事であると名乗っても信じてもらえないケースが多い天音は、論より証拠と、ボトムのバックポケットから警察手帳を引き出して提示する。目の前に掲げられた金属製の記章を見た男の顔色が変わった。

「……警察？」

「そうだ。下川徹だな？」

もう一度確認すると、今度は素直に「はい」と認め、携帯を前掛けのポケットに仕舞い込んで、壁に寄りかかっていた姿勢を正す。

「警察が……なんの用ですか？」

おそるおそるといった口ぶりで、下川が伺いを立ててきた。それには答えず、天音は無言で、斜め後ろに控えていたバディに目配せをする。苅谷がうなずき、手帳とペンを手にして、下川の前に進み出た。

バディを組んで二ヶ月。いつしか自然と、聞き取り役は苅谷の担当となっていた。

苅谷の能力をもってすれば、手帳にわざわざ書き記さずとも、一語一句間違わずに記憶できる。あえてメモを取るのは、事情聴取の対象者にプレッシャーを与えるためだ。

「さほどお手間は取らせませんので、いくつか質問させてください。四ヶ月前まで芸能プロダクションの『チャンスプロモーション』でマネージャーをされていましたよね？」

「あ……はい」

「そこで亜矢というタレントを担当していましたか？」

苅谷が亜矢の名前を出した瞬間、下川がぴくっとこめかみを震わせた。だが、それ以上は大きく表情を変えることなく「ええ」と肯定する。

「複数のタレントを同時に受け持っていましたから……そのうちの一人ですけど……」

「あなたが『チャンスプロモーション』を辞めた理由をお聞かせいただけますか？」

「それは……一身上の都合です」

「一身上の都合ですか。具体的には？」

淡々と質問を重ねる苅谷に、下川の顔が徐々に険しさを増していき――。

「ちょっと！」

ついに我慢できなくなったのか、苛立った声を出す。

「一体なにがあったんですか？　なんで警察がここに……っ」

「亜矢が死んだ」

言葉尻に被せるように天音が告げると、「えっ……」と短く発して、その後絶句した。

両目を見開き、口を半開きにして、ショックをありありと顔に浮かべて立ち尽くす男をじっと見つめる。これまでの経験で養った観察眼をフル動員して検分した。

演技とは思えない。下川は心から驚いているように見えた。俳優ならともかく、単なるマネージャーに、プロの自分を騙すレベルの演技ができるとは思えない。

そうジャッジを下したとき、苅谷が振り返った。その目が（シロですね）と告げている。

「ほ、本当に亜矢が？　いつですか？」

ようやく茫然自失状態から抜け出したらしい下川が、震え声で尋ねてきた。

「十日ほど前だ。すでに火葬も済んでいる」

「……死因は？」

「溺死だ」

自殺とも、他殺とも言わずに、それだけを知らせる。

「溺死……」

「死亡した亜矢は妊娠していた」

「妊娠⁉」

下川が上擦った声を発した。

「そ、その子供は？」

黙って首を横に振る天音を見て、口をへの字に曲げ、両目をぎゅっと瞑る。食いしばった唇をわなわなと震わせていたが、やがて「う、おおぅ……」という獣の咆哮のような嗚咽を漏らし始めた。

衝撃の追い打ちに打ちのめされた様子で、「おう、おう」と慟哭していた下川が、滝のように流れ落ちる涙を拭ってのろのろと目を開く。白目がまっ赤に血走り、顔は涙と洟でぐしょぐしょだった。

「……亜矢は……自分がスカウトしたんです。彼女のバイト先のファストフード店で見かけて……。つぶらな瞳と愛らしい顔立ちが印象的で……一目でオメガだとわかりました。……小柄だけどスタイルもよかった」

洟を啜りながら、涙声で、ぽつり、ぽつりと語り出す。

「可能性を感じて声をかけ、名刺を渡して話を聞いた。亜矢は女優志望で、演技のレッスンにも通っていると答えました。だったら話が早い。うちの事務所に来たら？　と誘いました。……実のところ、プロダクションに所属したからといって、すぐに希望の仕事ができるわけではありません。チャンスプロには安藤（あんどう）美月というスターがいますが、あんなふうにトントン拍子にいくのは本当に一握りです。スターになるには、ルックスと実力だけじゃ足りなくて、運の強さも必要なんです。……亜矢は女優志望だったけど、まずは顔と名前を売るために、自分はグラビアの仕事を取ってきました。乗り気じゃなかった亜矢を説得して、水着になってもらった。彼女のページは雑誌のアンケートでも評判がよくて、すぐに写真集も決まった。グラビアアイドルとしては上々の滑り出しでした」

「順風満帆だった彼女に、あんたは飲み会のキャストのピンチヒッターをやらせた」

　天音の指摘に、下川がびくっと肩を揺らした。

「そもそも本当に飲み会だったのか？」

　下川が頭に巻いている手ぬぐいをむしり取って、ふーっと嘆息を吐く。短く刈り上げた頭髪の生え際に、みっしりと粒状の汗が浮いていた。

「……表向きは『飲み会』や『キャスト』と呼んでいましたが、要は枕営業です。飲み会とホテルがワンセットになっている。テレビ局幹部や広告代理店のお偉いさん、スポンサーの上層部の要望に応じて、所属タレントを斡旋するんです。……見返りは、ビジネス上の便宜です。キャスト要員のタレントたちにも、金銭的なメリットがある。みんな、枕だとわかった上でキャストのバイトを引き受けていました」

「だが、亜矢は違った。そうだな？」

下川ががくっと項垂れる。

「彼女には、ピンチヒッターだと嘘をつきましたが、本当ははじめから亜矢が指名されていたんです。亜矢は飲み会の実態が枕だと知りませんでした。仲がいい安藤美月も知らなかったはずです。それでも亜矢はキャストのバイトを嫌がっていましたし、もちろん自分もぜったいにやらせたくなかった。だから断りました。でも、そのとき指名してきたスポンサーサイドの人間が亜矢に執着していたようで、上から『必ず参加させろ』と厳命されてしまって……『今回は枕はなし、一緒に飲むだけ』という条件で、やむなく引き受けたんです。本当です！」

手ぬぐいを引き絞って訴える下川に、天音は冷ややかに告げた。

「しかし結果的に、亜矢はレイプドラッグの餌食になった」

下川が顔を歪めつつ、「はい……」と認める。

「亜矢から被害を告白されたとき、頭が真っ白になりました。騙されたと思った。亜矢は警察に行くべきか否か迷っていましたが、先のことを考えたら、すべてを公にするのは彼女のためにならない。だから必死に説得しました。アフターピルを飲んだのなら妊娠はしないし、とにかく一刻も早く忘れるべきだって。そう亜矢には言ったものの、私自身、飲み会の件で上層部に抱いた不信感が拭えず……抑鬱状態になって、二ヶ月後に事務所を辞めました。もう二度と芸能界には関わらないと心に決め、亜矢を含めて当時の人間関係とは完全に縁を切り、三ヶ月の自宅療養を経て、少し前からここで働き出したんです。なので辞めてからのことはなにも……まさか亜矢が妊娠していたなんて……」

どうやら本当に、プロダクションを辞めて以降の亜矢の様子は知らなかったようだ。

「最後の質問だ。亜矢のおなかの子の父親に心当たりは？」

「ありません。私は上からの指示を亜矢に伝えただけで、飲み会の現場にも行っていませんし」

「上というのは？　あんたに指示を出したのは誰だ？」

「社長の興梠（こうろき）です。社長から直接命じられて、逆らえなかった……」

腑甲斐（ふがい）ない自分を責めるように唇を噛む下川に、「わかった。もういい」と告げる。

「時間を取らせたな。いろいろ話が聞けて参考になった」

天音の締めの言葉を合図に、途中から書記に徹していた苅谷がパタンと手帳を閉じた。手帳を内ポケットに仕舞った苅谷と、踵（きびす）を返して歩き出した直後、「あのっ」と呼び止められる。振り向いた天音は、思い詰めた表情の下川と目が合った。

「警察が捜査をしているということは、亜矢は殺された……ということですか？」

「それをいま調べているところだ。――あんたはもう二度と芸能界には関わらないと決めたんだろう？　だったら過去を忘れて新しい生活のことだけを考えたほうがいい」

諭すように告げるなり、ふたたび前を向き、待っていた苅谷の後ろを歩き出す。

ああは言ったが、おそらく当分は、亜矢を最後まで守らずに逃げた自分を責める日々を送ることになるだろう。精神安定剤に頼る生活に逆戻りするかもしれないが、それもこれもおのれが蒔いた種だ。自分で刈り取るしかない。

「――下川はシロだな」

店舗が並ぶ裏通りに出たところで、天音は苅谷に自分の見解を告げた。

「そうですね」

「だが、無駄足ってわけでもなかった。飲み会をセッティングしたプロダクションの社長。そいつが参加メンバーを知っている可能性が出てきた」

「『チャンスプロモーション』代表取締役の興梠は、アルファです」

唐突にもたらされた新情報に足を止め、傍らの男の顔を見る。

「アルファ？　M南署の情報か？」

苅谷が首を横に振った。

「M南署は、自死で決着したこともあり、亜矢の所属しているプロダクションまでは捜査の手を伸ばさなかったようです。ですが個人的に気になったので、『チャンスプロモーション』について調べました。――代表者の興梠政志はアルファで、大学卒業後、海外の大学院に留学し、修士号を取得しています。帰国後は、大手広告代理店勤務を経てチャンスプロモーションを設立。現在四十五歳。バツイチで独身。前妻とのあいだに娘が一人いますが、母親が引き取って育てています」

「その興梠ってアルファは、おまえが知っているやつか？」

天音の質問に対して、アルファの名門中の名門・首藤家の三男である苅谷の返答は、「面識はありません」だった。

「アルファ社交界で名が知れ渡っているような家柄ではないのだと思います」

「よくわからねえが、アルファ内にもカーストがあるってことか」

「……そうですね」

苅谷が複雑な表情で肯定する。

ヒエラルキーの頂点に君臨するアルファ内にも、さらに細分化された階層があるようだ。

はるか遠い昔に「貴族」という特権階級が存在し、その貴族も侯爵だの伯爵だのにクラス分けされていたらしいが、それと似たようなものか。

「だとしても、興梠がアルファであることには変わりない。正式な捜査じゃないから警察の威光も使えない。となると、本人に接触するのは結構ハードルが高いな」

耳のピアスを弄りながらひとりごちる天音に、苅谷が「それについてですが、一つ提案があります」と言い出した。

「提案？」

「以前、長兄の魂のつがいを探すために、実家でパーティを開いているという話をしたのを覚えていますか？」

「あー、そういやそんなこと言ってたな」

　より優秀な遺伝子を残すために、魂のつがいを探して子を成すことまで一族に強要されるとは、アルファの名家の跡継ぎも楽じゃないと思ったことを思い出す。

「実はまだ兄の魂のつがいが見つかっていなくてですね。今週の日曜日もパーティが開かれる予定なんです。そのパーティに興梠を招待するというのはどうでしょう」

　天音はピアスを弄る手を止めて、斜め上の彫りの深い貌を見た。

「そんなことができるのか？」

「当主である兄に事情を説明して頼めば、招待客のリストに興梠を加えることは可能だと思います。首藤圭騎の誘いとあらば、興梠も招待に応じる可能性が高いと思われます。芸能プロダクションを立ち上げるくらいですから、おそらく彼は上昇志向と虚栄心が強い。その手のタイプは、上流階級に近づけるチャンスを逃しません。興梠の参加が決まったら、本浄さんと俺でパーティに潜入して彼に接触する……というのはどうですか？」

　苅谷のプレゼンに、天音は唇の片端を上げる。

「おまえもたまには役に立つじゃねえか」

「たまには？　たまにはって……」

　むっとして繰り返す苅谷の顔の前に指を立て、天音はチチチと左右に振った。

「褒めてんだから素直に受け取っとけって」

そうと決まれば善は急げだ。

その場で苅谷が兄の圭騎に連絡を取り、事情を説明して、日曜日の夜に首藤家で開催されるパーティのリストに興梠を加えてもらう手筈を整えた。通常、招待状は封書で送られるものらしいが、今回は時間優先で電子メールに添付することになった。いたずらや詐欺だと思われるリスクを避けるために、首藤圭騎個人のメールアドレスから送ってもらう。

圭騎から【興梠にメールを送った】というメッセージが届いた約三十分後——。

ブルルッ。

ダウンタウンの時間貸駐車場に駐めた車のなかで待機していると、苅谷の携帯がメッセージの着信をバイブで知らせた。すかさず苅谷が着信したメッセージを開く。

「兄からです。興梠から招待に応じると連絡があったそうです」

手応えを感じて声を弾ませる苅谷に、天音も「よし！」と拳を握った。

食いつきの良さに驚いたが、アルファの名門のパーティに当主直々に招待されたのだ。興梠にしてみれば千載一遇のチャンス。気が変わられては困ると焦って即レスしたに違いない。

ターゲットは罠にかかった。あとはどう料理するかだ。

助手席で両手の指をボキボキ鳴らしていたら、先程までテンションの高かった苅谷が、一転して気がかりそうに尋ねてきた。

「パーティですが……本浄さんはどのような服装での参加を考えていますか？」

「服装？」

服装のことなど、これっぽっちも考えていなかったので、予想外の質問に面食らう。

「……これじゃ駄目なのかよ？」

襟ぐりの伸びたカットソーの胸のあたりを指で摘んで引っ張る天音に、苅谷がため息を吐く。

「……やはりそれですか」

「なんだよ。文句あんのか？」

「あります」

やけにきっぱり肯定したかと思うと、神妙な面持ちで駄目出しの理由を列挙し出した。

「その格好では悪目立ちして会場で浮きますし、興梠にも警戒されます。内輪の集まりを除き、男性の夜のドレスコードはタキシードが基本です」

「タキシードだあ？」

天音は顔をしかめる。

「持っていませんか？」

「そんなもん持ってるわけねえだろ。スーツだって一着しか持ってねえのに」

唯一持っているスーツ以外で、ラックに掛かっているまともな服といえば、入庁時に支給された警察の礼装くらいだ。

「スーツはあるんですね？　どんなスーツですか？」

「どんなって、普通の黒のスーツだよ。新人時代の教育担当だった先輩刑事が『冠婚葬祭用に一着は持っておけ』って言うから、仕方なく初任給で買った。けど結局、一度しか着てねえ」

苅谷のフルオーダーの三つ揃いは別格として、刑事課の同僚たちは皆、鑑識以外はスーツを着ている。公僕たるもの、身だしなみもきちんとして、市民に安心感を与えるべきであるという無言の圧力に逆らえないのだ。

そんななかで一人ストリートギャングまがいの服装で通していたら、上層部から物言いがついた。だが自分に言わせりゃオフィス街が所轄ならいざ知らず、ダウンタウンでスーツに革靴なんてそれこそ悪目立ちの最たるもので、場違いも甚だしい。犯罪者にわざわざ「刑事です」と触れ回っているのも同然。捜査にデメリットしか及ぼさない。

そう開き直って同調圧力をスルーし続けていたところ、当時の教育担当者が自分の主張を認めて庇ってくれたのと、捜査で結果を出し続けたこともあってか、そのうち言われなくなったが……。

「黒のスーツは汎用性が高いですし、その方がおっしゃったように冠婚葬祭に着用する機会もあるでしょうから、体形が変わらなければ無駄になることはないと思います。ただ今回に関してはちょっと場にそぐわないかと」

唯一持っている黒のスーツを却下したあと、しばらく思案げな表情で黙り込んでいた苅谷が、不意に「わかりました」と言った。

「では、行きましょう」

エンジンをかけてステアリングを握る。

「は？　なにがわかったんだよ？　行きましょうってどこへだよ？」

天音の問いかけには答えずに、流線型のツーシーターを発進した。駐車場を出て行く車の助手席から運転席に向かって「おい！」と声を荒らげる。

「行き先はどこだ。答えろ！」

「着けばわかります」

そう言ったきり、刈谷は正面を向いて運転に集中してしまい、それ以上の情報を寄こすことはなかった。

すっかり刈谷のペースであることにムカついたが、興梠の件では現状、こいつが頼みの綱だ。仕方なく、それ以上突っかかるのは我慢して、助手席の車窓に顔を向ける。

快適な走り――実際、苅谷は運転がおそろしく上手い――に身を任せ、興梠に接近する術をつらつらと思い巡らせているうちに、視界に映り込む景色に変化が訪れた。

ごちゃごちゃと猥雑だった街並みが、いつしか整然と整備されたものに変わっていき、豊かな緑や公園がやたらと目につく。ゆったりとした敷地内の建物はほぼ低層で、その分、上空に余裕があった。

(空が広いな……)

建物の色合いや高さの統制が取れているため、景観に統一感がある。道路は広くてゴミ一つ落ちておらず、車自体が少ないせいか、心なしか空気も澄んでいる。そして、すれ違う車は例外なく高級車ばかりだ。

制空権を奪い合うがごとく、ペンシルビルがひしめくミッドタウンの中心街とも、無秩序に建物を建てまくった結果、あらゆるテイストがミックスされてカオスと化しているダウンタウンの街並みとも違う……。

「……ここは……？」

「アッパーヒルズです」

運転席から返ってきた答えに納得する。

(やっぱりそうか)

天音自身、過去に片手で数えられる回数しか訪れたことのないエリアだ。それもすべて車窓から眺めただけで、車を降りて歩いたことはない。

なぜならば、アッパーヒルズはアルファの街だからだ。

どれだけ大金を積んでも、ベータがこの小高い丘に広がる高級住宅地に不動産を持つことはできない。いわんやオメガをや、だ。アルファと婚姻関係を結んだベータやオメガが、配偶者とアッパーヒルズに住むことはあっても、自分名義の不動産を所有することはできない。

それができるのは、α(アルファ)から始まる国民番号を有する者のみ。

すなわちここは、アルファ限定の、事実上の特区なのだ。

ほどなくして前方に、アッパーヒルズ警察署の警ら課が管轄するゲートが見えてくる。ここから先はアッパーヒルズのなかでも特別なエリアとなるため、検問所にて身分証の提示が必須となる。アルファ以外のカテゴリーが検問所を通過するには、身分証のほかに許可証も必要だが、これがそう簡単には手に入らない代物なのだ。

車を減速させてゲートの手前で停(と)めた苅谷が、運転席のパワーウィンドウを下げた。車内を覗き込んだ若い警ら課所属の警察官が、苅谷が渡した国民番号カードを受け取りながら、助手席の天音を値踏みするような目つきでじろじろと見る。

「同行の方はご友人ですか?」

「そうです」

肯定されてもなお、警察官は納得のいかない表情で、疑わしげな眼差しをこちらに向け続けていた。風体からしてアルファには見えない同乗者に、不信感を抱いているのがもろわかりだ。

(文句あんのか?　あ?)

不躾(ぶしつけ)な誰何(すいか)を天音が強い目力で弾き返すと、警察官がぴくっとこめかみを引き攣(つ)らせる。

「同乗者の方、アルファではないですよね？」

警察官の確認の問いに眉根を寄せた苅谷が、「だとしても問題ないでしょう」と撥ねつけた。

「この人の身柄は私が保証しますから」

「そうは言ってもですね……」

引っ込みがつかないのか、まだぶつぶつ不平を零しつつ、警察官は手許の国民番号カードに視線を落とした。とたん、その顔色が変わる。

「首藤家の！　大変失礼いたしました！」

直立不動で敬礼する警察官に、苅谷は「敬礼は必要ありません」と冷ややかに告げた。

「カードを返してもらえますか？」

「あ、はい。ありがとうございました！」

両手で恭しく差し出されたカードを受け取り、ゲートが開くのを待って車を発進させる。ルームミラーには、制服姿の警察官が深々とお辞儀をしている姿が映っていた。

「嫌な思いをさせてしまってすみません」

苅谷が硬い声音で謝ってくる。

「なにが？　あいつは監視役としての仕事を全うしようとしただけだろ？」

別にさっきの若造を庇うつもりはないが、国の中枢を担うアルファが集まる居住エリアを守っているのだ。あれくらい警戒して当然だ。

「それはそうですが……」

納得がいっていない声が届く。

「『他人の振り見て我が振り直せ』」

「急になんですか？」

「俺たち警察官が一般市民からどう見えるか、客観的な視座が養われてよかったなって話だよ。また一つ経験を積んでお利口になったたな」

天音の含みのある褒め言葉に、苅谷は微妙な顔つきをした。

「ま、そんなことより、〝ゲートの向こう側〟に入れることのほうが俺としては重要だ。なにしろ一般人は出禁のアルファ様の聖域だからな」

「そんないいものじゃありません」

苅谷は謙遜したが、そこから先のエリアは、実のところ、先程までの高級住宅地の数段上を行く別世界だった。

見晴らしのいい小高い丘陵地に、充分な間隔を空けて、ぽつりぽつりと邸宅が建っている。邸宅といっても、一つ一つが広大な敷地を有しており、「館」か「お屋敷」と表現したほうがしっくりくるような代物だ。建物自体は、鬱蒼たる庭木や堅牢な塀に囲まれているせいで、外から窺い見ることができなかった。かろうじて門構えとアプローチが確認できるくらいだが、それだけでも充分に、アプローチの先に立つ邸宅の豪華さが想像できる。

結局、一つとして全容を掴めないままに超高級住宅エリアを行き過ぎ、さらにしばらく石畳の道を走って、両側に街路樹と瀟洒な店舗が並ぶ二車線の並木道に辿り着いた。天音ですら名前を知っているようなハイブランドばかりがずらりと軒を並べており、どの店も見るからに金がかかった造りで、いかにも富裕層御用達といった趣だ。

それらこれみよがしな金満ブランドとは一線を画した、シックな店構えの店舗の前で苅谷が車を停め、「ここです」と告げた。どうやら老舗然としたこの店が、目的地のようだ。

シートベルトを外して車から降りた天音は、苅谷と石畳に並び立った。

店舗のファサードの中心に木製の二枚扉が嵌まり込み、扉を挟んで左右のガラス張りのウィンドウには、タキシードと燕尾服を着用したトルソーがそれぞれ飾られている。頭上の看板には金色の文字で『Tailor Mizutani』とあった。

「テーラー？　おい、まさかこんな高価そうな店で買えってのか？」

「代金に関してはご心配なく。どうせなら安物で間に合わせるより、この機会に質のいいものを一式揃えたほうがいいです」

「どうせならとかこの機会にとか意味わかんねえし、ドレスコードに引っかかるにしたってレンタルで充分だろ？」

天音と苅谷が言い争う様子を店内から見ていたらしい。二枚扉が真ん中から開き、白いシャツの襟元にアスコットタイを結び、二の腕にアームバンドを装着して、襟付きのベストを着用した六十歳くらいの男が現れた。シルバーグレイの髪をオールバックに流し、老眼鏡と思われる丸眼鏡を装着して、きれいに刈り込まれた口髭を生やしている。かなりダンディな男だ。

「いらっしゃい。煌騎くん」

声も渋いミスター・ダンディが、にこやかに歩み寄ってきた。片手を差し出して苅谷と握手をする。苅谷の正体を知った上でへりくだらないところを見ると、彼もアルファなのかもしれなかった。

「水谷さん、ご無沙汰しています。最近なかなかお店に顔を出すことができなくてすみません」

「いやいや、警察の仕事は大変でしょう」

「楽ではありませんが、挑戦し甲斐のある仕事です。――こちら、職場の先輩でバディの本浄さんです。今日は水谷さんに本浄さんのタキシードを見立てていただきたくてお店に伺ったんです」

説明を受けたダンディこと水谷が天音のほうを向き、「ほう……」と吐息混じりの声を漏らして、レンズの奥の灰色がかった目を細める。

「本浄さん、こちらは『Tailor Mizutani』のオーナーの水谷さんです。服好きが高じて自分でお店を持ってしまったという、アルファ界隈でも有名な方なんです」

「有名といっても、変人としてですけどね。水谷です。どうも初めまして」

「………」

変人だという自覚はあるようだ。確かに目の前の男からは、アルファ特有の選民意識や尊大さは感じられなかった。アルファらしくない男が差し出した手を、黙って見つめる。

ピルを飲んでいるとはいえ、ヒート期間中にアルファと握手することにリスクがまったくないとは言えない。

（だが、ここで拒否するのも不自然だ）

それにこれは、苅谷と、苅谷以外のアルファとの違いを確かめるチャンスでもある。

本当に苅谷との接触においてだけ、共鳴発情は起こるのか。確かめたい気持ちに背中を押された天音は、水谷の手をそっと握った。

結果、なにも起こらなかった。電流も走らなければ、共鳴発情も起こらない。

改めて、苅谷が自分にとって特別な存在であることを嚙み締めていると、水谷が目尻に笑い皺を刻んで破顔した。

「これだけ見目麗しいと、コーディネイトのし甲斐があるね」

「時間的にビスポークスーツは難しいと思いますので、レディメイドをカスタマイズする感じでお願いできますか」

「いつまでに必要なんだい？」

「今週の日曜日です」

「日曜なら、今日中にスーツを決めれば間に合うと思うよ。早速選んでいこう」

水谷が浮き立つような足取りで店に戻っていく。その場を動かない天音の耳許に、苅谷が「ここまで来て往生際が悪いですよ」と囁いた。自分を差し置いて、どんどん話を進める男を横目で睨みつける。

「おまえが勝手に連れて来たんじゃねえか」

「どうしました？」

二枚扉の片側をキープした水谷に声をかけられ、ちっと舌打ちをした。

「いま行きます。さあ、行きましょう」

苅谷に促されて、不承不承、店のなかに足を踏み入れる。

まず目に飛び込んできたのは、店内中心部に設えられた木製の螺旋階段だ。かなりの年代物らしく、手すりも板も黒光りしている。おそらく、どこかの洋館から移築したものだろう。このどっしりと重厚な階段があるだけで、店の格が上がって見えた。

店内の内装は、ビンテージ風の壁紙が布製である以外は床も天井も什器も木でできている。そこにアンティークの照明やランプ、猫脚のソファ、ウィングチェア、ローテーブルなどの調度品が溶け込むように配置されているせいか、一瞬、どこかのお屋敷の客間に迷い込んだような錯覚に囚われた。

商品は紳士向けのみで、スーツ、シャツ、ネクタイ、ボウタイ、チーフ、帽子、手袋、ベルト、サスペンダー、靴などがアイテムごとに分類され、整然とディスプレイされていた。ガラス張りのキャビネットやショーケースには、カフスやピンバッジ、ネクタイピン、時計、眼鏡など——オーナーこだわりのチョイスとおぼしき小物が飾られている。

服は古着かネットで購入するかの二択でまかなってきたから、まともな紳士服店に入るのは初めてだ。物珍しさが先に立った天音が店内を歩き回っているあいだに、水谷と苅谷はなにやら相談しながら、商品をピックアップしていた。

「おっ……」

思わず声が出たのは、鹿の首の剝製と目が合ったせいだ。立派な角を持つ牡鹿のハンティング・トロフィーの下には、盾と槍を持った銀製の甲冑が置かれている。その横には黄金の象の置物。ここまでくると、もはやアンティークというより骨董品の域だ。自分好みの空間に、好きなものだけを詰め込んだ趣味の世界。金持ちの道楽のにおいがする。

「本浄さん」

後ろから声がかかり、振り返った天音の前に、二人のアルファが立っていた。タキシードスーツと白シャツを両手に捧げ持った水谷が、おもむろに口を開く。

「こちらのタキシード、ぱっと見はブラックに見えますが、よく見るとダークネイビーなんです。オーセンティックなブラックより、少しモダンなこちらの色みのほうが、本浄さんが本来持つ華やかさを引き立てると思うのです。襟はピークドラペルで拝絹被せ。スーツの色で遊ぶ代わりに、シャツはオーソドックスなウィングカラーで締めるというのはいかがでしょう？」

天音が返事をする前に、小物を手にした苅谷が語り出した。

「ジャケットの下は襟付きベストが定番ですが、それだとシックになり過ぎてしまうきらいがあるので、あえてカマーバンドを選んでみました。こちらはバタフライタイと共布のサテン生地で、濃い紫です。ポケットチーフはコットンピケの白。靴は黒エナメルのオペラパンプス。こちらの二点に関しては、コーディネイトをまとめる意味合いで、あえて王道のチョイスにしました。どうですか？」

変わり者のアルファ二人に立て続けにプレゼンされたが、「いかがでしょう？」「どうですか？」と訊かれても、フォーマルに関する知識がゼロなので答えようがない。

「…………」

リアクションが取れずに無言で突っ立っていたら、察したらしい苅谷が「まずは試着してみましょう。判断は我々がしますから」と言い出した。

「そうだ。そうしましょう」

同意した水谷が、個室のドアを開けて「こちらが試着室です」と誘導する。

「小物類はあとで我々がつけますから、とりあえずスーツに着替えてください」

問答無用でタキシードスーツ一式とシャツを押しつけられ、やや強引に試着室に押し込まれて、バタンとドアを閉められた。

試着室といってもそこそこの広さがあり、四角い空間にアンティークの椅子と木製のポールハンガーが置いてある。壁の一面は全身が映る鏡になっていた。

その鏡に呆然と立ち尽くす自分が映り込んでいる。

「……なんの茶番だよ？」

そもそも、これまでの人生でタキシードを着る機会どころか、手にしたことすらなかった。そんな自分が、アッパーヒルズの中心部に店を構えるアルファ御用達テーラーの試着室にいるのだ。

急には頭が追いつかないが、首藤家主催のパーティに潜り込んで興梠に接近するためには、それなりの見てくれが必要だという苅谷の主張が間違っていないことはわかった。無意識に滲み出てしまう育ちの悪さは、うわべで取り繕うしかないのだ。

（着るしかねえか……）

ふーっと嘆息を吐き、観念してカットソーを頭から脱ぎ去る。続いてボトムを脱いだ。前身頃に細かいプリーツの入ったシャツを着ようとして、ふと値段が気になり、値札を探したが、どこにもついていなかった。手触りからして上質な生地を使っているのがわかるタキシードスーツも同様で、ジャケットとトラウザーズのポケットのなかまで探したが見当たらない。

（売り物なのになんで値札がないんだ？　まさか時価か？）

高級タキシードスーツの価格を想像してみたが、見当もつかなかった。普段自分が着ているものとは、桁がいくつか違うのだろうということしかわからない。

まあ、もし購入が不可能な値段だったら、買わなければいいだけの話だ。

（とにかく一度着れば、ダンディも苅谷も気が済むんだろ？）

なるようになれの心境でシャツを羽織り、前ボタンを留めて、両脇にブレードが一本入ったトラウザーズを穿いた。ベルト通しがない代わりに、アイテムのなかにサスペンダーがあったので、おそらくこれで吊るのだろうと推察する。

ジャケットを羽織る前にシャツの袖口を留めようとした天音は、ボタンがついていないことに気がつき、試着室のドアを開けた。

「おい、このシャツ、袖にボタンがねえぞ」

少し離れた場所で水谷と立ち話をしていた苅谷が振り向く。こちらを見た苅谷の双眸がじわじわと見開かれていき、水谷は逆に丸眼鏡のレンズの奥の目を細めた。

二人にガン見される居心地の悪さも手伝い、両手をぶらぶらと振る。

「なあ、袖のボタン……」

我に返ったかのように身じろいだ苅谷が、試着室に近寄ってきて、「このシャツはこういう仕様なんです」と告げた。

「仕様?」

「ダブルカフをボタンではなく、カフリンクスで留めます」

同じく歩み寄ってきた水谷が補足しつつ、天音のシャツの袖口に手を伸ばして、黒い石がついたカフリンクスで留める。なるほどそういうことかと思っていると、続けて腹にカマーバンドを巻きつけ、ウィングカラーの襟にバタフライタイを結びつけた。最後にタキシードジャケットに腕を通させて、胸ポケットに白リネンのチーフを挿す。

水谷がてきぱきと仕上げていく間、苅谷は〝お触り禁止令〟を守り、一歩引いた場所から見守っていた。

「靴をお履きください」

水谷に促され、足許にセットされた靴を見る。エナメル素材のスリッポンで、甲の部分にリボン飾りがついていた。

「これ、女もんの靴だろ？」

「オペラパンプスという名称は、もともとはオペラ観劇時に礼装用の靴として履かれていたことに由来し、フォーマルシーンにおける男性の最上級の靴となります」

高級紳士服店のオーナーにそう言われてしまえば、履かないわけにはいかない。さすがに天音にも、ここはスニーカーじゃないことくらいはわかった。

渋々とオペラパンプスとやらに足を入れる。ジャストサイズだった。そういえば、シャツもスーツも、採寸したかのごとくぴったりだ。これがプロの見立てというやつか。

（で？　これでやっと完成か？）

仕上げを全部水谷にやってもらったにもかかわらず、着るだけで妙に疲れた。こんな堅苦しくてめんどくさいものをしょっちゅう着ているやつらの気が知れない。

そんなふうに腹のなかで腐しながら顔を上げて、正面の苅谷と目が合った。

とたん、本物のセレブの前で、セレブもどきのコスプレをしている自分が無性に恥ずかしくなる。

ばつの悪さを誤魔化すために、天音は露悪的に唇を歪め、肩をすくめた。

「……悪趣味なのはわかってるから遠慮すんなって。笑ってもいいぜ？」

せっかく許可してやったのに、苅谷はクスリとも笑わない。それどころか、これ以上ない真顔で
「本浄さん、鏡を見てみてください」と言った。

「鏡？」

言われるがままに反転して、開け放たれた試着室の鏡と向かい合う。

「……………っ」

そこに佇んでいたのは、初めて見る男だった。

ずいぶんと育ちのよさそうな男だ。

まともな家庭に育ち、日の当たる道を歩いてきた男。嘘や偽り、暴力とは無縁の男。

人を疑うことに慣れ切った刑事の目はいま明るく輝き、陰気くさい黒髪はしっとりと潤いを含んで艶めいている。

まるで別人だ。普段は不健康に青白いだけの肌も、上等な陶器さながらに白光して見えた。

同じ人間でも、上質なフォーマルウエアをきちんと身をつけただけで、こんなにも印象が変わるものなのかと驚いた。

「マジかよ。すげーな……」

「これはすごい。実に素晴らしい」

思わず零したつぶやきに、水谷の感嘆が重なる。

「我ながら見立てがびしっと嵌まって惚れ惚れします。いやいや、自画自賛はここまでにしましょう。やはり着る人のクオリティの高さあってこそです。正直、アルファ社交界でもここまでフォーマルが似合う人材は少ないですよ」

手放しで褒めそやされ、セールストークだとわかっていても背筋がむずむずした。

「煌騎くん、どう？」

興奮の面持ちで、水谷が苅谷に意見を求める。鏡越しに、刈谷の熱い視線に晒されて、むずむずがざわわに変わった。熱に浮かされたような、どこか恍惚とした表情で、鏡に映った天音を見つめていた男が口を開く。

「完璧です」

自信満々に言い切った。

「男性の正装は決まり事が多いですし、色合いも限られる。堅苦しくて窮屈で、お世辞にも着心地がいいとは言えません。けれど体をしっかりと包み込んでストイックに拘束することによって、スタイルの良さが際立ち、色香がいっそう匂い立つ。それこそが正装のアドバンテージだと思うんです」

熱弁をふるう苅谷に、水谷が我が意を得たりとばかりに、うんうんと何度もうなずく。

「本浄さんが生来持つ妖艶な魅力にエレガント要素が加わればまさしく無敵。天下無双の美しさなんじゃないかと思っていましたが……軽く想像を超えてきて驚いています」

「わかるよ。こういうことがあるから、この仕事は辞められないんだ」

満足げにひとりごちた水谷が、「じゃあ、この組み合わせで調整していいかな」と苅谷に確認した。

「お願いします」

苅谷のいらえを聞くなり、首にかけていたメジャーをしゅっと引き抜き、試着室の前に立たせた天音の体を慣れた手つきで採寸し始める。

「肩はジャストフィット。ふむ。まるで誂えたようだ。ジャケットの袖丈は、左を十五ミリ、右を十ミリ詰めたほうがいいな。……トラウザーズの丈は……」

屈み込んだ水谷が、余っていた裾を内側に折り込み、少し離れてバランスをチェックしては、また戻って来て一ミリ単位で微調整を施す――という動作をしつこく繰り返す。

「よし。この丈でシングルで仕上げます」

やっと決まったらしく、メジャーで測った数値をメモ帳に書き留める水谷に「もう脱いでいいか？」と訊いたところ、「結構です」と赦しが出た。

試着室に入ってドアを閉める。着慣れないものを脱ぎ、いつものカットソーとボトムに戻ってほっと脱力した。やっぱり体に馴染んだこいつらがいい。

この先もう一度コレを着るのかと思っただけでげんなりしたが、興梠攻略のためだ。

（仕方ねえ……）

ドアを開けて、脱いだ衣類一式を水谷に渡す。それを受け取った水谷が苅谷に尋ねた。

「調整が終わったら、きみに連絡すればいいのかな?」

「はい、携帯にいただけたら、ピックアップに伺います」

「わかった。本浄さん、試着お疲れ様でした。煌騎くん、ひさしぶりに会えて話もできて楽しかったよ。外までお見送りしましょう」

先に立って店の外に出た水谷が、にこやかに謝辞を述べる。

「本日はご来店ありがとうございました。またぜひお二人でいらしてください。煌騎くん、じゃあ仕上がったら連絡するね」

「連絡お待ちしています。では、またそのときに」

茢谷も微笑み返し、天音は軽く頭を下げた。

「タキシード、本当にすごく似合っていました。水谷さんに任せてよかったですね」

店の前に駐めてあった愛車に歩み寄り、茢谷がキーレスキーでロックを解除する。茢谷に続いて助手席に乗り込んでしまってから、なにかがおかしいと気がついた。

「おい、会計はどうした?」

運転席の茢谷に尋ねると、シートベルトを締めながら「ああ」とうなずく。

「この通りに並ぶ店には、基本レジシステムはないんです」

「どういうことだ? 金を払わないのか?」

茢谷の回答に納得できなかった天音は問いを重ねた。

「いわゆる信用商売ですね。店側はここで買い物をする人間の素性を知り尽くしていますし、行きずりの客が利用することもまずありません。従って現場での金銭のやりとりは必要ないんです。つけ払いのようなもので、締め日に請求書が届き、その都度、経理担当者が処理します」

やっと理解できた。だから値札がついていなかったのだ。

つまり、さっきのタキシードも言い値？

（マジか……）

おそろしい金額が記載された請求書を想像して肝が冷えたが、そこは先輩としての面子(メンツ)もあって、今更払えないとは言い出せなかった。

「なるほどな。じゃあ請求書が届いたら金額を教えろ。その請求額を俺がおまえに渡して、首藤家の経理に振り込んでもらう。それでいいよな？」

内心の動揺を隠して平静を装う天音に苅谷が向き直り、改まった口調で「本浄さん」と語りかけてくる。

「代金に関しては、はじめに心配しないでくださいと言いましたよね。あなたの意思を確認せずに勝手にここに連れてきたのは俺ですから、先程のタキシードの代金は俺が持ちます」

噛んで含めるような物言いをされ、むっとして言い返した。

「なんでおまえが払うんだよ？」

「亜矢の件は、もともと俺が引き受けた案件です。それに本浄さんを巻き込んでしまっているわけですから、興梠に会うための必要経費をこちらが持つのは当然です」

「…………」

巻き込まれたわけじゃない。それこそ勝手に亜矢の件に首を突っ込んだのはこっちだ。

だから苅谷が負い目を持つ必要はないのだが、おそらくこの様子では、いくら請求額を教えろと言っても素直に応じないだろう。そして、金額がわからなければ、こちらとしても払いようがなかった。

「……わかった。支払いの件は任せる」

苅谷が安堵の表情を浮かべる。

「よかっ……」

「ただし、使い終わったらタキシードは返却する」

「えっ……」

虚を衝かれた声を発して男が固まった。

「おまえが代金を払うんだから、おまえのもんだろ？」

「いや……返されても困ります。あのタキシードは本浄さんの体形に合わせて仕上がってくるんですから」

「こっちだって、タキシードなんて押しつけられても困るんだよ。使い道ねえし」

「そんなこと言わずに、プレゼントとして受け取ってください」

「プレゼント？」

聞き捨てならない発言に反応して聞き返す天音に、苅谷がしまったという表情をする。気まずそうに黙り込む男を問い詰めた。

「おい、なんだよ、プレゼントって」

「………」

「そんなもん受け取らねえぞ。受け取る筋合いがないからな」

釘を刺すと、苅谷が反抗的な眼差しを向けてくる。

「なんだ？　なんか文句あんのか？」

しばらくのあいだ、苅谷は天音を納得がいかない顔つきで睨みつけていたが、やがて葛藤を断ち切るみたいに自分から視線の交わりを解き、前を向いた。フロントガラスを見つめて、感情を押し殺したような低音で告げる。

「――ありません」

Resonance 4

その週の残りは刑事課三係が抱える組織犯罪案件に苅谷と共に駆り出され、亜矢の件を追う時間を作れないままに日曜日を迎えた。

「だが、今夜のパーティでうまく興梠に接触できれば、充分に挽回は可能だ」

例のタキシード——苅谷が『Tailor Mizutani』からピックアップして署に持ってきた——を身につけながら、天音はひとりごちた。そのためにいま小っ恥ずかしいコスプレをしているのだ。

ウィングカラーのシャツのウェストにカマーバンドを巻きつけたところで、コンコンとドアがノックされる。時間的に〝迎え〟だろう。

そう予測を立て、洗面所の鏡の前から離れた天音は、リビングを横断して玄関に向かった。ドアを開けると、果たして、玄関先にブラックフォーマルに身を包んだ苅谷が立っている。

「こんばんは」

「………っ」

思わず息を呑んだ。苅谷の服装が予想と違っていたからだ。

真珠のスタッドボタンが並ぶシャツの首元に白のバタフライタイを結びつけ、タイと共布の白のコットン素材の襟付きベストをコートの下に着用している。ダブルのブラックテイルコートの胸のポケットには、やはり白のチーフが差し込まれ、下衣の両サイドには側章(ブレード)が二本走っていた。足許は黒エナメルのオペラパンプス。片手に持っている白い手袋は革製のようだ。

てっきり自分と同じタキシードで来ると思い込んでいたが、苅谷が身に帯びているのは、燕尾服(テイルコート)だった。

それが正礼装における最上級の装いであることは天音にもわかる。首藤(しゅとう)家主催のパーティに於(お)いては、ホストファミリーは燕尾服を着る決まりがあるのかもしれなかった。

今夜の苅谷は装いに合わせてか、普段は額に下ろしている髪を上げて後ろに流している。形のいい生え際と秀でた額があらわになっているせいで、平素より鼻筋がさらに通って見え、ノーブルな美貌が強調されていた。

これもオールバック効果なのか、いつにも増してきりっとして見える眉の下で、青灰色の双眸(そうぼう)が神秘的な輝きを放っている。

「………」

セレブオーラ五割増しのバディに数秒間見入ってしまっていた天音は、ほどなく我に返り、目の前の男からすっと目を逸らした。

「入れよ」

素っ気なく促して踵(きびす)を返す。いつもどおり律儀に「失礼します」と断りを入れた苅谷が、室内に入ってきた。

動く燕尾服の苅谷をちらっと横目で窺う。

色使いを潔いほどに排除して白と黒のみで構成された装いは、ボタンとチーフ以外これといった装飾もない。だからこそ着ている人間の器量――本質が、残酷なまでに露呈してしまう。その点、パーティが日常茶飯事のアルファ様は見事なものだ。立ち居振る舞いもスマートで、燕尾服を完全に自分のものにしている。

「すぐ準備するから、ソファで待ってろ」

「はい」

洗面所に戻った天音は、鏡のなかの自分と向かい合って、苅谷との違いにうんざりした。

最上級の正礼装を、なんの気負いもなく着こなす苅谷。それに比べて自分はどうだ。

アルファ御用達テーラーの更衣室の鏡に映ったタキシードの自分は、そこそこ育ちのいい人間に見えなくもない――気がした。

だが〝本物〟を目にしてしまえば、とんでもない思い上がりだったとわかる。

高級タキシードを身につけ、それらしく着飾ったところで、中身のチープさは丸見え。所詮は紛いものでしかない。ただのイミテーション。ジャンク。本物のセレブとの違いは一目瞭然だ。ピアスを外しても、空いた孔は隠しようがない。

そんなことはわかっていたつもりだったが、「アルファ社交界でもここまでフォーマルが似合う人は少ないですよ」などと水谷にヨイショされて、どうやらその気になっていたらしい自分に腹が立った。

　苅谷はアルファだが、後輩という立場上、自分を立てて下手に出ている。またあいつが事あるごとに、自分たちは魂のつがいだなんだとしつこく言うもんだから、調子が狂って勘違いするのだ。

トップアルファと野良オメガが同格なわけがないのに。

　こんなコスプレ紛いでアルファのパーティに紛れ込んでも、浮きまくるのがオチだ。

だからといって、ほかに手はない。

（興梠に近づくためにはやるしかねえ……）

　気乗りがしないままに、渋々とボウタイを結び始めたが、蝶の形が歪になったり、曲がってしまったり、何度やってもうまくいかない。そもそも普通のネクタイすら、制服での交番勤務以降、かれこれ七年近くほとんど結んだことがないのだ。

　結んでは解き、結んでは解きを繰り返しているうちに、イライラしてくる。

　多分、衣装ににおいがつくのを懸念して、今日一日禁煙しているせいだ。ニコチン切れを意識すると、余計に苛立ちが募った。

「くそっ」

「本浄さん……手伝いましょうか？」

待ちくたびれたのか、はたまた悪戦苦闘を見かねたのか、苅谷が半開きのドアの向こうから声をかけてくる。

うるせえ、ほっとけ！　と邪険に追い払いたかったが、パーティの開始時間までもうさほど余裕がないことを考えたら、ここで意地を張っている場合ではないと思い直した。

「……頼む」

素直ないらえに驚いたように、数秒の沈黙が降りる。やがて苅谷がドアを開けて洗面所に入ってきた。苅谷に向き直った天音は、黙ってボウタイを手渡す。

心持ち顎を上げた天音の首に、ボウタイを回しかけた苅谷が、慣れた手つきで結び始めた。自分の手が直接肌に触れてしまわないように、気を配っているのがわかる。天音がまだ発情期中だからだ。天音も意識して動かないよう努めた。

だが狭い空間で、近距離で向き合っているせいか、苅谷から漂ってくるにおいを鼻腔がキャッチしてしまう。ほのかに甘いにおい……。

苅谷がつけているコロンか？

正体を探っているうちに、その甘いにおいが体に絡みついてきて、首筋がぞくっと震えた。

（まずい！　アルファフェロモンだ）

あわてて息を止めるのと同時に、「――できました」と苅谷がつぶやく。

「どうですか？」

天音は鏡のほうに体を向けた。さすがに結び慣れているだけあって、濃い紫のボウタイがきれいに蝶の形に結ばれている。曲がりもなく、きちんと正位置に収まっていた。

「まあ、いいんじゃねーの」

「すごく素敵です」

語尾に被せるような熱の籠(こ)もったつぶやきに、ぴくっと体が揺れる。鏡に映った苅谷の目も、昏(くら)い熱を帯びている。

「露出が少ないほうが色香が増して見えるのって……なぜなんでしょうね」

耳許で囁(ささや)かれ、さらに首筋がぞくぞくするのを感じながら、「さあな」と肩をすくめた。そんなことより、早くこの息苦しい空間から脱出しないとヤバい。

「手伝ってくれて助かった。俺じゃ何時間かけてもこんなふうには結べなかった」

自嘲混じりに礼を言うと、鏡のなかの苅谷が眉をひそめて、苦しそうな表情をした。

「……本当は……行かせたくないんです」

「あ?」

「こんなに魅力的なあなたをほかのアルファに見せたくない」

思い詰めたような表情で独占欲を吐露する男を、しばらく鏡越しに眺めていた天音は、ほどなくしてふっと唇の片端を上げる。

「おかげで自信を取り戻したぜ」

「本浄さん?」

「ってことはつまり、ほかのアルファ——興梠を落とせる可能性が高いってことだろ？」

悪辣な笑みを浮かべて嘯く天音に、苅谷が「それは……」と口籠もった。

「あいつが引っかかってくれるなら、セレブのコスチュームプレイをする甲斐もあるってもんだ。それこそが今夜の目的だからな」

複雑な顔つきの男を残して洗面所を出た天音は、椅子の背にかけてあったタキシードジャケットを摑み取り、ばさっと羽織る。腕を通しながらバディに告げた。

「行くぞ」

すでに一度アルファの本拠地に赴き、アルファ御用達の店が並ぶ並木道にも足を運んでいる。もはや大概のことでは驚かないと思っていたが。

（……甘かった）

苅谷が運転するツーシーターで首藤家の外門をくぐったのが数分前。しかしその後、走っても走っても目的地に着かない。

車窓から見えるアプローチは、森といっていいほどに樹木が鬱蒼と生い茂っていたが、時々不意に脇道が現れ、道の奥に建物のシルエットがぼんやりと浮かび上がって見えた。苅谷の説明によれば、それらの建物は本館とは別棟の別館であったり、図書館であったり、ガラス張りの温室——コンサバトリーであったり、ゲスト用のヴィラであったりするらしい。建物以外にも、プール、テニスコート、馬場、ヘリポートが敷地内に点在しており、全部で五つある庭は、前庭、屋上庭園、ロックガーデン、パティオ、迷路(メイズ)など、それぞれ特徴があるそうだ。

　要は、森を含んだ広大な土地すべてが首藤家の所有地であり、その中核となるのが、これから向かう本館だというわけだ。

　さすがはアルファのなかでも五指に入る名門・首藤家。タワマンの最上階で悦に入るエリートベータとはレベルが違う。

(本丸に辿り着く前に、すでに腹いっぱいだぜ)

　トップアルファの実力(ちから)を、これでもかと見せつけられていると、頭上を覆っていた樹木がようやく途切れ、一気に視界が開けた。

「おー……」

　思わず感嘆の声が出る。

　目の前に、寸分の狂いもなく均一に刈り込まれた広大な芝生が広がっていたからだ。そこに、これもまた人工物さながら同じ大きさとフォルムに刈られたトピアリーが、チェスの駒よろしく配置されている。緑の芝生を切り裂く車道は、ライトアップされた白い宮殿に向かってまっすぐ延びていた。宮殿と言ったが、そうとしか表現しようのないスケールの建物だ。

白を基調とし、要所要所に金の装飾をあしらったシンメトリーな建物は、エメラルドグリーンの屋根がアクセントになっている。

高さはそれほどでもなく、三階建てに屋根裏といった構造だが（とはいえ一階分が普通の住宅の二倍の高さはありそうだ）、とにかく左右に長い。正面玄関と張り出たバルコニーを有する中央の大きな建物から、左右対称に長く延びていて、両端には円柱形の塔のような建築物が付属していた。両翼の塔の屋根はドーム型で、これもエメラルドグリーン。

ファサードを埋め尽くす無数の窓から光が溢れ出て、建物全体がキラキラと煌めいている。まるで芝生のチェスボードに置かれた巨大なシャンデリアだ。

（……てか、これが自宅ってどうなんだよ？）

心のなかで突っ込んで、運転席を横目で見たが、茢谷はフラットな表情でステアリングを握っている。ここで生まれ育った茢谷にしてみれば、この宮殿での暮らしが〝日常〟であり、一般人なら生涯目にすることが叶わないような非日常的な光景も、なんの驚きもないありふれたものでしかないのだろう。

改めて、生きる世界の違いを噛み締めていると、車が宮殿の車寄せに停まった。

「到着しました。お疲れ様でした」

茢谷の労いに黙ってうなずき、シートベルトを外す。車から石畳に降り立つやいなや、制服を着たバレースタッフが駆け寄ってきて、茢谷からキーを預かり、車を運転して駐車場に運んでいった。

そうしているあいだにも、次々と高級車が車寄せに横付けされ、後部座席からドレスアップした男女が降りてくる。みずからステアリングを握ってきたのは苅谷くらいで、どのゲストもお抱え運転手付きのリムジンでの登場だ。

いかにも成功者カップルといったセレブオーラ満載の三十代の男女。親子らしき中年女性とティーンの娘。色違いのドレスに身を包んだ双子の姉妹。ワケありげな年配の女性と若い男。なかには、見るからにオメガと思われる美女を数名従えた白髭(しろひげ)の老紳士もいた。ベロア素材のタキシードを着て、毛皮のストールを巻き、ごつい宝石のついた杖をついている。

一見して年齢も性別もカテゴリーも様々だが、ここにいるということは、首藤家のパーティに招かれるだけのステイタスの持ち主なんだろう。

「玄関はこちらです」

苅谷の誘導に従って大理石の階段を上がった先には、見上げるような二枚扉が待ち構えていた。どうやらここが宮殿の正面玄関のようだ。

開け放たれたアーチ型の扉の前で、ゲストの一人一人に声をかけているのは、片眼鏡(モノクル)を装着した恰幅がいい六十代の男と、痩せ型の五十代の男だ。どちらもブラックスーツに身を包んでいる。彼ら以外にも、扉の陰にボディガードらしき屈強な男たちが数名控えているのが見えた。招待状を持たずに忍び込もうとするような不逞の輩(やから)は、見つかり次第、容赦なく摘み出されるのに違いない。

「煌騎(こうき)様」

恰幅がいいほうの男が、苅谷と天音を目ざとく見つけて歩み寄ってきた。

「篠崎(しのざき)、出迎えご苦労。こちらは職場の先輩の本浄さんだ。本浄さん、当家の家令の篠崎です。向こうにいるのが執事の高村(たかむら)です」

苅谷が、男と天音を引き合わせたのちに、出入り口に残ってゲスト対応をしている痩せ型の男を紹介する。

天音には「家令」と「執事」の差がわからなかったが、いずれにしても首藤家の使用人であることはわかった。ゲストに対しても物怖(ものお)じすることなく、堂々と接している様子から、おそらく位の高い使用人なんだろう。

「初めまして、本浄様。篠崎でございます」

優雅に一礼した男が、片眼鏡のレンズ越しに天音をじっと見つめてきた。本性を見定めるかのような、この目つきをよく知っている。容疑者を前にした刑事(デカ)の目だ。

「……煌騎様から警察の同僚の方をパーティにお招きすると聞いて、いささか案じておりましたが……これはまた大変にお美しい方で」

「だから言っただろう。心配はいらないと」

なぜかドヤ顔をする苅谷に、まだ視線は天音から外さないまま、篠崎が「ええ、ええ」とうなずく。

「おっしゃるとおりで、わたくしの取り越し苦労でございました。アルファ社交界の皆様に引けを取らない、素晴らしい着こなしです。とてもフォーマル初心者には見えません。これならば、ゲストの皆様のうち誰一人として、警察官だと気がつく方はおりませんでしょう」

満足げな声を出して、柔和な笑みを浮かべた。

「本浄様、首藤家のパーティにようこそいらっしゃいました」

事前に話が通っていても、事と次第によってはここで追い返される可能性もゼロではなかったのだと、篠崎の口ぶりから感じ取ったが、どうやら幸いにも家令とやらのお眼鏡に適ったようだ。

たとえ主人筋にあたる苅谷の仕事仲間であろうとも、社交場に相応しくない不穏分子をうろつかせて、会場の空気を乱すようなことがあってはならない。現当主・首藤圭騎の〝花嫁探し〟という使命を帯びているパーティであればなおのこと――。

（……そんなところか？）

篠崎の警戒心を解いた決め手が見た目にあったのなら、アルファ御用達テーラーの見立てにこだわった苅谷の判断は正しかったということだ。

（確かにいつもの格好じゃあ、パーティ会場どころか建物のなかにも入れなかった）

「じゃあ篠崎、もう行くよ」

苅谷の声がけに、篠崎が「はい、わたくしも仕事に戻ります」と答える。

「煌騎様も本浄様も、どうかごゆるりとお過ごしくださいませ」

第一関門を突破した天音と苅谷は、アーチ型の扉をくぐった。そのあとは順調に、体育館かと見紛う広さを持つエントランスホールを抜け、彫像や椅子や絵画が所狭しと並ぶギャラリーみたいな廊下を進み、本日のパーティ会場であるメインホールに辿り着く。

二百名は軽く収容できそうな巨大メインホールがまた、この世の贅の限りを尽くした造りだった。精密な宗教画が描かれた、それ自体が芸術品のような天井からは、クリスタルシャンデリアがいくつもぶら下がり、会場を光の宝石で照らしている。白い壁は精巧な意匠が施された額縁入りの絵画がひしめき合い、格子が嵌まったアーチ型の窓にはドレープカーテンが波打っていた。多彩な石が組み合わさって美しい幾何学模様を描く床。その上に敷かれた絨毯、壁際に配置された椅子やソファ、カウチ、コンソールテーブルなどの調度品も、おそらくは然るべき美術館に飾られていてもおかしくない代物だ。

ただでさえ絢爛豪華なホールに、めいっぱい着飾ったセレブリティが集っているのだから、並の人間なら入っていくのを躊躇うハードルの高さだ。天音にしても興梠という目的がなかったら、こんな場違いな集いに交ざりたくはなかった。

「もうだいぶ集まっていますね。行きましょう」

「……ああ」

足取りが重い天音とは裏腹に、苅谷は毛ほどの躊躇もなく、煌びやかなステージへと足を踏み出していく。燕尾服の裾を颯爽と翻らせ、人の波を掻き分けていく姿は、ハイソサエティな空気にしっくりと溶け込んでいた。

殺伐としたＤ東署や自分の殺風景な部屋――それらと苅谷はどことなく噛み合っておらず、傍から見ていて漠然とした違和感があった。生まれついてのエスタブリッシュメントである苅谷自身も、内心ではアウェーの居心地の悪さを感じていたのではないか。

だがいま、ゴージャスな空間に立つ苅谷は日頃の抑制を解き放ち、ここそが彼のホームなのだと思わせる輝きを放っていた。自分より能力の劣る人間に気兼ねせずに、本来持つポテンシャルを思う存分発揮できるステージだからだろう。

「………」

共鳴して発情して抱き合って、個と個が溶け合うような快感を共有したところで、この世には乗り越えられない一線というものが存在する。

非日常的な空間を目の当たりにして、彼我の差を思い知らされる気分でいると、苅谷が足を止めて振り返った。

「本浄さん？」

エスコートするみたいに差し出された苅谷の手を見て、ふーっと嘆息を吐く。

（ここまで来て、なにびびってんだ）

自分を奮い立たせた天音は、すっと顔を上げて歩き出した。

苅谷の言葉どおり、すでに百名ほどのゲストが、シャンパングラスを片手に、挨拶をしたり、会話を交わしたりしている。ゲストの談笑の声と、生の楽団が奏でる調べが渾然一体となって、ホール全体を満たしていた。

笑いさざめくゲストのあいだをたゆたうように、黒服のボーイたちが会場内を回遊している。彼らが捧げ持つトレイには、シャンパングラスが並んでいた。

「いかがですか？」

すれ違ったボーイが勧めてくる。

「いや、いい」

天音が断ると、苅谷が意外そうな面持ちで「呑まないんですか？」と訊いてきた。

「潜入捜査中だからな」

「正式な捜査じゃありませんし、そう堅苦しく考えなくても……一杯くらいいいでしょう」

アルコールを勧めてくる苅谷に眉をひそめる。

「なんで呑ませようとするんだよ？」

「このシャンパン、うちの系列のワイナリーで造っているものでとても美味しいんです。せっかくですから、本浄さんにもパーティを楽しんでもらいたいと思って」

「は？　なに言ってんだ。こんな場違いなキラキラした場所で楽しめるわけねえだろ？」

ピントのずれた発言に苛立ち、天音は噛みついた。対する苅谷も引かずに言い返してくる。

「本浄さんは場違いなんかじゃありませんよ。むしろこのなかの誰にも負けてな……」

「やあ、煌騎くん」

背後から声をかけられ、振り向くと、四十代後半くらいの品のいい紳士が立っていた。

「清人（きよひと）さん。おひさしぶりです」

「ひさしぶりだね。元気そうでなにより。実は今夜は母も来ているんだ」

「清子（きよこ）おばさまが？」

「うん。ただ、もう足がだいぶ弱っていてね。向こうのソファで休んでいる。母がきみに会いたいと言うので捜していたんだ」

「わかりました。では、ご挨拶に伺います」

「いい？　悪いね」

「もちろんです」

そう応じた苅谷が天音を顧みる。

「母方の大伯母に挨拶をしてきます。すみませんが、少しのあいだ、ここで待っていてもらっていいですか？」

「ああ、行って来いよ」

「すぐ戻ってきますから、動かないでくださいね」

「わかった」

「ぜったいですよ？」

しつこく念を押したあとで、親類の男性と立ち去った苅谷は、ほどなく人波に紛れて姿が見えなくなった。一人になった天音は、すーっと壁際まで後退し、生花が活けられた大きな壺の陰に隠れる。

ボリュームのあるアレンジメントの後ろに身を潜めれば、会場の人間からは見えづらく、それでいて出入り口ははっきりと見えた。会場に出入りする人間をくまなくチェックできる上に、情報収集に最適なポジションだ。

アレンジメントに同化して気配を消し、周囲の声に耳を澄ます。

「おや、ひさしぶりですな。しばらく顔を見ませんでしたが……」

「実は体調を崩して、別荘で療養しておったのです」

「そうでしたか。しかし、いまは顔色もよさそうだ」

「はは、こういった華やかな場に出向くとエネルギーをもらえますな。美しいお嬢さんたちは目の保養だ」

「え、ちょっと待って。顔直した？」

「わかった？　今日のために思い切ってメンテナンスしちゃった。だって、こんなチャンス二度とないかもしれないじゃない？」

「まあねー。私たちオメガがアルファの、しかも首藤家のパーティに招待されるなんて一生に一回あるかないかのラッキーチャンスだもんね」

「ヤバい。ドキドキする。もし、私が圭騎様の魂のつがいだったらどうしよう……」

「わかる～。私も昨日眠れなかったもん。でも違ってもいいの。ナマ圭騎様を近くで見られるだけで充分幸せだし」

「それそれ！」

「ねえ、今日招待されているオメガのなかに、圭騎さんの魂のつがいはいるのかしらね？」

「さあ、どうかしら。いずれにしても羨ましい話だわ。圭騎さんと結婚できるなら、私もオメガに生まれたかった」

「ばかね。結婚は別よ。家柄にこだわる首藤家がオメガの嫁なんて迎え入れるわけがないじゃないの。子供を産ませるだけよ。魂のつがいとのあいだには、優秀な遺伝子を持つ子供が生まれるらしいから、そのために適齢期のオメガを片っ端から招待しているのよ。正妻は身元の確かなアルファから選ぶに決まってるわ」

「えっ……じゃあまだ、私たちにも結婚のチャンスはあるってこと？」

「当たり前。そうじゃなかったら、今日だってこんなに独身のアルファが集まるわけないでしょう？」

　こうやって人間観察をしつつ、彼らの声を拾い上げるのは、天音の長年の習い性だ。有り体に言えば盗み聞きなわけだが、手っ取り早く情報を収集するのに、これに勝る術はない。

　モニタリングの結果、わかったのは、アルファ社交界のパーティ会場だろうが、ダウンタウンの雑踏だろうが、人間の欲望にさほど変わりはないということだ。

カテゴリーが異なれども、望みは同じ。

いい思いがしたい。愛されたい。選ばれたい。特別な人間になりたい。

くだらないと唾棄するのは簡単だ。だが、自分にそんな彼らを笑う資格はない。

素性を偽って、他人の人生を生きている自分には。

その上、いまはセレブの擬態までしている……。

(むしろ正直な分、こいつらのほうが俺よりずいぶんマシだ)

おのれの本性を自覚したせいか、無性に煙草(たばこ)が吸いたくなったが、ホール内は禁煙だ。吸うならばビリヤードルームでと、事前に苅谷から説明を受けていた。仕方なく壺から離れ、通りかかったボーイのトレイからシャンパングラスを摑み取る。一気にグラスを呷(あお)った。

喉に流し込んだ液体が食道を滑り落ち、胃に到達した瞬間、カッと体が熱くなる。

確かに苅谷が自慢するだけあって美味い。こんな美味いシャンパン、初めて呑んだ。

(もう一杯だけ)

空のグラスと交換で、新しいシャンパングラスを摑もうと伸ばした手を、寸前で引っ込める。人の壁の向こうに、頭一つ抜けた長身を見つけたからだ。

(苅谷……戻ってきた)

自然と視線が引き寄せられるのは、目立つルックスだけが原因じゃない。

発光しているみたいに、苅谷の周囲が明るいからだ。

光の正体は、莇谷が持つ、ポジティブでパワフルな陽のオーラ。

そのオーラに引き寄せられたゲストが、莇谷に声をかける。そのたび莇谷は足を止め、丁寧に言葉を交わしていた。相手が高齢の女性ならば労(いたわ)るように手を取り、子供ならば身を屈(かが)めて目線を合わせる。莇谷と話す相手はみんな笑顔だ。

人タラシのテクニックは、相手が若い女じゃなくても有効らしい。

老若男女をタラシまくりながら、十メートルほどの距離に十分を要して戻ってきた男が、「すみません、遅くなりました」と謝罪した。

「大した人気だな」

つい嫌みな物言いをしてしまう自分にイラついたが、どうしても素直になれない。

「パーティに出るのはかなりひさしぶりなので、めずらしがられてしまって」

皮肉も通じない男が苦笑を浮かべた。

「ひさしぶりなのか？」

「警察学校時代は寮生活でしたし、いまは仕事でそれどころじゃありませんから」

言われてみればそうだ。事件が発生すればオンもオフもない生活に突入し、場合によっては張り込みだってある。所轄(しょかつ)の刑事にパーティで優雅にシャンパンを呑んでいる余裕などない。

「大伯母に挨拶するついでにざっとホール内をチェックしてきましたが、まだ興梠は会場に姿を見せていないようです」

あちこちで愛嬌を振りまきつつも、見るべきところは見てきたらしい苅谷が報告した。

「来ないかもしれねえな」

「それはないと思います。兄直々の招待ですし、彼にとってこのパーティは上流階級に近づけるチャンスですから。単に前の予定が押して到着が遅れているんじゃないでしょうか」

「ならいいが……」

浮かない顔でつぶやいた天音は、続けてぽつりと零す。

「戻りたいと思わないのか？」

「戻る？」

怪訝そうな声を出した男に向き直り、青灰色の双眸を正面から見据えた。

「本来おまえがいるべき場所はここだ。戻りたくはないのか？」

意図するところを理解したのか、苅谷がわずかに両目を瞠る。だがすぐに「ありません」ときっぱり言い切った。

「確かにここは、気心の知れた人間ばかりで居心地は悪くありませんが……」

「居心地がいい悪いの話じゃねえ。おまえも二ヶ月刑事やってわかっただろ？　警察ってのはクソほど人使いは荒いわ、常に危険と隣り合わせだわ、そのわりに給料は安いわの超絶ブラックだぞ」

「警察がブラックな職場であることは否定しません。ですが、刑事になるのは子供の頃からの夢でしたから」

〝夢〟などという背中がぞわぞわするワードを真顔で口にされて、じわりと眉根を寄せる。

(そういやこいつ、屋上での初対面でもそんなこと言ってたな)

――子供の頃からの夢がやっと叶ったんだ。そう簡単に辞めたりしない。

初めて体を繋げ、お互いの素性を明かし合ったときも――。

――刑事になるのが子供の頃からの夢でした。

「なんでだ？　なんで刑事なんかに憧れた？」

首藤家の三男がわざわざ素性を隠してまで、所轄の平刑事というポジションに執着することに、当初から違和感はあった。だが、よくある金持ちの気まぐれかと思って、これまできちんと理由を追及したことはなかった。どうせ期間限定のお遊びなんだろうと高をくくっていたせいもある。

ところが、お坊ちゃまは思いのほかに一本気で、いっこうに〝刑事ごっこ〟に飽きる気配がない。

それどころか、持ち前の能力の高さを活かして着々と捜査スキルを体得し、ここ最近は面構えもそこそこ刑事(デカ)らしくなってきた。

まさかこいつ、マジでこのまま刑事を続ける気なのか？

そう内心で訝(いぶか)しんでいたところに、先程〝本来所属すべき場所(ステージ)〟で輝いている苅谷を目にしたことで、いよいよもって真意を確かめたくなったのだ。

約束された地位や将来を棒に振ってまで、なぜ刑事でいる必要があるのか、と。

「そういえば、本浄さんにはまだ話していませんでしたね」

特に秘密にしていたわけではなかったらしく、苅谷がフラットな口調で語り出した。

「俺、誘拐されたんです」

「誘拐⁉」

予想の斜め上をいく告白に、つい大きな声が出る。

「ええ、小学校に上がってしばらくした頃で……俺は六歳でした。営利目的略取で犯人は……」

「犯人は？」

思わず身を乗り出したとき、斜め後方から女の声が届いた。

「煌騎さん」

声の方角に顔を向けた天音の視界に、背の高いゴージャスな女性が映り込む。そこそこ年はいっているがかなりの美人だ。茶褐色の豊かな髪をアップにして、年齢のわりに引き締まったボディを深紅のマーメイドラインのドレスで包み込んでいる。胸元ギリギリまで露出したデコルテと形のいい耳には、ダイヤと思われる大ぶりの宝石が煌めいていた。耀きの強さからして、おそらく本物だろう。

「……母上」

苅谷のつぶやきに心のなかで叫んだ。

（母上って、苅谷の母親⁉）

驚いた。とても二十三歳の息子（それも三男）がいるようには見えない。だがそう思って改めて見れば、どことなく苅谷と面差しが似ている。茶褐色の髪と青灰色の瞳が同じだ。

アルファ特有の威圧的な眼差しで天音を見つめていた母親が、ドレスと同じ色のルージュで彩られた唇を開いた。

「この方はどなた？」

苅谷が「職場の先輩の本浄さんです」と答える。

紹介を受けた母親は、愛想笑いを浮かべるどころか、柳眉を険しくひそめた。母親の定番である「いつも息子がお世話になっております」の一言もない。

苅谷の両親は、息子が刑事になることに大反対だったと聞いている。そうであれば、息子の同僚を前にして、歓待とほど遠いリアクションになるのも仕方がないことなのかもしれなかった。

「本浄さんはとても優秀な警察官で、バディとして一緒に行動していて学ぶことも多いです。今夜は日頃お世話になっている本浄さんにお礼がしたくて、パーティに招待しました」

息子の説明にも母親は相槌を打たず、天音を見据えたまま動かない。身じろぎもせずに、視線だけが頭のてっぺんから靴の爪先までをゆっくりと移動した。

末息子のカテゴリー違いの同僚を仕方なく受け入れるのか、それともやはり初期段階で排除すべきか、そもそもこのベータに首藤の敷居をまたがせる価値があるのか——上から目線で査定されているあいだ、背中から尻にかけてのむずむずをなんとか堪える。

（アルファ社交界じゃ、不躾に人を値踏みするのはマナー違反じゃねえのかよ？）

別に好きであんたの息子とバディになったわけじゃねーし。なんだったら、こっちはいますぐコンビ解消したっていいんだ。言っとくけど執着してんのはあんたの息子のほうだからな！

喉元まで迫り上がってきた啖呵を、理性を総動員して呑み込んだ。ここでパーティから摘み出されたら、興梠捕獲計画がおじゃんだ。

かといってやられっぱなしは性に合わない。アイラインで強調された青灰色の双眸を睨みつけると、弓なりの眉がぴくっと震えて、キッと睨み返してきた。

「母上」

天音と母親のあいだに走る緊張感を察知した苅谷が、母親に話しかける。

「…………」

「父上はどこにいらっしゃるんですか？」

「…………」

「もう兄上にはお会いになりましたか？」

なんとか母親の気を引いて、話題の転換を試みようと、息子が悪戦苦闘していた最中。

「こちらでしたか、母上」

深みのある低音が、重苦しい空気を破った。迫力の低音ボイスの主は、漆黒のテイルコートをシックに着こなした美丈夫で、苅谷の母親の背後に立っている。長身でかつヒールを履いた彼女よりも頭一つ分背が高かった。

オールバックに流された灰褐色の髪、秀でた額とノーブルな鼻筋、端整な眉の下の色素の薄い瞳、ソリッドな唇。個々のパーツの完成度も非の打ち所がないが、それらで構成された怜悧な美貌は、整いすぎていて見る者を萎縮させるほどだ。

彼の登場に、苅谷が強ばっていた頰を緩め、「兄さん」と呼ぶ。しかしその前の段階で、天音には男の正体の察しがついていた。

首藤家の長男で、現当主の首藤圭騎。首藤コンツェルンのCEOとして、ときに冷酷なジャッジを下すことも辞さないところから、メディアに『氷の帝王』などという大仰な二つ名で呼ばれているが、当人を目にすればそれもうなずける。

「圭騎さん、どうかした？」

母親もわずかに表情をやわらげ――おそらくは自慢の――上の息子に尋ねた。

「父上が捜しています。海外からいらしたお客様を母上に紹介したいそうです」

「あら、そう。では、私は失礼するわ」

もはや興味を失ったとばかりに、天音に一瞥もくれることなく踵を返した母親が、ヒールをカツカツと打ち鳴らして立ち去っていく。遠ざかっていく後ろ姿を見送っていた苅谷が、シャツの襟首に指を差し入れてふーっと息を吐いた。

「煌騎、どうした？」

兄の気遣いの問いに、「うん……」と苦笑を浮かべる。

「兄さんが母上を呼びに来てくれて助かった」

片眉を上げた圭騎が、語られずとも察した顔つきをした。どうやら、気位の高い母親の扱いづらさは、兄弟の共通認識のようだ。

図らずも弟の窮地を救った兄が、天音に視線を向けて、「こちらの方は？」と尋ねてきた。

「本浄天音さん。俺のバディです」

そう告げる苅谷の顔はどこか誇らしげで、聞いていた天音は複雑な気分になる。

弟の紹介に「あなたが例の……」と含みのあるつぶやきを落とした圭騎が、右手を差し出してきた。

「初めまして。煌騎の兄です。あなたの話は弟から聞いています。煌騎はあなたをとても尊敬して慕っているようだ」

また握手だ。

(アルファってのは握手がデフォなのかよ？)

差し出された手に、腹のなかで舌打ちをする。だが目の前の男には、興梠の件で動いてもらった借りがある。それに母親と比べれば、ずいぶんと友好的だ。

「本浄です。こちらこそ、今回は便宜を図ってくださってありがとうございました」

腹をくくって差し出された手を取り、軽く握って離す。

テーラーの水谷のときと同じく、彼とのあいだにもなにも起こらなかった。

苅谷と同じ首藤の血を引くアルファならばひょっとしたら……という懸念もあったが、共鳴発情は起こらなかった。

これはいよいよ決定的だ。認めざるを得ない。

自分にとって苅谷が特別な存在であるということを――。

「弟は職場でどうですか？　迷惑をかけていませんか」

考え事をしていた天音は、圭騎の質問で現実に引き戻された。

「ああ……がんばっていますよ。仕事熱心だし、優秀です」

褒められた苅谷が虚を衝かれたように目を見開き、ややあってうれしそうに口許を緩める。いまにも見えない尻尾をぶんぶん振りそうだ。

「そうですか」

兄も表情を和らげてうなずく。すると彫像を思わせる冷たい美貌が、ぐっと人間みを帯びた。

「正直なところ、両親はいまだに弟が刑事になったことに納得していません。できれば警察を辞めて、家業を継いで欲しいと望んでいる。両親の気持ちもわからなくはありませんが、私は弟の希望を尊重して、応援したいと思っている。ただし私は、警察の仕事については門外漢です。その点、あなたは大変有能な刑事だと弟から聞いています。どうか弟を指導してやってください。よろしくお願いします」

泣く子も黙る『氷の帝王』も、末の弟には甘いらしい。

もしかしたら、家を背負って動けない自分の分も、弟には自由に生きて欲しいと願っているのかもしれない。自身は結婚相手すら、自由意志で決められない立場だ。

「そういえば、例の男は来ていないようだな」

「そうなんだ。せっかく兄さんに骨を折ってもらったのに」

「まだわからないだろう。この騒ぎは夜更け過ぎまで続くからな」

眉間(みけん)に皺(しわ)を寄せて鬱陶(うっとう)しげにつぶやいた圭騎に、少し離れた場所に立っていた秘書らしき男がすっと歩み寄ってきて、何事かを耳打ちした。

「……わかった」

軽く首肯(しゅこう)した圭騎が弟を見る。

「無事に目的が達成できるように祈っている」

「兄さん、ありがとう」

その肩にぽんと手を置き、圭騎は秘書を伴って立ち去った。数歩も行かないうちに、ゲストがわらわらと集まってきて、パーティの主役の周辺に人垣を作る。

群がる男女を悠然とスルーしていく『氷の帝王』をしばらく目で追っていたら、苅谷が「すみません」と謝ってきた。

「なにがだ？」

「母が失礼な態度を……」

神妙な面持ちの苅谷に向き直り、天音は「どうでもいい」と切って捨てる。

あの時は確かにイラついたが、もう過ぎたことだし、二度と会うこともない相手にいつまでも囚われているのは時間の無駄だ。

「それより、さっきの話の続きを聞かせろ」


「それより、さっきの話の続きを聞かせろ」

「さっきの話……ですか？」

煌騎は聞き返した。本浄が求める「さっきの話」がすぐにわからなかったのは、ほかのことに気を取られていたからだ。

本浄は「どうでもいい」と言ったが、先程の母の態度はひどかった。

警察関係者が気に入らないからといって、あんなふうにあからさまに失礼な態度を取るのはマナー違反だ。普段は礼儀作法に人一倍うるさいのに。

兄の圭騎があのタイミングで母を呼びに来てくれなかったら、衆人環視下での親子喧嘩に発展するところだった。

——正直なところ、両親はいまだに弟が刑事になったことに納得していません。

思考の流れから、先程長兄が本浄に告げた言葉がリフレインする。

警察官を目指すという進路について、両親とはそれこそ何度も膝を詰めて話し合った。自分の意志が固かったのと兄の後押しもあって、両親が折れた形になったが、結局は納得していないのだ。

本音では、いますぐにでも警察を辞めて、家業を継いで欲しいと思っている。

（まあ、それは仕方がない。この先の行動で、生半可な気持ちではないことを両親に示していくしかない）

決意を新たにしていると、本浄にやや苛立った声で、「おまえの誘拐話だよ」とせっつかれた。

「ああ……そうでした」

母と兄が来る前まで、自分の人生を変えた大きな事件の話をしていたのだった。

「どこまで話しましたか」

「おまえが六歳のときに、営利目的で誘拐されたってところまでだ」

「——犯人は、俺が通っていたアルファ小学校の事務員でした。あとで知ったんですけど、正規の職員ではなく、欠員に伴う臨時採用で半年間の任期だったようです。まだ二十代前半だった彼とは、校内で何度か話をしたことがあって……内容は覚えていないんですが、向こうから話しかけてきて、二言三言話したような感じだったと思います。眼鏡をかけたやさしいお兄さんという印象でした。おそらく向こうは、俺が首藤家の三男坊だとわかって話しかけてきたんでしょうね」

「その段階で、すでにロックオンされてたってことか。けど、校内じゃ教師やほかの生徒の目もあるし、行き帰りは送迎があったんだろう？」

本浄の確認に「ええ」とうなずいた。

「学校には送迎車で通っていたんですが、当時の俺は、もうちょっと遊びたいのに車に押し込められて強制送還されるのが嫌で、校内のあちこちに隠れて送迎スタッフを困らせていたんです。いま思えば、恒例となっていた〝放課後のかくれんぼ〟を犯人に見られていたんだと思います」

なるほどなと本浄が相槌を打つ。

「その日の放課後は、教室の後ろの掃除道具入れに隠れていたんですが、いきなり外からドアを開けられたんです。びっくりしたけど、開けたのが顔見知りの彼だったので、ほっとしました。彼に『みんなが捜しているよ』と言われ、見つかっちゃったなら仕方ないなと掃除道具入れから出ました。先に立って廊下を歩き出したところで、突然後ろから顔の下半分を塞がれて……意識を失いました」

「薬品を染み込ませた布で鼻と口を覆われたってことか」

「……だったのかもしれません。とにかく気がついたら、狭くて薄暗くて家具もないアパートの一室に、手足を縛られ、猿ぐつわを噛まされて転がされていました」

「犯人が誘拐用に用意した部屋か。監禁は何日続いたんだ？」

「三日です。監禁されていたあいだのことは、途切れ途切れの記憶しかないんです。食事は与えられず、一日一回パックの牛乳をストローで飲まされるのが唯一の栄養補給でした。トイレのときは手足の拘束を外されたんですけど、なにも食べてなくてエネルギー切れだった上に、ずっと縛られて床に転がされていたから足腰が弱っていて、逃げ出すとか、抵抗するとか、そんな力は残っていなかった……」

悲惨な状況下に置かれた子供を想像したのか、本浄が痛ましげに眉をひそめた。

「犯人は交渉がうまくいかなくて苛立っていました。『俺を舐めるな！』とか『特権階級のアルファに、底辺で藻掻く俺の苦しみがわかってたまるか！』とか、携帯に大声で怒鳴りつけたり、壁を蹴ったりしていました。警察の指示で交渉を引き延ばされていること、捜査の手がじわじわと我が身に及びつつあることを感じていたんでしょう。追い詰められた犯人は、日に日に殺気立っていきました。いまに殺されるんじゃないか……そう危機感を抱いていたら、あるときついに刃物を持ち出してきて」

「包丁か？」

「刃渡り二十センチくらいの牛刀でした。刃先を喉元に突きつけて、『おまえを殺せば、おまえの家族は永遠に苦しむ。地獄に堕ちろ、アルファめ！』と……」

「……」

「身代金が取れないなら、いっそ俺を殺して自分も死のうとしたのかもしれません。喉元に押しつけられた刃のひんやりした感触に血の気が引いて、目の前が真っ暗になったのを覚えています」

犯人が首藤家や自分個人に恨みがあったわけではないことは、のちの供述で明らかになっている。

裕福ではないベータの母子家庭で育った犯人は、望んでいた大学に進学が叶わず、就職も非正規雇用に甘んじた。契約社員として働き出した勤め先もブラック企業であったために、ほどなく心身を壊し、一年ももたずに自己退職。以降はアルバイトで食いつなぐようになる。やがてたった一人の身内であった母が病に倒れたが、高額医療費を払えずに他界。うつ病が再発し、アルバイトをしながら心療内科への通院を余儀なくされる。ようやく回復したので、アルファ小学校の臨時職員の募集に応募したところ、運良く採用された。

ようやく得たまともな職。期間限定だったが、勤務態度次第で延長もあると言われ、希望を胸に働き出した。しかし、アルファ校の恵まれた環境に接するにつれ、複雑な感情を抱くようになる。

高級ホテルのような設備。一流デザイナーの手による制服。専用のシェフが作る豪華な食事。リムジンによる送迎。それらを当たり前のように享受する子供たち。

そんな彼らに使われる立場の自分。

同じ人間なのに、なぜこうも違うのか。

アルファに生まれついたというだけで優遇され、なんの苦労もなくエリートコースを進み、輝かしい未来を約束された彼らに、日を追ってやっかみの念が膨らんでいき、抑えられなくなった。

その頃だ。メディアでよく名前を聞く「首藤家」の子供が通っていることを知った。

――誘拐がリスキーだってことはわかっていた。成功の確率が低いのも。けど、どうせろくな人生じゃないし、一発逆転に賭けてみる価値はあると思った。失敗したってアルファに一矢報いることはできる。あいつら、自分たちが特別で無敵だって思っていやがるからさ。攫うのは別に誰でもよかった。あのガキでなくてもよかった。ただ、どうせ事件を起こすなら、より有名な家の子供のほうがインパクトがあると思った。

犯人はそう供述したらしい――。

アルファに対する一方的な妬みと、うまくいかない自分の人生への嫉みに突き動かされた男に、世間に与えるインパクトが強いというだけの理由でターゲットにされ、仮に殺されていたとしたら、あまりにも理不尽だ。

自分だって好きこのんでアルファに生まれついたわけではない。

人は誰しも生まれる場所を選べないのだ。

(だが、自分の出自に抗うことはできる)

努力いかんで、自分で生きる道を選ぶことはできる……。

遠い過去の出来事だと思っていたが、ひさしぶりに振り返ってみると、当時の辛くて悲しい気持ちが生々しく蘇ってきて心臓が痛くなった。それほどまでに、胸に深く刻み込まれたトラウマなのだと改めて認識する。

「それで?」

本浄に冷静な声音で促され、気を取り直した煌騎は、続きを口にした。

「もう家族には会えないかもしれないと絶望していたら、突然ドアが蹴り破られて、大勢の警察官が雪崩を打って突入してきました。犯人は『くそ！　死ねーっ』などと叫び声をあげ、包丁を振り回して暴れましたが、一人の刑事が果敢に組み合い、取り押さえて手錠をかけたんです。犯人捕獲後、その刑事は部屋の隅で震えていた俺の側に来て、『首藤煌騎くんだね？』とやさしい声で話しかけてきました。俺がうなずくと、猿ぐつわを外して拘束を解いてくれました。それでもまだショックで体が動かない俺を『もう大丈夫だ』と言って抱き締めてくれたんです。人のぬくもりを感じたら、フリーズしていた感情が一気に溢れ出してきて、その人にしがみついて号泣してしまいました。俺が泣きやむまで、彼はずっと背中をさすってくれて……」

いまでも、あのとき彼が与えてくれた安心感は、色褪せることなく記憶に残っている。

「その人が、犯人が住むダウンタウン地区を管轄する警察署所属の刑事で、地道な聞き取り捜査の末に監禁場所を突き止めたのだと知ったのは、覆面パトカーで家まで送り届けられて、家族と再会することができたあとでした。両親は、息子の命の恩人である彼に直接お礼を申し上げたいと願い出たそうですが、上役を通して『職務を遂行しただけですから』と辞退されてしまったみたいです。本庁の面子を考慮して、これ以上は出過ぎた真似をしないよう身を引いたのかもしれません」

「所轄あるあるだな」

「だから彼に会ったのは助けられたときの一回だけで、名前もわからないし、正直顔もよく覚えていないんです。それでも脳裏に焼きついたまま、ずっと消えることはなかった。俺にとって、彼はヒーローだった。いつしか彼に対する憧れは、将来の夢へと変化していきました。自分もいつか〝あのひと〟みたいに、絶望の淵に立って苦しんでいる誰かを救いたいと思うようになって……」

「それで刑事に……そういうことか」

本浄が腑に落ちたような表情でつぶやいた。

「できれば、あのとき言えなかった感謝の気持ちと、彼と同じ道を歩み始めたことを本人に伝えたい——そう思って、警察官採用試験に受かった際に検索したんですが、それらしき人物はヒットしなかった。D東署に配属になったときも、ひょっとしたら彼に会えるんじゃないかと期待したんですけど、残念ながらうちの署員ではなかったようです。もう異動になってダウンタウンにはいないのかもしれません」

と、本浄が不意に眉間に皺を寄せて左の耳たぶを摘む。いつもはそこに並ぶピアスとイヤーカフは、今夜はTPOを弁えてか、装着されていなかった。

「本浄さん、どうしました？」

煌騎の問いかけには答えずに、しばらく穴の空いた耳たぶを引っ張っていたが、おもむろに口を開く。

「……その刑事は、事件当時三十歳くらいでかなり大柄じゃなかったか？」

煌騎は両目を瞠った。

「ええ、そうです。自分が子供だったことを考慮しても、かなり大柄な人でした。ほかの刑事より頭一つ分大きくて、体もがっちりしていて。そのわりには声が穏やかでやさしくて……でもなんで知っているんですか？」

その疑問もスルーした本浄が、じわりと目を細めてひとりごちる。

「……ヒットしないはずだ」

「え？」

「もうこの世にいないからな」

まるで〝あのひと〟を知っているかのようなつぶやきに、苅谷は眦を決して食いついた。

「どういうことですか⁉」

「殉職したんだよ。おまえの命の恩人は、俺がルーキーだったときの指導教官で、初めて組んだバディだった」

「ええっ……」

思わず大きな声が出る。自分の命の恩人が、本浄の新人時代のメンターだった？

（そんな偶然ってあるのか？）

「本当にその人ですか？」

「いまおまえの話を聞きながら、妙なデジャブを覚えた。それで記憶を探ってみて、以前に彼――小田切さんがアルファの子供の誘拐事件を担当したことがあるって言ってたのを思い出したんだ。アルファの子供の誘拐事件なんて、そうはごろごろ転がってねえだろ」

彼の名前が判明した喜びを嚙み締める間もなく、その死を知らされた煌騎は絶句した。

(嘘だろ⁉)

そう叫びたかったが、ダウンタウンの警察署所属の刑事で、年頃と体格が同じで、アルファの子供の誘拐事件に携わったことがあったという——これだけの要素が重なっている人物が、同一人物じゃない確率のほうが低い。

いきなり目標を見失った喪失感で、足許がゆらゆら揺らいでいるような錯覚に陥った。

「……殉職……」

「ああ……更生させようとしていた不良のガキに刺されてな。そいつは身寄りのないヤク中で、しょっちゅう道端でラリってはしょっ引かれていた。その頃、小田切さんは生安の少年課にいたんだが、そいつが引っぱられるたびに留置所から出してやって、もうクスリはやめろって懇々と言い聞かせて……そうやって何度も便宜をはかってやった見返りがナイフでズブリだ」

やるせなさを磨りつぶすみたいに、本浄がギリッと奥歯を軋ませる。

「…………」

「これ以上何度手を差し伸べても同じだ、無駄だって言ったんだがな……。『あいつだって好きでああなったわけじゃないし、中途半端に関わるのが一番いけない。ここまできたら最後まできちんと面倒を見るのが筋だ』ってさ。……正義感の塊で、見て見ぬ振りができない人だった」

苦いものを含んだ低いつぶやきを耳に、十七年前のアパートでも、刃物を振り回す犯人に果敢に立ち向かっていった姿が脳裏に還った。

「二人で担当した最初の事件が解決したときに、記念にもらったこいつが遺品になっちまった……」

下衣のポケットから愛用のオイルライターを取り出した本浄の、初めて見るような切なげな表情を目にした瞬間、これまでは漠然としていた不安が、いきなり顕在化する。

形式上、自分たちはバディということになっている。だが本心では、本浄は自分を相棒だと認めていないのではないか。この二ヶ月、その疑念が拭い切れなかった。

そしてそれは、思い過ごしじゃなかった。

本浄の心の奥底には、永久欠番のバディとして、彼――小田切がいる。

本浄を巡る最大のライバルが、自分の人生を変えた〝あのひと〟だった。

越えられない高い壁が命の恩人であったという、運命の皮肉な巡り合わせに、煌騎は言葉もなく立ち尽くした。

Resonance 5

(苅谷が刑事になったきっかけが、小田切さんだった……？)

ここにきて明らかになった新事実に衝撃を受け、天音は手のなかのオイルライターを見つめた。苅谷も、自分たちの意外な接点に驚くのと同時に、命の恩人がすでに亡くなっていたことにショックを受けているようだ。呆然とした面持ちで、小田切の遺品を眺めている。そうなって当然だろう。人生の目標としてずっと追いかけてきた人が、もうこの世にいないのだから――。

「…………」

パーティの華やかなざわめきとは対照的に、二人で沈鬱な空気を纏っていると、どこかで携帯の呼び出し音が鳴り出した。

「おい、おまえじゃないのか？」

天音の指摘に、苅谷が小さく身じろぎ、下衣のポケットから携帯を取り出す。「父からです」とつぶやいて耳に当てた。

「はい、ええ。……わかりました。いまからそちらに向かいます」

通話を切って、ふーっとため息を吐く。

「父から呼び出されてしまいました。今度は父方の親族が集まっているみたいで。少し外していいですか？」

身内がいない天音にはわからない感覚だが、アルファというのは血の繋がりを大切にするらしく、パーティに滅多に顔を出さない本家三男坊の顔を見たい親戚が大勢いるようだ。

「ああ、行って来い」

「なんだかバタバタと落ち着かなくてすみません」

恐縮する苅谷に、天音は「気にすんな」と鷹揚に答えた。

「ガキじゃねえんだ。勝手にやってる」

「すぐ戻ってきますが、もし俺がいないあいだに興梠が現れたら携帯に連絡をください」

「わかった」

「重々わかっているとは思いますが、単独行動はしないでください。いいですね？」

またしても念を押して苅谷が立ち去り、残った天音は、先程の話を反芻しつつ頭を整理した。

六歳で誘拐され、殺されかけたというのは、かなりハードなトラウマ案件だ。普通なら心の傷になってもおかしくないが、それを「自分みたいに絶望して苦しんでいる誰かを救いたい」とポジティブ変換できるところに、苅谷のメンタルの強さを感じる。しかも、親の猛反対を押し切り（そうするまでに相当な困難があったであろうことは、今夜ここに来て思い知らされた）、厳しい警察学校での訓練や慣れない寮生活などのハードルを乗り越えて本当に夢を実現してしまうのだから、その実行力も並大抵ではない。

それがアルファというものなのか、苅谷特有の能力なのかはわからないが……。

それにしても、苅谷が刑事になったきっかけを作ったのが小田切だったというのは、ものすごい偶然だ。

一人のベータが起こした誘拐事件が、本来なら交わることのなかったD東署の刑事と、名門アルファの子供を結びつけた。

事件を通して、小田切は苅谷の心に生涯消えない鮮明な印象を残し、彼の人生を変えた。

だがそれも納得できる。

小田切は、それだけ大きな人だった。

あの頃——野良オメガであることを隠して警察官になったばかりの自分は、いまよりもっと警戒心が強くて尖(とが)っていた。一日も早く功績を挙げたいと気負って、同僚は信頼する仲間ではなく、出し抜くべきライバルだと思っていた。

そんな気負いと、〝秘密〟を抱えての慣れない業務がホルモンバランスを乱したのかもしれない。周期が乱れ、予定よりもかなり早く発情期(ヒート)が来てしまった。その結果、当時指導官だった小田切に秘密を知られてしまった。

さっきの苅谷の話じゃないが、目の前が真っ暗になり、「終わった」と思った。絶望する自分に、小田切は「大丈夫だ。誰にも言わない」と約束してくれた。そして本当に、最後まで口外することなく、秘密を守り通してくれた。

　他人に心を許さない山猫みたいな新人を任されて、ベテランの小田切といえども苦労が絶えなかったはずだ。それでも、そのおおらかさと包容力で、空回りする自分を見守ってくれた。捜査の基礎を教えてくれたことも含め、自分がいまも刑事でいられるのは小田切のおかげだ。

　そこまでつらつらと考えていて、ふと思いつく。

（そういえば、もうすぐ小田切さんの命日じゃないか？）

　じわじわと両目を見開き、「……そうだ」とひとりごちた。

　毎年命日には欠かさず、遺族である妻と一人娘に会いに行って、仏前にお参りしてきた。なのに今年は、苅谷から聞いた話に小田切が出てこなかったら、大切な日を失念するところだった。

　首筋がひやっとする。事前に気がついてよかったという安堵と入れ違いに、自分への猛烈な憤りが込み上げてきた。最悪だ。

　多忙を言い訳にはできない。苅谷がバディになってから、苦手な事務処理を任せられるようになり、これまでは一人でやっていた業務も分担できるようになって、明らかに以前より負荷が減っている。現に今回の亜矢の件だって、時短になったからこそ首を突っ込む余裕があったわけで……。

　物理的な理由ではなく、苅谷と組むようになってからペースが乱れている……。人との関わりを避けて生きてきた以前の自分と、いまの自分は明らかに違う。

　知らず識らずのうちに変わりつつあるおのれを自覚して、「くそっ」と低く吐き捨てたとき、視界に一人の男が映り込んだ。

せかせかと忙しない足取りで会場の入り口に姿を現したのは、推定年齢四十代半ばの黒タキシードの男だ。身長は百七十五センチ前後。ゴルフ焼けとおぼしきこんがり焼けた肌。すべての造作が大きくて暑苦しい顔立ち。

実物は初見だが、何十回と見た画像によって、その濃いめのルックスは網膜に焼きついている。間違いない。ターゲットの興梠だ。

（来た！）

見知った顔を探しているのか、興梠はきょろきょろしている。しかし、現時点では知人は見つけられなかったようだ。ボーイから受け取ったシャンパンを片手に、所在なさげに会場をうろうろし始めた。

（チャンスだ）

ターゲットに向かって歩き出そうとした天音の脳裏に、ふと苅谷の声が還る。

――すぐ戻ってきますが、もし俺がいないあいだに興梠が現れたら携帯に連絡をください。

――重々わかっていると思いますが、単独行動はしないでください。いいですね？

そうは言っても、苅谷のが戻ってくるのを待っているあいだに、興梠が知り合いを見つけたらチャンスは半減してしまう。

（いましかない）

瞬時に判断して足を踏み出した。人波をかいくぐってターゲットに近づき、すれ違いざま、相手の肩に自分の肩をドンッとぶつける。

「おおっと」

興梠の上半身がぐらつき、手許のグラスが揺れてシャンパンが零れた。

「きみ、危ないじゃないか」

声を荒らげた興梠が、グラスを別の手に持ち替える。

「すみません」

謝りながら胸ポケットからチーフを引き出した。興梠の手についたシャンパンをチーフで拭き取ってから、伏せていた目蓋(まぶた)をゆるゆると持ち上げる。

目と目が合った瞬間、興梠が瞠目(どうもく)した。瞬(まばた)きを堪(こら)えて目に全神経を集中させていると、瞳が熱を持って潤んでくる。うっすら涙の膜がかかった双眸(そうぼう)で、興梠の目を見つめ続けた。

「きみは……」

魅入られたみたいに固まって天音を見つめ返していた男が、掠(かす)れた声でつぶやく。

「ひょっとして……オメガか？」

その問いかけには答えずに、口の端でふっと微笑む。絡み合っていた視線を解(ほど)いて、通りがかったボーイからシャンパンを二つ受け取った天音は、そのうちの一つを興梠に差し出した。

「新しいシャンパンをどうぞ。俺が零してしまったグラスは受け取ります」

まだ少しぼんやりしたような表情で、興梠が手持ちのグラスを渡してくる。

「……ありがとう」

「こちらこそ不注意ですみませんでした。シャンパンを呑み過ぎてしまったみたいで……」

そこで意味ありげに言葉を切り、ふたたび興梠の顔をじっと見つめた。

「もしかしてお一人ですか？」

「あ、……ああ」

必要以上に両目をぱちぱちと瞬かせて、男がうなずく。

「俺も一人参加なんですけど、すごいパーティですよね。なにもかもが豪華過ぎて……なんだか場違いだなって思って、そろそろ引き揚げようかと考えていたところなんです」

「わかるよ」

興梠が我が意を得たりとばかりに同意を示す。

「実は僕も急に招待を受けてね。せっかくのお誘いを無下にするのも悪いから、仕事の予定を繰り上げて来てみたものの、結局知り合いもいなくて……」

「パーティのぼっち参加ほど居たたまれないものはないですよね」

天音はいたずらっぽく微笑んだ。

「まったくだよ」

興梠が照れ笑いを浮かべる。

「よかったら、少し外でお話ししませんか」

誘いかけると、男はまんざらでもない顔つきで「構わないよ」と応じた。


興梠と肩を並べた天音は、開放されたガラスの扉を抜けて会場の外に出た。短いアプローチを抜けて、さらに尖塔型（せんとうがた）のアーチをくぐる。するとそこは、テラコッタ色の石が敷き詰められたテラスになっていた。真っ白なベンチやパラソル付きのガーデンテーブル、ガーデンチェア、ボックスソファが要所要所に配置され、観葉植物が間仕切りの役目を果たしている。

テラスには、パーティ会場の熱気から逃れて、風に当たりに来たゲストの姿がちらほら見えた。

「あそこにしましょう」

周囲に人気（ひとけ）のないボックス席を指さす。誘導するように先を歩いた天音は、辿り着いたボックスソファに、興梠と横並びで腰を下ろした。テラスを囲む白いフェンスの向こうには、ライトアップされた美しい庭が広がっている。敷地内に五つあるという庭の一つなのだろう。色とりどりの花が咲き乱れ、八角形の東屋（ガゼボ）と円形の噴水を擁（よう）する美しい庭園だ。

「噂には聞いていたけど、本当にすごい邸宅だな……」

羨望（せんぼう）の眼差しで前方の庭を眺めていた興梠が、感嘆混じりの声を落とす。

「首藤家のどなたかとお知り合いなんですか?」

天音が水を向けると、興梠は「直接の知り合いじゃないんだけど……」と言葉を濁した。少しのあいだ迷う素振りを見せていたが、自慢したい気持ちに逆らえなかったようだ。

「実は今回、首藤圭騎氏から直々に招待メールをもらったんだ」

「首藤圭騎って、首藤コンツェルンのCEOですよね。トップから直々なんてすごいじゃないですか!」

すかさずテンション高めの声で持ち上げる天音に、男が得意そうに小鼻をひくつかせる。

「面識はないんだけど、もしかしたら僕の会社をどこかで知って、興味を持ってくれたのかもしれないな。圭騎氏にはあとで挨拶をしようと思っている」

「会社というのは?」

天音の呼び水にまんまと誘われた興梠は、タキシードのポケットからカードケースを取り出し、名刺を一枚渡してきた。

「僕、こういう仕事をしていてね」

受け取った名刺を持ち上げて、「興梠政志さん」と読み上げる。

「『チャンスプロモーション』……って、よくネットやテレビで名前を見聞きします。芸能プロダクションですよね?　けっこう大手じゃないですか?」

「業界ではまあまあ大きいほうかな」

　やや盛っておだててみたところ、興梠は得意満面の顔で肯定した。さっきまでは会場の雰囲気に呑まれて萎縮していたが、天音のヨイショが功を奏し、本来のペースを取り戻してきたようだ。

「うちの看板と言えば安藤美月だね」

「安藤美月、きれいですよね。俺、大ファンです」

　ますます男の小鼻が膨らむ。わかりやすい男だ。

「ところできみ、名前は？」

「アマネです」

　下手に偽名を名乗ってうっかりミスをするリスクを考え、下の名前を告げる。

「アマネくんか。仕事はなにをしているの？」

「飲食関係で働いていたんですけど、先月末で辞めていま求職中です。かなりブラックな職場だったんで体調崩しちゃって。でも俺、親を早くに亡くして一人なんで働かないとマズいんですよ」

　憂い顔でつぶやくと、興梠の目がぴかっと光った。

「だったらさ、芸能界は興味ない？」

「芸能界……ですか？」

　両目を瞠り、戸惑いの表情を作る一方で、オメガフェロモンをじわじわと小出しに解放する。

　ヒートの期間中に限り——という縛りはあるが、天音はオメガフェロモンの放出をある程度は自分でコントロールできた。その能力に気がついたのは、初めてのヒートを迎えて二年ほどが過ぎた頃だ。遺伝なのかもしれないが、母はとうに他界していたので確かめようがなかった。

　ヒート時のオメガは、フェロモンの蛇口が全開になっている状態と言える。それを抑制剤で抑制――要は薬の力で蛇口を閉めて、だだ漏れになっているフェロモンを止めるわけだ。自分はそのストッパーを自力で外して、蛇口を開いたり、閉じたりすることができる。ただし大量のフェロモンを抑えつけるほどの能力はないので、あくまでピルを飲んだ上での話になる。

　古来オメガは、ヒート時にオメガフェロモンをコントロールする術を持たないがゆえに、ほかのカテゴリーから虐げられてきた。自分の能力は不完全だが、進化の過程の突然変異であると考えられなくもない。この先、何世代か先に、ピルの力を借りずとも、フェロモンの放出をコントロールできるオメガが生まれてくるかもしれない。そうなれば、オメガの地位は向上し、自分のように素性を隠さなくても、刑事や医者、政治家になることができる――。

　とはいえ、それはまだ遠い未来の話。現段階で、中途半端なこの能力の使い道といえば、相手を誘惑することくらいだ。それも、野良オメガであることを隠している身ではそう乱発できないし、ヒートの最中限定なので機会自体もかなり限られる。ここぞというときの奥の手だ。

　しかも、これだけ人が集まっている場所となれば……慎重を期す必要がある。

　量を調整しつつ、天音が小出しに放出したオメガフェロモンに反応して、興梠がぴくぴくと眉尻を動かし始めた。特別なにおいを感じ取ってはいるが、極めて微量なので、それがオメガフェロモンだとは気がついていないようだ。

「芸能界なんて無理ですよ」

「そんなことはない。仕事柄、美形を見慣れているけど、きみには外見の美しさだけに留まらない特別な魅力がある」

「特別な魅力なんて……」

「僕はね、大勢のスターを発掘してきた。安藤美月も僕がスカウトしたんだ。その僕が言うんだから間違いない。容姿が整っているだけじゃスターにはなれない。さっきの会場にも、アルファ美女やオメガ美人が山ほどいたが、僕の目を引きつけたのはきみだった」

口説きモードに入ったのか、興梠の口調がどんどん熱を帯びてくる。分厚い二重の目も熱を孕み、ギラギラと光り出した。

「きみには芸能界で成功する人間特有のオーラがある。そして僕にはそのオーラをキャッチする才能がある」

断言した興梠が、天音の手を摑んで引き寄せる。

「想像していたとおりだ」

うっとりと囁いて、摑んだ手を撫でさすった。

「すべすべでシルクみたいな手触り……」

さらに顔を近づけてきた興梠に、耳にふーっと熱い息を吹きかけられる。うなじの産毛がぞわっと逆立ち、男の手を振り払いたい衝動に駆られた。

（なーにが僕にはオーラをキャッチする才能があるだ。……キモいんだよ、おっさん）

勘違い野郎のこいつが、亜矢を貢ぎ物としてスポンサーに差し出したのかと思うと反吐が出そうだが、彼女の死の真相を明らかにするためには、ここが踏ん張りどころだ。

嫌悪感をぐっと抑えつけた天音は、逡巡するように目を伏せた。まつげをふわふわと震わせてから、ゆるゆると目蓋を持ち上げ、興梠を上目遣いに見つめる。男がごくりと喉を鳴らした。興梠の手がみるみる体温を上げて汗ばんでいく。やがて微量のアルファフェロモンを鼻腔が捉えた。

興梠が発情している証だ。トラップは成功。

しかし諸手を挙げて喜ぶ気にはなれない。天音の心は別の事柄に奪われていた。

意図したわけではないが、今回のヒート中に三人のアルファと肉体的接触をした。

テーラーの水谷。首藤圭騎。そしていま隣にいる興梠。

興梠に至っては、自分のオメガフェロモンに反応して、アルファフェロモンを放出している。

それでも、共鳴発情は起こらなかった。

（触れ合うことで、電流が走って発情するのはやっぱり〝あいつ〟だけ……）

駄目押しを食らった心境で、そっと唇を噛んでいた天音は、ふと感じた気配に顔を上げる。

「………っ」

いつの間にか、当の〝あいつ〟が、険しい顔つきでボックスソファの傍らに立っていた。

（苅谷!?　いつ来たんだ？）

優美な礼正装にそぐわない、殺伐としたオーラを立ち上らせた苅谷が、剣呑な目つきで興梠を睨めつける。次に無言で視線を落とし、重なり合っている手を食いいるように見据えた。強い殺気に気圧されたらしい興梠が、あわてて天音の手を離して腰を浮かせる。

「じゃ……じゃあ、僕はそろそろ失礼するよ」

上擦った声でひとりごちると、中腰のまま天音の耳に口を近づけた。

「もし気が向いたら連絡を。待っているから」

早口にそう囁くやいなや、天音の返事は待たずにボックスソファから立ち上がり、そそくさとその場を離れていく。遠ざかる後ろ姿を執念深く睨みつけている男に、天音は不機嫌な声音で問いかけた。

「……おまえ、どうしてここに？」

「あなたのオメガフェロモンを辿ってきました」

振り返った苅谷が、不気味な無表情で答える。

「……そんなににおってたか？」

「安心してください。俺にしかわかりません」

断言されて、それはそれでムカついた。

なんでおまえにはわかるんだよ？

そう噛みつこうとしてやめる。訊かずとも答えがわかったからだ。

魂のつがいだから。自分にとって特別なアルファだから。

実際につい今し方、荊谷が〝特別〟であることを思い知らされたばかりだ。

退路を断たれたような、やさぐれた気分になり、「だったら俺が攻略中だってわかっただろ？」と苛立ちを吐き出す。

「せっかくターゲットに接近して、攻略している最中だったのになんなんだよ？　邪魔すんな、ばか！」

八つ当たりだとわかっていても、矛先を収められない天音に、荊谷が冷ややかに反論してきた。

「俺がいないあいだに興梠が現れたら携帯に連絡をくださいと言いましたよね？」

それに関しては何度も念を押されていたので、突かれると弱い。

「……おまえを待ってたら取り逃がすと思ったんだよ」

天音の言い訳を完全スルーした荊谷が、問いを重ねてきた。

「なぜ手を握らせたんですか？」

「なんでって……あそこで拒否ったら、せっかく釣り針にかかった獲物を取り逃がすかもしれねえだろ？　魚心あれば水心、知らねえのかよ」

開き直る天音に、荊谷が眉間に皺を刻んで、ふーっと聞こえよがしなため息を零す。

「要するに、お得意のオメガフェロモンで誘惑していたということですよね」

「は？　なんだ、その言い草は？」

嫌みな言い回しにカチンときて、ばっとソファから立ち上がり、苅谷と向き合った。二度とそんな生意気な口をきけないようにしてやるつもりだったが、正面から見た苅谷の表情が陰りを帯びて暗いことに驚き、気勢を削がれる。

「俺の気持ち……知っているくせに」

荒んだ目をした苅谷が、当てつけがましくつぶやいた。

「あなたが別の男といちゃついているのを見せつけられた俺が、どんな気持ちになるか、あなたはわかっているはずです」

「………っ」

ぴくっと肩を揺らす。

確かにわかっていた。攻略現場に同席すれば、苅谷が傷つくであろうことは想像がついた。だからこそ、こいつがいない隙にとっとと終わらせようと思っていたのだ。

なのに、ごくごく微量のオメガフェロモンを嗅ぎつけ、攻略現場に踏み込んできてターゲットを威嚇しやがった。興梠がほぼ攻略済みだったからよかったものの——。

経緯を思い起こすにつれて、いったんは収まっていた怒りがまたぞろ沸き上がってきた天音は、目の前の男をきつく睨みつけた。

「やっと接触できたターゲットにガンつけて追っ払っておいて、なにキレてんだよ？　俺が好きこのんでガン黒アルファオヤジに媚びへつらってたとでも思ってんのか？　虫唾が走るの堪えてお触りを許したのも、亜矢の死因を解明するためだろうが」

「それはわかっています。……ですが、誘惑する必要はありませんよね？」

「前にも言ったが、これが俺の武器だ。ここぞというときに奥の手を使ってなにが悪い。おまえが首藤の権力を利用して興梠をこの場に呼び寄せたのと同じだろ？」

天音の指摘に、苅谷が「だとしても！」と大きな声を出す。直後、激高してしまったおのれを戒めるかのように深呼吸をしてから、抑揚のない声音を紡いだ。

「俺はあなたにその武器を使って欲しくないんです」

頼み込むようでいて、一方的に要求を押しつけてくる男に、ますます苛立ちが募る。

「勝手に彼氏ヅラすんなっ」

憤りを叩きつけると、苅谷が肩を揺らした。

「おまえ、なんか勘違いしてねえか？　このタキシードもそうだ。プレゼントのつもりだかなんだか知らねえけどな。こんなものもらったってこっちは迷惑でしかないんだよ。それとさっき、『せっかくだからパーティを楽しんでもらいたい』だとかほざいていたが、選民意識丸出しのアルファと玉の輿狙いのオメガが集まる場で楽しめるわけねえだろ。胸クソ悪くて反吐が出るわ！」

ここぞとばかりに胸に溜まっていた鬱憤を吐き出す。それでもまだ気が収まらずに言葉を継いだ。

「今回の件で、俺たちは相容れないことがはっきりわかった。こんな宮殿みてーなデカさの屋敷で執事に傅かれて育ったおまえと、生きるために路上で泥水啜ってきた俺とじゃ成育環境が違いすぎるんだよ」

天音が導き出した結論を突きつけても、苅谷は動じなかった。

「過去がなんだっていうんですか？」

「……はあ？」

「歴史は人間を学ぶ教科書であり、過去になにがあったかを知ることはとても大切です。ですが、過去はもはや誰にも動かすことができない確定事項です。それより大事なのは、まだ不確定な未来だ。いまの俺たちがなにを思い、どう感じるか。どう決断して、どのように行動していくかで決まる未来です。アルファもベータもオメガも同じ人間で、その違いはそれぞれが持つ特徴の差異でしかない。男女の性差と同じです。俺はカテゴリーで人を区別したくないし、分断と格差のない世界を目指したい」

この期に及んで真顔で理想論を吐く甘ちゃん野郎に、体中の血が頭のてっぺんまで上る。

「じゃあ訊くけどな。おまえの兄貴はパーティを開いてオメガを集めて、魂のつがいを探しているらしいが、仮に見つかったとして、子供を産ませたあと、ちゃんと責任取って結婚するのかよ？」

突っ込まれた苅谷が「それは……」と言葉に詰まった。端整な貌が苦しそうに歪むのを、胸のすく思いで眺める。

（ざまあ。できもしねえきれいごと抜かすんじゃねえ。ボンボンが）

おのれの性根がひん曲がっているのを重々承知の上で、天音はあえて露悪的にハッと鼻でせせら笑った。

「やっぱりな。あのプライドが高そうな母親がオメガの嫁なんざ受け入れるわけねえよな。ガキだけ引き取ってオメガは生涯愛人扱い。結婚相手は由緒正しいアルファから選ぶ。結局おまえらアルファはオメガをコマ扱いして、利用することしか考えちゃいねえんだよ」

優秀な跡継ぎを確保するために、魂のつがいを利用する。優生思想の最たるものだ。

典型的な、アルファによるオメガのバース性の搾取。

オメガのルックスを商売に利用し、枕営業までさせている興梠も同罪だ。

「そんなことありません！　……少なくとも俺は違います」

反論する苅谷に、天音は「違わねえよ！」と声を荒らげた。

「おまえだって同じだ……」

いまは脳が共鳴発情で得た快感を忘れられず、余韻に酔ってるだけだ。

狂おしく抱き合ったところで、深く繋がったところで、所詮は一時のこと。

発情モードが終われば、自分たちのあいだには虚しい現実が――どうしたって乗り越えられない大きな川が横たわっている。

「確かにいますぐというわけにはいかないかもしれません。ですが、ゆくゆくは兄と一緒に、血統至上主義で凝り固まった首藤の家を変えていきたいと思っています。本当です」

思い詰めたような表情で、苅谷が切々と訴えてきた。

「あなたのことも真剣です。俺は本気で、魂のつがいのあなたを幸せにしたいと思っている。お願いですから信じてください」

「………」

(幸せにしたいだと？　施しのつもりか？　ノーブレス・オブリージュかよ？)

世間知らずの脳内お花畑もここまでくると害悪だ。

「退け。俺は帰る」

前方に立ち塞がっている男に向かって、凄むように低く言い放つ。

目的を果たした以上、もはや一秒だってアルファのテリトリーにはいたくなかった。

「聞こえなかったのか？　退け」

無慈悲に繰り返す天音に、苅谷が必死の面持ちで懇願してくる。

「どうすれば信じてくれるんですか？」

縋るような問いかけには取り合わず、「いいからそこを退け！」と命じた。しかし苅谷は動こうとしない。

頑なに行く手を阻む苅谷にちっと舌を打ち、仁王立ちしている男を回り込んで、横をすり抜けようとしたときだった。

いきなり二の腕を摑まれる。摑まれた場所からびりびりっと電流が走った。

「……っ……」

衝撃に、一瞬息が止まる。止まっていた息を、意識的にはっと吐き出した刹那、心臓がドンッと大きく跳ねた。それをきっかけに、鼓動がドッドッドッドッと早鐘を打ち出す。

「……なにしてんだ、このばかっ」

怒鳴りつけて苅谷の顔を見た。ついさっきまで焦燥が浮かんでいた青灰色の瞳はいま、黒く塗りつぶされている。昏く据わった双眸を見て、〝ついうっかり〟ではなく、〝確信犯〟なのだと気がついた。

（ヤバい！）

ざっと血の気が引く。

「離せっ！」

叫んで、狂ったように前後左右に腕を振り回した。自由がきくほうの手で上半身をバシバシ叩き、脚をガンガン蹴りつける。だが奮闘も虚しく、拘束はほんのわずかも緩まなかった。

力では本気を出したアルファに敵わないこと、普段の苅谷は自分に対して手加減しているのだということを、まざまざと思い知らされる。

「離せ、馬鹿野郎！」

なんとか振り払おうと必死に藻掻いているあいだにも、摑まれている左の二の腕を起点とした痺れは途切れることなく続き、体温がぐんぐん上昇していく。身に覚えのある〝兆候〟に、毛穴という毛穴から汗が噴き出した。

自分と同じ痛みを伴うほどの電流を感じているはずなのに、苅谷はまるで怯(ひる)まず、それどころかいっそう握る手に力を込めて天音を引っ張る。問答無用とばかりにぐいぐいと引っ立てて、テラスからホールに戻ったかと思うと、人混みを薙(な)ぎ倒(たお)す勢いで会場を通過して廊下に出た。

「おい！　どこ行くんだよっ」

叫びにも似た問いかけに返事はない。顔が見えないので、苅谷がなにを考えているのかまったくわからなかった。

「くそっ……」

移動の最中(さなか)も体温の上昇は続き、噴き出した汗が滴り落ちる。二の腕を掴んでいる苅谷の手も燃えるように熱かった。やつもまた発情しているのがわかる。

ピルの抑制力も、フェロモンをコントロールする能力(チカラ)も、こいつの前ではクソの役にも立たない。

固く閉めていたフェロモンの蛇口を、許可も取らずに強引に開かれる感覚――！

「はあ……はあ」

やがて緋色(ひいろ)の絨毯(じゅうたん)が敷き詰められた大階段が現れる。腰を落として踏んばったが、信じられないような馬鹿力で、階段を引っ張り上げられた。

(息が熱い……体が熱い……下腹部が熱い……)

視界が霞(かす)んで頭がグラグラする。一段ごとに意識が遠のいていく。

もう、自分がいまどこにいるのかもわからない……。

ガチャッ、バンッという大きな音に、遠ざかっていた意識が引き戻された。

突如クリアになった視界に飛び込んできたのは、見上げるほど天井の高い部屋だ。彫刻が施された天井から下がるドロップシャンデリア。壁一面の書架。石の暖炉。バーカウンター。ライティングデスク。ソファセット。カウチ。ウィングチェア。――シックだが高級そうな家具が点在している。

（ここ……どこだ？）

部屋の中程まで引き込まれた天音が、見慣れぬ空間をぼんやり見回していると、背後でキィー……バタンとドアが閉まる音がした。とたん、空気中のアルファフェロモン濃度が濃くなる。

（もしかして……苅谷の部屋か？）

部屋に染みついたにおいと、目の前の苅谷が放出しているフェロモンが相まって、噎せ返るようなアルファフェロモンの洪水に襲いかかられた。ドクドクと心臓が激しく脈打ち、全身がぶるぶると小刻みに震える。唇がわななき、目の奥が熱く痺れ、涙の膜が眼球を覆った。

（ヤバい……マジで……ヤバい）

このままだとまた正気を失ってしまう。

理性も矜持もポリシーも吹っ飛んで、ただひたすらに快楽のみを貪る獣に成り下がってしまう。

ヒートという嵐に呑み込まれ、肉欲に溺れるオメガそのもの――一番なりたくない自分になるのは――いやだ。

（いやだ‼）

強い抵抗感が力を与えてくれたのかもしれない。最後の気力を振り絞って、この腕の拘束を薙ぎ払うことができた。不意を突かれたらしい苅谷の手が離れ、体が楽になる。

逃げろ。逃げろ！　逃げろ‼

頭のなかで鳴り響くアラームに背中を押され、震える足を前へと踏み出した。絨毯に足を取られてよろめき、家具の角にあちこち体をぶつけながらも無我夢中で逃げて逃げて――はっと気がついたときには目の前に窓があった。

「えっ？」

暗いガラス窓に映った自分の顔に声を出す。ドアのほうに向かったつもりで、逆方向に進んでいたようだ。それほど動揺していたんだろう。

（しまった！）

体を反転した瞬間、すぐ背後に立っていた苅谷と目が合った。

「……かり……っ」

顔の両側にバンッと手を突かれ、ガラスがビリビリと震える。

「……っ……」

喉を突く悲鳴を、かろうじてギリギリ飲み込んだ。

両腕で自分を囲い込む男は、いつもの苅谷じゃなかった。日頃は饒舌(じょうぜつ)な瞳が漆黒の闇に覆われ、濡れたように黒光りする目の奥に、情欲の炎が透けて見える。育ちのよさというヴェールを剝ぎ取った苅谷の貌は、彫りの深さとノーブルさがいっそう際立ち、兄と似た為政者のオーラを纏っていた。

やはりこの男は生粋のアルファなのだ。よく訓練された警察犬のフリをしているが、その本性は牙を隠した野生の肉食獣であることを、今更に思い知らされる。

「………」

人を従わせる強さと冷酷さを兼ね備えた支配者の眼差しで、蝶の翅をピンで留めるがごとく天音をガラスに磔にした苅谷が、ゆっくりと片方の手を離し、テイルコートを脱ぎ去って背後に投げ捨てた。次に首許のボウタイを乱暴に解く。シャツの首許を緩めると、鞣し革のようにぴんと張った肌があらわになった。くっきりとした鎖骨のあたりから、ひときわ濃厚なアルファフェロモンが漂ってきて、下腹がずくっと疼く。

(くそ……勃ってきた)

背後はガラス窓。前にはスイッチが入ったアルファ。自分はエレクトしかけていて、まともに歩くこともできない。……打つ手なし。完全に詰んだ。

無駄な足掻きだと知りつつ、それでも天音は干上がった喉の奥から、掠れ声を絞り出した。

「な……に考えてんだ、おまえ……」

「………」

「ここをどこだと思っ……」

が、やはり無駄な抵抗だった。言い終わる前にふたたびガラスに手を突いた男に、むしゃぶりつくみたいに唇を奪われ、大きく目を見開く。中途半端に開いていた唇のなかに、すかさず分厚い舌が潜り込んできた。反射的に逃げを打つ舌を、強引に搦め捕られる。

「っ……ん、ん……ンッ」

絡み合った舌をなんとか解こうと抗ったが、果たせなかった。覆い被さっている男を押し返そうとした両手も、あっさりと片手で一つにまとめられてしまう。

「んんっン……」

頭の上で両手を拘束された状態で、顎を摑まれ、強く固定されて、口腔内を好きなように嬲られる。

意志を持った舌がうねうねと動き回り、歯列や歯茎、上顎の裏側、両サイドの粘膜と、余すところなく舐め尽くす。舌の裏筋を舌先で舐め上げられて、首の後ろがぞくぞくとそそけ立った。喉の奥に溜まった唾液を、舌でくちゅくちゅと攪き混ぜられ、じゅっと吸われる。口腔を陵辱される水音が鼓膜に響き、首筋がびりびり痺れた。

「う……うぅ、ふ、うっ……」

駄目押しよろしく、舌の真ん中あたりにくっと歯を立てられて、びくんっと全身がおののく。

「……っ——」

ジ……ンと脳髄が痺れて、眼球が潤んだ。背筋を貫く甘い痺れに陶然とする。

びりびりびりびり……いつまでも余韻が消えない。

散々に陵辱し好き放題し尽くした舌が出て行き、口接を解かれた瞬間、天音はガラスを背にくっつけたまま、ずるずると沈み込んだ。

ひと月以上禁欲していた体に、魂のつがいとのキスは強烈すぎて、もはや自力では立っていられなかった。

「はあ……はあ……はあ」

床にぺたんと座り込んで両足を投げ出す。熱い背中にガラスの冷気が気持ちよかったが、下腹部はその程度ではクールダウンできないほどに熱を孕んでいた。

(もう……駄目だ)

尋常でない火照り。発汗。痺れ。疼き。渇きと飢え。

自分が発情しているのがわかる。

いまのキスがトリガーとなり、最後のストッパーが外れて、ついにヒートが発動してしまった。

全開になったオメガフェロモンを浴びて、苅谷の息がどんどん荒くなっていくのがわかる。ラットモードに入りかけているのか、自分を見下ろす顔は上気し、その目は飢えた猛獣さながらにギラついている。うっすらと汗ばんだ肌。忙しく上下する、ドレスシャツに包まれた逞しい胸。そして、下衣の前立てを押し上げているエレクトの兆し。そこからクラクラするような、濃厚なアルファフエロモンが漂ってきて、急激な欲望を覚えた天音は、ごくりと喉を鳴らした。

（……欲しい）

一度そう思ってしまったらもう駄目だった。

ここ一ヶ月余りの禁欲の反動も手伝い、頭のなかが「欲しい」一色で塗りつぶされ、それしか考えられなくなる。

太くて硬いアレをねじ込まれて、なかをぐちゃぐちゃに掻き回されたい。

気持ちいいアソコを張り出たエラでぐりぐり抉(えぐ)られてトロトロになりたい。

少し乱暴にガンガン突かれまくりたい。

（それから……）

まだ一度も味わったことのない快感を思い浮かべ、無意識に舌で唇を舐めた。

一番奥でぶっ放されて、ザーメンでドロドロにされたい……。

その様をリアルに妄想してしまったせいか、体の奥の子宮がきゅうっと縮む。体温が一気に上がって、毛穴という毛穴から汗が噴き出した。

熱い。熱い。熱い。熱い――――！

「……はっ……はっ……はっ」

体に溜まった熱を放出しようと胸を喘(あえ)がせていると、苅谷がしゃがみ込んでくる。床に投げ出した天音の足から、オペラパンプスとシルクの靴下を剝ぎ取り、後ろに投げた。次にタキシードジャケットを脱がせ、ボウタイを解き、シャツの首許を緩めてカマーベルトを外す。続けてカフリンクスを外してシャツを脱がし、サスペンダー付きの下衣と下着も脱がした。

その間天音も、脱がせやすいように腰を浮かせたり、体を捻ったりして、苅谷を能動的にサポートする。異常な火照りのせいか、ぴったりとフィットするように仕立てられた衣類が汗で張りつき、我慢ならないほど暑苦しく感じられて——一秒でも早く脱ぎ去りたくてたまらなかったからだ。一つ装備を解かれるたび、本来の自分に戻っていく気がした。

ついにすべてを取り去って、ほっと息を吐く。やっと楽になった。

脱力する天音の腕を苅谷が摑んで引っ張り上げる。立ち上がった瞬間に、裏返しにされた。

「っ」

ガラスと向き合った天音の瞳に、窓の向こうの景色が映る。

ライトアップされた美しい庭園。その庭園を散策したり、談笑したりしているゲストたち。映画のワンシーンのような光景を目にして、すっかり頭から抜け落ちていた現実が戻ってきた。

ここは首藤の屋敷で、ガラスを一枚隔てた外ではパーティが続いており、まだ大勢のゲストが邸内に残っている。

もし、庭を歩いている誰かが何気なく上を見たら。

窓の明かりに気がついて、目を凝らしたら。

（素っ裸の自分が丸見えだ——！）

あわてて窓から離れようとした天音の両手を苅谷が摑み、バンッと窓ガラスに押しつけた。摑まれている手首から、何度目かの電流がびりびりと走り、息を呑む。フリーズした天音の左耳に、苅谷が唇を近づけてきた。

「……タキシード姿のあなたも素敵だったけど、やっぱりなにも身につけていないあなたが一番きれいだ……」

熱い息を耳殻に吹き込まれて、ぶるっと身震いする。今度は苅谷の濡れた舌が、ピアスの穴に触れてきた。普段はピアスで隠れている穴を、舌先でつつかれ、舐められ、耳朶ごとしゃぶられて、首筋がぞくぞく粟立つ。

「ずっとこうしたかった……」

「……変態」

悪態をついたところで、声に力がないことは自分でもわかっていた。ピアスの穴を舐められて感じている自分のほうがよっぽど変態だ。

天音が大人しくなったせいか、苅谷が手首から手を離し、乳首を弄り始める。すでに硬くなり始めていた乳頭をきゅうっと引っ張られ、ぴりっとした刺激に「……っ……」と息が漏れた。半勃ちだったペニスがぴくんっと震える。

二つの乳首を両手で別々に愛撫するのと同時進行で、耳殻に舌を突っ込まれてぬるぬると舐められて、天音は体を捩らせた。引っ張ったり、捻ったり、押しつぶしたり——苅谷は乳首を弄る際の力の入れ加減やタイミングが絶妙で、快感を引き出す術に長けている。考えてみれば、男性器と違い、本来やつのフィールドである女とのセックスでも乳首責めはつきものだ。

「……んっ……ふっ」

乳首が性感帯であるという意識がない自分でも、悪辣な指使いにたやすく感じさせられ、堪えきれない声が漏れる。身をよがらせられているうちに、いつしか官能のバロメータである性器も完勃ちしていた。先端にカウパーがじわっと滲む。

「うんっ……ん、ぁん……」

視界の端で捉えた暗いガラス窓に、白い裸体がくっきりと浮かび上がっていた。二つの乳首をツンと尖らせ、フル勃起させた性器の先端を先走りで光らせたあさましい姿。快感に蕩けきったしまりのない自分の顔から、天音は目を逸らした。

こんな自分はいやだ。許せない。

「手をもう少し下にずらしてください。……お尻を突き出して」

なのに、苅谷に耳許で囁かれると逆らえない。まるで催眠術にかかったみたいだ。これがアルファの〝コマンド〟ってやつなのか。

指示どおりに突き出した尻の肉を、背後に立った苅谷が両手でそれぞれ包み込んだ。二つの肉の塊を、手のひらでしばらくマッサージするように撫でさすっていたが、やおら真ん中から割り開く。暴かれたアナルに視線を感じて、カッと全身が羞恥を孕んだ。

「見るな……っ」

「わかりました」

やけにあっさりと応じた苅谷が、視線の代わりに指をあてがう。ぐっと圧力を感じた次の瞬間、硬い棒状のもので体を割り開かれ、背中がしなった。

「あぅっ」

「力まないで。余計に痛いです。体を楽にしてください」

落ち着いた声音で言い含めながら、じわじわと指を押し込んでくる。頃合いを見計らってか、第二関節まで入った指を動かし始めた。

「んっ……んっ」

ガラスに両手を突いた体勢で〝なか〟を解(ほぐ)されていると、ほどなくして、ぬぷっ、にゅぷっと水音が聞こえてくる。

「……濡れてきました」

「いちいち言うなっ」

アナルから溢れた分泌液が、太股をとろとろと伝い落ちる感覚が疎(うと)ましかった。男でありながら、男の欲望を受け入れやすいように濡れる。繁殖のために作られた肉体を、意識せざるを得ないからだ。

粘膜を解す一方、苅谷がもう片方の手で陰嚢(いんのう)を掴んでくる。袋を揉み込むようにして、なかの球を指で転がされて、鼻から「んふっ」と甘い息が漏れた。こういった男の証を厭わない愛撫には心持ち救われる。

体の内部と外側からもたらされる、種類の異なる快感に陶然と腰を揺らしていたら、背後の苅谷がごくりと喉を鳴らした。

「なか、締めつけてきてすごいです。指を食いちぎられそうだ……そろそろいいですか？」

切羽詰まった声音で伺いを立てられ、「はやく……しろっ」と口走る。天音自身、もう限界だった。

ずるっと指が抜かれ、衣擦れの音が聞こえ、ほどなくして灼熱の漲りを押しつけられる。苅谷の雄に与えられた快楽を覚えている体が、条件反射で、きゅんっとアナルを収斂させた。

ヒクつく孔を張り詰めた亀頭でぐぐっと押し開かれ、「ひっ」と悲鳴が口をつく。

ただでさえデカいのに、一ヶ月以上のブランクがあるせいか、余計にきつく感じた。苅谷も苦しいようで、「狭い……」とひとりごちる。それでも怯むことなく、じりじりと押し進んできた。

「んっ……は……あ」

いますぐに苅谷が欲しい気持ちと、アルファの侵入を拒みたい心。

自分を明け渡したくないという思いと、いっそ強引に暴いて欲しいという被虐的な欲求。

相反する感情が錯綜する。

天音が葛藤しているあいだにも、果敢に侵入を試み続けていた苅谷が、勢いをつけて残りを一気に押し込んできた。肉と肉がぶつかって、ぱんっと大きな音が響く。

「……っ」

わずかな隙間もなくみっしりと、剛直が自分の空洞を埋めている感覚。

この上ない一体感。

そうか……これが――ずっと欲しかったのだ。

「……ここにずっと来たかった。この瞬間を……死ぬほど待ちわびていました」

自分のなかにいる男が、万感胸に迫った声でつぶやく。

ひさしぶりの苅谷は、それ自体が発熱しており、脈動までもがドクドクと感じられた。

(……熱い)

前回より生々しく感じる理由をぼんやり考えていて、やがて思い当たる。

生だからだ。

(しまった!)

ゴムの用意がない。だからといって、ここまできて今更引き返せない。すでにラットモードの苅谷だって止められないだろう。

天音の動揺をよそに、苅谷が動き始めた。過敏になっている粘膜を巻き込むみたいにずるっと引き抜き、抜け切るギリギリで、根元まで一気に押し込んでくる。

「あぁっ」

天音は大きく背中を反らした。

魂のつがいがすぐ側にいるのに触れることを禁じられ続けた苅谷は、その若さもあって本当に我慢の限界だったのかもしれない。檻（おり）から解き放たれた大型犬よろしく、いきなり助走なしのトップスピードで攻め立ててきた。抜き差しのたびにズチュッ、ヌプッ、パチュッという水音と、パンパンパンと肉がぶつかる重たい音がユニゾンで響く。手加減なしで腰を打ちつけられ、容赦なくガンガン突かれて、肩や額がガラスにゴッゴッぶつかった。

（激し……い）

でも、その激しさがいい。女を抱くみたいにやさしくされるより、よっぽどいい。

もっと壊れるほど強く揺さぶって欲しい。

（もっと……！）

天音の心の声をキャッチしたかのように、ピストンがいっそう激しくなった。

「あっ……あっ……ああッ」

無言で腰を振る苅谷が、抽挿のたびに濃厚なアルファフェロモンを放出し、それが絡みついてきて、頭が朦朧（もうろう）としてくる。勃起の先からだらだらとカウパーが滴り、内股がピクピクと小刻みに震えた。

「先走りもすごいけど……なかもびしょ濡れで……もうぐちゃぐちゃですよ？」

「だから言うなって！……くそっ……もうイキそうだ」

絶頂が近いことを訴える天音の左耳に、苅谷が噛みついてくる。甘い痛みがぴりっと走り、目の前がチカチカと白光した。

「あぁっ――ッ」

全身をぶるりと痙攣(けいれん)させた直後、ガラスにぴゅっと白濁が飛ぶ。

「あ……あ……」

射精の余韻に震える天音の後ろから、苅谷がずるっと抜け出た。脱力してずるずると沈みかけた体を後ろから支えられ、くるりとひっくり返される。

まだ頭の半分がぼんやり痺れていた天音は、向き合った男の股間を見てぎょっとした。凶暴な雄がそそり立っていたからだ。

(まだイッてなかったのか？)

どうやら先に一人で達してしまったのだと気がついたとき、苅谷が天音の片脚を摑んでぐいっと持ち上げた。無理矢理開かれた足と足のあいだに、猛々しい屹立をずぶっと差し込んでくる。

「ひ、あっ」

不意打ちに悲鳴が迸(ほとばし)った。半開きの唇に苅谷が吸いついてきて、舌と舌を絡め合う。

「ンぅ……ンッ……ふ、ん」

お互いの口のなかを探り合いながら、天音は苅谷の首に腕を回して体を密着させた。二人分の唾液や汗で、苅谷の高級なシャツもボウタイもぐちゃぐちゃだ。

苅谷は天音の片脚をホールドしつつ、ぐっ、ぐっと突き上げてくる。力強い突き上げに、残っているもう片方の足も浮き上がり、爪先立ちになった。ついさっき射精して、いったんはやわらかくなっていた性器がふたたび硬さを取り戻す。

「んっ、あっ、んっ」

自分の〝なか〟の苅谷の性器の根元に瘤(ノット)が隆起してきて、ラットが第二フェーズに入ったのがわかった。盛り上がったノットで入り口に近い前立腺をごりっと擦られ、びりっと脳髄が痺れる。奥と入り口の、二カ所のGスポットを同時に抉られた天音は、獣じみた嬌声(きょうせい)をあげた。

「あーっ……アーッ」

強烈な快感に、すべてが吹き飛ぶ。ここがどこだとか、相手がアルファだとか、自分が野良オメガだとか、そんなものはもうどうでもいい。

ただひたすら肉欲に耽溺(たんでき)する獣と成り果て、目先の快楽のみを追う。

上等だ。ケダモノのどこが悪い。本能のままに生きてなにが悪い。

目の前には現在進行形で、自分とのセックスに溺れている男の貌がある。

汗で湿った髪。なにかを堪えるようにひそめられた眉。欲情に濡れて艶々(つやつや)と光る瞳。唇の隙間からちろちろと覗く舌先。熱い吐息。

ノーブルに整っているからこそ、発情時に見せる雄の表情はたまらなくエロティックで……。

こんな脳が焼けつくようなエクスタシーは苅谷としか共有できない。

よくて……気持ちよくて……トロトロに溶けてどうにかなりそうだ。

それなのに、まだ足りないと思ってしまう。

「もっと……もっと……」

その要求に応えて抜き差しが速くなった。ぶつかり合うたびに、結合部からパチュッ、ヌチュッと粘度の高い水音が漏れる。肉襞がうねって雄蘂に絡みつく。

休むことなく天音を情熱的に追い立てながら、苅谷が耳許に唇を寄せた。

「本浄さんのなか、俺を欲しがって……すごいです」

「んっ……ふっ……」

「めちゃくちゃ濡れているのに……締めつけがきつくて……死ぬほど気持ちいい」

エロい低音でうっとり囁かれ、ペニスの先端から白濁混じりのカウパーがじわっと溢れる。濡れたペニスを、天音は苅谷のトラウザーズに擦りつけた。

アナルセックスで得られる快感と、性器を擦りつけることで得られる快感。

前と後ろの二つの官能がドロドロに混ざり合い、射精欲求が刻一刻と高まる。

「かりやっ……また……イく……いくっ……いく、ぅっ」

「本浄さん……っ」

こちらも差し迫った声で名前を呼んだ苅谷が、尻を鷲摑みにしてきた。ぎゅっと尻肉を摑まれ、脊髄反射できゅうっと締まった粘膜を、抉るように貫かれる。

「はっ……あぁぁ――っ」

収斂する粘膜に凶器をずぶりと突き入れられて、天音は大きく仰け反った。

絶頂に達した天音の締めつけに引き摺られ、荊谷がぶるっと身震いする。マックスまで膨張していた雄がどんっと弾けて、熱い放埒をピシャリと叩きつけられた。大量の精液が体の奥まで沁み入っていく生々しい感覚。

「あ……あ……あ」

初めての中出しにこれまでにないエクスタシーを感じ、しがみついている男の背中に爪を立てて、天音は三度目のアクメを迎えた。

オーガズムの最中も、荊谷の射精は続く。突き上げてはどぷっと放ち、突き上げてはごぷっと放ち――。

永遠に続くかと思われた――長い長い射精がようやく終わったとき、すべてをその身に受け取めた天音は、ぐったりと荊谷に凭れかかることしかできなかった。

Resonance 6

三度目の絶頂を迎えたあとで、ぐったりと自分に凭れかかり、意識を失った本浄の髪にくちづける。汗で湿ったうなじを撫でながら、煌騎は愛しい人の頭頂部にもう一度キスをした。

（夢みたいだ……）

いま自分は、念願叶って本浄の〝なか〟にいる。

キスをして、抱き合って、一つになって、最後は共に果てた。

こうしてもう一度抱き合える日を夢見ていた。これは比喩ではなく、実際に繰り返し何度も、本浄と抱き合ったシーンが夢に出てきた。

生まれて初めて自分から「あなたが好きです」と告白したあの日から――ずっと。

――たとえつがいなんだとしても、俺たちは互いに自由だ。俺は誰にも縛られるつもりはないし、おまえを縛るつもりもない。

そう言われてフラれはしたが、諦めるつもりなどさらさらなかった。

相手は奇跡的に巡り合えた魂のつがいだ。初めて恋をした相手だ。同僚だとか、オメガだとか、野良だとか、どのような障害が立ち塞がろうとも、諦める理由にはならない。

お触り禁止を条件に、バディになることを受け入れてもらえたし、本当の名前も教えてもらえた。本浄の真名を知っているのは、この世で自分だけだ。

それを思えば、どんなにひどい仕打ちにも、つれない態度にも耐えられた。

すぐ隣に魂のつがいがいるのに、一切触れられない苦行にも耐えた。我ながらかなり辛抱強かったと思う。

しかし鋼の忍耐力も、本日ついに限界を迎えた。

リミッターが振り切れてしまった要因の一つは、小田切の存在だ。

自分が刑事になるきっかけを作った〝あのひと〟が、本浄の初めてのバディであったという驚きの事実を知り、衝撃を受けるのと同時に、ずっと抱いていた違和感の正体がわかった気がした。

本浄のなかには、永久欠番のバディとして、小田切の存在がある……。

それだけでも充分ショックだったのに、さらにとどめを刺された。

——すぐ戻ってきますが、もし俺がいないあいだに興梠が現れたら携帯に連絡をください。

——重々わかっていると思いますが、単独行動はしないでください。いいですね？

あれだけ念を押したにもかかわらず、親族への挨拶を終えて急いで戻った場所に、本浄の姿はなかった。

考えられる理由は一つ。自分がいないあいだに興梠が会場に現れたのだ。

バディの勝手な行動に苛立ちながら会場内を捜し歩いたが、二人の姿は見当たらなかった。もしかしたらテラスかもしれないと思いついて外に出たとたん、風に乗って流れてきたオメガフェロモンに首筋がざわっと粟立つ。普通のアルファやベータならば気がつかないほどのごく微量だが、自分にはわかった。それが本浄のフェロモンだったからだ。

頭がカッと熱くなり、オメガフェロモンを追って駆け出す。

果たして、辿り着いたボックスソファに二人を発見した。本浄の横に座っている肌の浅黒い男は、ターゲットの興梠。面識はないが、写真を見て顔を記憶している。

二人は男同士にしては不自然なほど体を密着させており、興梠は本浄の顔をうっとり見つめて手を握っていた。

本浄がその気になれば、相手がベータだろうがアルファだろうが、たらし込むのは造作もないことだ。しかも今夜の彼は上質なタキシードに身を包み、平素に輪をかけて魅力的だった。

興梠が本浄のフェロモンにやられてデレデレするのは、ある意味仕方がないことだったが、問題は本浄だ。自分にはお触り禁止令を出しておきながら、下心丸出しの初対面の男に手を握らせるとは何事か。

一瞬にして、どろどろした真っ黒な感情で胸が覆い尽くされる。

心の奥底で息を潜める闇の名前を、自分はもう知っている。

狂おしい嫉妬心に突き動かされて二人に近づいた。よほど殺気を放っていたのだろう。興梠はそそくさと逃げていったが、本浄は悪びれることなく開き直り、あまつさえ「邪魔すんな、ばか!」

とこちらを罵ってきた。

——俺の気持ち……知っているくせに。あなたが別の男といちゃついているのを見せつけられた俺が、どんな気持ちになるか、あなたはわかっているはずです。

——前にも言ったが、これが俺の武器だ。ここぞというときに奥の手を使ってなにが悪い。おまえが首藤（しゅとう）の権力を利用して興梠をこの場に呼び寄せたのと同じだろ？

——俺はあなたにその武器を使って欲しくないんです。

——勝手に彼氏ヅラすんなっ。

本浄が爆発した。彼の言い分を要約するとこうだ。

——結局おまえらアルファはオメガをコマ扱いして、利用することしか考えちゃいねえんだよ。

そんなことはない。少なくとも自分は違う。

野良オメガであることを隠して刑事として体を張る本浄を、できる限りサポートしたい。

彼の負担が減るのならばなんでもする。

その想いのもとに、バディとしてできることはどんなことでもやってきたつもりだった。しかし、想いは届かなかった。本浄はアルファだというだけで自分を拒絶する。どんなに言葉を尽くしても、端から聞く耳を持たない。

——あなたのことも真剣です。俺は本気で、魂のつがいのあなたを幸せにしたいと思っている。お願いですから信じてください。

――退（ど）け。俺は帰る。

懇願をすげなく退け、本当に帰ろうとする本浄を見て、頭のどこかでなにかがブッと切れた。

頭が真っ白になり、気がつくと、本浄の二の腕を掴んでいた。

発情期（ヒート）中の本浄とのあいだに共鳴発情が起こり、痛いほどの電流がびりびりと全身を駆け抜けたが、掴んだ手を離すつもりはなかった。

抗う本浄を引っ立てて、強引に二階の自分の部屋に連れ込む。この段階で、すでに自分はラットモードに入りかけており、本浄もヒートを発生していた。

二人とも引き返せないところまで来ていたから、そのあとの展開は必然と言えば必然だったが……。

賢者タイムよろしく、事ここに至る経緯を振り返っているうちに、幸せな充足感がゆっくりと萎（しぼ）み始（はじ）め、合わせて気分もじわじわと落ちていく。

（……きっとめちゃくちゃ怒るだろうな）

嫉妬に狂ってストッパーを外し、触らないという約束を破ったのだから当然だ。

いやがる本浄を強引に抱いた。

しかも実家である首藤の屋敷で。

よりにもよって百人超のゲストで賑わうパーティの最中に。

誰かに見られる可能性もある窓際で。

むしろ見せつけてやるくらいの勢いで。

自分でもどうかしていたと思う……。

共鳴発情に見舞われても、本浄はヒートの波に呑まれまいと、最後まで必死に抗っていた。

それだけ、肉欲に支配されてしまうのがいやだったんだろう。

思うに彼は、月に一度のヒートのたびに、無自覚にフェロモンを撒(ま)き散(ち)らしてしまうオメガの性(サガ)を思い知らされてきた。それでも諦めず、悪戦苦闘の末に、抑制剤(ピル)による完全なるヒートコントロールを体得した。

自分はオメガフェロモンを完璧に制御できるという自負が、彼に前を向かせていたのではないか。

だが、魂のつがいである自分が現れ、ピルの力でも制御不可能な〝共鳴発情〟という新たな難題が降りかかってきた。自立心の強い本浄のプライドは傷ついたはずだ。併せて共鳴発情によって刑事の職を失うリスクも意識した。

気丈で強気な彼が、心の奥底では、ヒートによって理性を失い、快楽の虜(とりこ)になることをなにより恐れていたのは想像に難(かた)くない。

なのに自分は、おのれの欲望を優先させて……。

(最低だ)

どんよりと落ち込みつつ、本当はまだ〝なか〟にいたい渇望をねじ伏せて、煌騎は射精後に瘤(ノット)が消えて元に戻った性器をずるっと引き抜いた。ぐったりと寄りかかっていた白い裸体がぴくんっと身じろぐ。伏せていた顔をのろのろと上げた本浄が、焦点が曖昧な、ぼんやりとした目つきで煌騎を見た。

「本浄さん、大丈夫ですか？」

「………」

「シャワーを浴びたほうがいいですよね。……体がベタベタですし」

二人分の涎や汗、そして体液で、体がベタベタであることを指摘した刹那（せつな）、本浄がはっと両目を見開く。双眸（そうぼう）に生気が戻った次の瞬間、胸をどんっと強い力で突いてきた。不意打ちにバランスを崩した煌騎から、本浄が後ずさる。距離ができたことによって彼の全身が見えた――ちょうどそのとき、すらりと長い脚の内股を白い液体がつーっと伝い落ちた。

本浄が違和感に引き摺られたように下を向く。その液体の正体に気がついた煌騎は、「あっ」と声を発した。

（そうだ、俺……生で……）

予想外の展開でコンドームの用意がなかった――というか、そもそも共鳴発情でまともな思考が吹き飛んでしまい、ゴムを着けるという発想自体が頭からすっぽり抜け落ちていた。

前のときは確か、本浄が自分にゴムを着けさせた。そのときは男同士なのになぜ？　と疑問を抱いたが、事後に本浄が隠していた本当の性――実はオメガであったことを知り、妊娠を恐れてのことだったのだと理解した。

そこまで思い出して息を呑む。

（妊娠！）

その可能性に至ったタイミングで、自分の股間から流れ落ちる精液を凝視していた本浄が、ばっと顔を振り上げた。白い面は憤怒で上気している。ついさっきまでのぼんやりした顔つきから一転して、いまにも人を殺しそうな表情で睨みつけてきた。

「くっそ、ふざけんな！　中出ししやがって！」

掠れた声で怒鳴りつけられ、素直に「すみませんでした」と謝る。ここは謝罪一択しかない。だがもちろん、そんなことでは本浄の怒りは収まらなかった。

「謝って済むかっ！」

眦を吊り上げて怒声を放つ本浄の内股を、いままた、つーっと白い液体が伝い落ちる。アルファの射精量はベータやオメガと比べると、かなり多いようだ（実際に比べたわけではないので、一般論だが）。

いまだ間断的に滴り落ち続けている精液に、罪悪感を覚えるのと同時に、ふと、ある可能性が閃いた。

もし、このまま本浄が自分の子供を宿したら……？

さすがの本浄も、我が子を父親のいない子にはしたくないだろう。自分のプロポーズを受けてくれる可能性は高い。そうなったら、自分たちは家族になれる。

両親や親族の反対？　そんなものはどうでもいい。首藤の家を出ればいいのだ。その結果、勘当されたって構わない。

このひとが自分のものになり、かわいい子供と三人で暮らせるならなんだってする。なにと引き換えにしたって――。

「俺はどれくらい落ちてた？」

甘美な妄想を、低音の問いかけに破られた。

「あ……ええと、おそらく二十分くらいです」

「……まだ間に合うな」

険しい面持ちでひとりごちるなり、本浄が床に散らばっている衣類を掻き集め始める。そのなかからタキシードジャケットを探し出して、ポケットに手を突っ込み、小さなピルケースを引っ張り出した。

「水！」

有無を言わせぬ声で命じられ、びくっと身じろぐ。「聞こえないのか？　水‼」と怒鳴りつけられて、ようやく動き出した煌騎は、水差しが置かれた丸テーブルに歩み寄った。蓋代わりのコップを引っ繰り返し、水を注いで本浄のもとへと戻る。

差し出したコップを乱暴に奪い取った本浄が、口に錠剤を放り込んでから、勢いよくごくごくと水を流し込んだ。

ふーっと息を吐き出し、口許の水分を手の甲で拭う。

「いまのは?」

「緊急避妊ピル——アフターピルだ。事後三十分以内なら99・9パーセントの効果がある。ピルと一緒に常備しておいて命拾いしたぜ」

本浄の説明を耳にした煌騎の胸に、失望が広がった。落胆と平行して、自責の念を抱く。

(俺は一体なにを考えていたんだ……)

彼が望まない妊娠で、彼と子供を手に入れようとする傲慢さ。

本浄が忌み嫌うアルファ的な思考——アルファ優生思想そのものだ。

だから信用されないのだ。バディとして小田切の後塵を拝して当然だ。

(あのひとの足許にも及ばない……)

自己嫌悪の沼に首までどっぷり浸かっていた煌騎は、本浄が衣類を身につけようとしているのに気がつき、「本浄さん」と声をかけた。

「服を着る前にシャワーを浴びてください。あのドアの向こうがバスルームです」

煌騎が指で示したドアにちらっと視線を向けた本浄が、衣類を手に立ち上がる。無言で煌騎の横を通り過ぎ、バスルームのドアを開けた。一歩足を踏み入れたところで振り返る。

「おまえとはバディ解消だ」

冷ややかな声音で告げると、バタンとドアを閉めた。続けてカチッと鍵を閉める音が響く。

「…………」

バディ解消——一方的な宣言に、異論を唱えることはできない。そんな権利は自分にはない。

そう言われても仕方がないことをしたのだから。

本浄の心そのもののように固く閉じられたドアを見つめて、煌騎は慚愧の思いに打ちのめされていた。


翌、月曜日——ダウンタウン東署——午後六時。

「お先」

定時を待って自席を立ち、刑事課のフロアを出た天音を、苅谷が追いかけてきた。

「本浄さん」

呼びかけを無視する。

今朝——昨夜の行為の余波を微塵も感じさせない腹立たしいほどの爽やかさで、苅谷が『おはようございます』と挨拶してきた。だが当然無視した。それでもめげずに『本浄さん、昨夜のことですが』と話しかけてくる男に、天音はできるだけ感情を排除した平淡な声で『気安く話しかけるな』と告げた。

『もうバディじゃないからな』

昨夜と同じ台詞を口にして、自分はなあなあで済ませるつもりはないと、きっぱり意思表示をして以降、実際に丸一日、苅谷を無視し続けた。

ぴしゃりと拒絶したせいか、ほかの課員に仕事の補助を頼まれたこともあってか、苅谷のほうもそれ以上は話しかけてこなかったが、定期的にこちらを窺っている視線は感じていた。

(ったく、うぜーな)

昨夜――。

ガラス張りのシャワーブースで二人分の体液でベタベタになった髪と体を洗い、苅谷にぶち込まれたザーメンを指で掻き出して(掻き出しても出しても奥から出てきた。どんだけ中出ししてんだよ？　クソが！)、衣類(といってもシャツとボトムだけだ)をふたたび身につけた天音がバスルームから出ると、その間ドアの前を行ったり来たりしていたらしい苅谷がぴたりと足を止めた。踵を返して天音のほうに体を向け、神妙な面持ちで、じっと見つめてくる。苅谷の視線が、第二ボタンまで開けた天音のシャツの首許と、濡れた髪を行ったり来たりした。

その視線をスルーした天音は、下衣のポケットからくしゃくしゃのパッケージを取り出し、顔の前で揺すった。咥えた煙草の先端に、小田切の遺品のオイルライターでしゅぽっと火を点ける。この部屋が禁煙かどうかなんて知ったこっちゃない。

『……ふー……』

一日ぶりの一服を味わっていたら、苅谷がぼそりとつぶやく。

『……髪』

『あ？』

『髪が濡れたままだと風邪をひきます。ドライヤーで乾かしましょう。俺がやりま……』

『俺が風邪をひこうとひくまいと、おまえには関係ねえだろ？』

冷淡な声音で突き放すと、苅谷の顔が引き攣（ひ）（つ）った。

『俺たちはもうバディじゃない』

駄目押しに、苅谷はどこかが痛むように眉をひそめ、唇の両端をきつく引き結んだ。

『ふん』

鼻を鳴らして身を翻（ひるがえ）し、ダメージを受けて立ち尽くしている男に背を向けた天音は、咥え煙草で出口に向かった。二枚扉の前で足を止め、唇の煙草を指に移して背後を顧みる。

『シャツとボトム、それと靴は借りていくが、ジャケットと小物はバスルームの脱衣所にまとめて置いてある』

苅谷がぴくっと肩を揺らした。戸惑い、傷ついているかのような表情に、『言ったよな？』と念を押す。

『使い終わったら返却するって』

『でもあれはあなたのもので……』

『受け取れない』

撥ねつけられた苅谷が息を呑んだ。

『受け取る理由がない。シャツとボトムはクリーニングしてから靴と一緒に返す。それでいいな？』

返事を待たずに扉を開けて内廊下に出る。ふたたび煙草を咥え直し、廊下を歩き出してほどなく、背後でガチャッと扉が開いた。

『待ってください。車で家まで送りますから』

『必要ない』

『しかし……』

『来るな！』

後ろを向いたまま怒鳴りつけ、振り返ることなく、その場を立ち去る。おそらく自分の拒絶オーラがすさまじかったせいだろう。苅谷は追いかけてこなかった。

緋色の絨毯が敷かれた大階段を下り、来たルートを逆に辿ってエントランスホールを抜け、アーチ型の二枚扉から外に出た天音は、三分の一になっていた吸いさしを大理石の階段に落とした。

靴底でぎゅっと踏みつけ、親の敵よろしくぐりぐりと踏みにじる。

『クソアルファが……』

ギリッと嚙み締めた奥歯から、呪いの言葉が漏れた。猛烈に腹が立っていた。どうなるかわかっていながら、命令に背いて自分に触れた苅谷に。アルファフェロモンの前にあっけなく膝を屈し、肉欲に押し流され、快楽にずぶずぶに溺れて、「もっと」などとねだった自分に。どんなに強がって片意地を張ったところで、所詮おまえはオメガなのだと突きつけてくる、アルファという存在に。

『……まあいい』

ふっと息を吐き、まだ濡れている前髪を搔き上げる。

あいつとはバディを解消した。

期せずして、トップアルファと野良オメガのバディは「アリ」か「ナシ」か問題に決着がついたわけだ。

これでもう、ガキのお守りをしなくて済むと思えばせいせいする。

自分には一匹狼が合っている。いままでだってずっと一人でやってきた。

『誰かと組むなんてそもそも向いてねえんだよ』

顔をしかめてひとりごちた天音は、ボトムのポケットから携帯と湿った名刺を取り出した。長方形のカードに記されているナンバーをタップする。5コールで相手と繋がった。

『もしもし、興梠さんですか？　首藤家のパーティで名刺をいただいたアマネです。先程は邪魔が入ってしまってすみませんでした。スカウトの件、興味があるので、近々どこかで会えませんか？』

というようなやりとりを興梠として、運良く翌日の約束を取りつけることができ、いままさに待ち合わせの場所に向かおうとしていたところだったのだ。

（邪魔しやがって）

眉間に皺を寄せて足を速めたが、忌々しいことにすぐに追いつかれた。大きなストライドであっさりと横に並んだ男が、「どこに行くんですか？」と訊いてくる。

「亜矢の件ですか？」

「………」

「もしかして、これから興梠と会うんですか」

立て続けの職質もどきにも無視を決め込んだ。

「そうなんですか？　そうなんですね？」

それでもしつこく食い下がる男にイラッとして足を止め、横目で睨みつける。

「だとしたらなんなんだよ？」

苅谷が天音の正面に回り込んできた。

「俺も連れていってください」

真剣な顔が、まっすぐな眼差しを向けてくる。

「亜矢の件は俺が美月に頼まれた案件です。それは本浄さんもわかっているでしょう？」

権利を主張された天音は、「興梠の連絡先を手に入れたのは俺だ」と反論した。

「それにおまえは昨夜、私情に走って俺の攻略の邪魔をして、ターゲットの興梠にメンチを切った。おまえを連れていけば興梠に警戒される。だから答えはノーだ」

昨夜の失態を指摘された苅谷は、物言いたげな表情で口を開いたが、結局、その口が言葉を発することはなかった。

当たり前だ。こいつがどれだけ面の皮が厚かろうとも、命令を破ってあれだけ好き勝手しておいて、これ以上なにか言えるはずがない。

話は終わったとばかりに、不本意そうに唇を噛み締める男に「退け」と顎をしゃくった。しかし苅谷は廊下の真ん中から動かない。ちっと舌打ちすると、思い詰めたような表情で立ちすくむ苅谷を迂回して追い越した。二、三歩進んだところで、背後から「本浄さん！」と呼ばれる。

「お願いします！」

「……なんだよ」

不承不承振り返った天音は、直後にフリーズした。

両腕をぴったりと体側に添わせた苅谷が、体を直角に折り曲げて、深々と頭を下げていたからだ。

(マジか……アルファが人に頭を下げるのなんて初めて見た)

山より高いプライドをかなぐり捨てたアルファに驚き、瞠目(どうもく)する天音の視線の先で、苅谷がゆっくりと面を上げた。

「お願いします。亜矢の件だけは一緒に動いてください。……昨夜のアレは俺が約束を破ってあなたに触れたのが原因だ。それについては心から反省しています。謝って許されることではないし、バディを解消されても仕方がないことだとわかっています」

そこまで一気に口にした苅谷が、眉間に皺を寄せて黙り込む。しばらくのあいだ、心の葛藤を揺れる瞳に映していたが、ついに腹をくくったようだ。

「この件が解決したら……俺から鬼塚(おにづか)課長にバディの解消を申し出ます」

その瞬間、胸の片隅に走った小さな痛みに、天音は眉尻をぴくっと動かした。

(なんだ?)

これまでどれだけ邪険にしようとも、罵声を浴びせかけようとも、しつこく食らいついてきたスッポン苅谷がようやく諦めた。

警察組織に多大な影響力を持つ首藤家の一員である苅谷から、バディ解消を正式に申し入れられれば、課長の鬼塚とD東署の上層部も受け入れざるを得ないだろう。

上層部が首藤家の意を汲み、一日も早く苅谷を辞めさせるために、自分とバディを組ませたのはわかっている。お偉いさんたちは、ハードでダーティな捜査に音を上げた苅谷が、早々にリタイアすることを期待していた。ところが当人は、いっこうに辞める気配がないどころか、むしろやる気満々で成果を挙げている。完全に当てが外れた格好だ。ならばこれを機に、別の手を講じようと考える可能性は高い。

これで本当に、生意気な新人のお守りから解放され、気楽な一匹狼に戻れるのだ。

もっとスカッとしていいはずだ。なのになぜか心が晴れない。すっきりしない。仕舞いには、胃がじわじわと重苦しくなってきた。

(昼に食った中華がもたれてんのか?)

不調の要因を頭に思い浮かべつつ、「わかった」と応じる。

「亜矢の件がおまえと組む最後の案件だ。それでいいな?」

天音の確認にうなずいた苅谷が、切なげに目を細めて「ありがとうございます」と礼を言った。いつもは往生際の悪い苅谷が素直すぎて、首の後ろがチクチク、ケツがむずむずする。

憂いを帯びた正面の顔を、落ち着かない気分で眺めていると、背後から足音が近づいてきた。

「苅谷」

二人で同時に振り向いたせいか、廊下の三メートルほど後方で、長身の男が面食らったように足を止める。天音と苅谷が所属する一係チーフの黒木だ。

気を取り直した様子でふたたび歩き出した黒木が、「取り込み中だったか？」と尋ねてきた。

「……いいえ」

黒木に向き直った苅谷が否定する。

「そうか。悪いんだが、書類を作るのを手伝ってくれないか。いま扱っている被疑者を今日中に送致しなければならないんだが、人手が足りなくてな」

「すみません。今日はちょっと……」

申し訳なさそうな声を出す苅谷を遮って、天音は「好きに使ってくれ」と答えた。

「……本浄さん？」

眉をひそめる苅谷に、「困ったときはお互い様だろ？　一係の仲間だもんな」と同意を求める。

苅谷は納得がいかない表情をしたが、黒木の手前ということもあってか、肯定も否定もせずに口をつぐんだ。

「いいのか？　助かるよ。苅谷がいれば百人力だ」

黒木が安堵の声を出す。

「いまのところ俺たちは差し迫った事件は抱えてないからな。ガンガン使ってくれ」

めずらしく愛想がいい天音に、黒木は戸惑いを顔に浮かべたが、当惑よりも送致のリミットのほうが勝ったようだ。苅谷を片手で拝むようにして「残業させて悪いが、頼む」と頼み込んだ。

チーフにそこまで懇願されて断れる一課員はいない。ぺーぺーならなおさらだ。苅谷も観念したのか、「わかりました」と言った。

応じた直後に天音の耳許に顔を寄せ、ひそっと囁いてくる。

「一時間……いえ、三十分で片をつけますから、それまで署内にいてください」

「わかった。適当に時間を潰しているから、早く行け」

苅谷と黒木がフロアに引き返していくのを見届けて、天音はくるりと反転した。軽やかな足取りで階段を下りながら舌を出す。

「誰が待つか。ばーか」


署を出た天音が目指したのは、ハイミッドタウンに立つ高級ホテルのラウンジだった。興梠指定のホテルは、地下鉄の駅から地下通路を使って三分の場所にある。D東署の最寄り駅から地下鉄で移動した天音は、目的の駅の改札口を通過すると、地下通路を歩き出した。

黒木があのタイミングで苅谷を連れ去ってくれたのは、実にラッキーだった。苅谷からしてみれば、デスクワーク能力の高さが徒になったというところか。

苅谷を振り切ったのは、やつを待ち合わせ場所に連れていくデメリットを考えてのことだ。苅谷自身にも指摘したが、昨日の今日では、興梠が苅谷の顔を覚えている可能性が高い。昨夜のメンチ切り男がついてきたら、自分に対しても警戒心を抱くだろう。そもそもツレがいるとわかった段階で、心を閉ざすに決まっている。

かといって苅谷に「興梠に存在を覚られないよう、距離を置いて見守れ」と命じたところで、頭に血が上れば、任務を忘れて私情に走る危険性は否めなかった。スーパールーキー様は確かにすばらしく優秀だが、経験値の低さだけは持って生まれた能力で補えない。こと〝魂のつがい〟絡みの案件に於いて、自制心のコントロールが覚束ないのは、昨夜の件で実証済みだ。

しかもここから先は、昨夜よりもさらにリスキーな展開になる。短期間でベネフィットを得るためには、多少のリスクを織り込んで動くしかないからだ。そんな危険な駆け引きを、苅谷が黙って見守れるとは思えなかった。

（それともう一つ……）

これは自分の問題だが、いまはまだ昨夜のアレが生々しすぎて、あいつと平常心でコンビを組める自信がない。

日中の様子から推察するに、逆に苅谷のほうが、「アレはアレ、仕事は仕事」と、公私のスイッチを切り替えられているように見えた。その辺はアルファ特有の割り切りというか、おそらくあいつらの脳の構造がそういうふうにできているのだ。過ぎ去ったことに囚われて、いつまでも引き摺るようでは、国や行政、企業のトップは担えない。

その点、自分は駄目だ。いくら「自分であって自分じゃない、ヒートの波に乗っ取られた別の人格がやったこと」だとわかっていても、体はまだ覚えている。

苅谷を受け入れて、乱れまくり、よがり声をあげて中イキしたこと。

魂のつがい相手にしか味わえない、強烈な快感。

脳髄がびりびり痺れるようなエクスタシー。

反芻しているうちに、じわじわと体温が上がってきた。……ヤバい。

実は——今朝は夜明け前に、体の疼きで目が覚めた。苅谷との共鳴発情の余波なのか、どうやらピルの効き目が早めに切れてしまったらしい。すぐにピルを追加したが、効き始めるまでのあいだ体の熱が引かず——火照って、疼いて、たまらずに、昨夜のセックスをトレースしながらオナってしまったのだ。

苅谷をオカズにするとかマジで最悪だ。しかも前を扱くだけじゃ満足できず、後ろに指を埋めて搔き回して……。

アナニーで一人乱れた明け方の自分を思い出して、またしても体がじわっと熱くなりかける。天音はあわてて頭を左右に振った。

(思い出すな。忘れろ!)

ヒートが終われば、こんなふうに引き摺られることもなくなる。それまでの辛抱だ。

自分に言い聞かせているうちに、目的地であるホテルの出入り口が見えてくる。

(よし、着いた。第二ラウンド開始だ)

気合いを入れ直した天音は、ガラスのドアを押し開けながら、映り込んだ自分をチェックした。第一ボタンを開けた白いシャツに黒のネクタイをラフに結び下げ、同じく黒のスーツに黒のワークブーツ。D東署の最寄り駅のトイレで着替えてきた。

唯一所有している黒のスーツに袖を通したのは二度目だ。一度目は、このスーツを買うように勧めてくれた小田切の葬儀だった。

エスカレーターを使い、地下二階から、グランドフロアまで上がる。シックで都会的なデザインのエントランスロビーに、宿泊客や、ホテル内のレストランに食事をしに来たと思われる男女で賑わっていた。高級ホテルだけあって、誰もがよそ行きと思われる服装をしているが、昨夜のパーティとはレベルが違う。あそこはやはり別世界だったのだと、改めて実感した。

ロビーの一角を占めるラウンジに歩み寄り、受付の女性スタッフに「待ち合わせなんですが」と声をかける。

「お待ち合わせですね？　お名前を伺ってもよろしいですか？」

「アマネです。待ち合わせの相手は興梠さんです」

インカムでフロアとやりとりをした女性スタッフが、「お連れ様はもういらしていますので、ご案内しますね」と言って、先に立って歩き出した。水が張られた四角いプールを中心に据え、その周辺にソファセットやボックスチェアなどがセンスよく配置されたフロアを横断していく。ほどなくして一番奥のボックスシートに辿り着いた。パーティションで囲まれた半個室だ。

「お待ち合わせのお客様がいらっしゃいました」

女性スタッフの声がけに、デバイスを見ていた興梠が振り返る。

「こんばんは」

「おお、待っていたよ」

ボックスシートから立ち上がった興梠も、今日は普通のスーツだった。普通といっても、ハイブランドの高級品だ。右の手首には文字盤にダイヤがちりばめられた高級腕時計が、左手の中指には大きな宝石付きの指輪が光っている。

さすがは腐ってもアルファ、芸能プロダクション社長というステイタスも納得の装いだが、どことなく安っぽく感じてしまうのは、トップクラスのアルファを間近に見て本物を知ってしまっているからかもしれない。

「どうぞ座って」

腰を下ろした興梠が自分の横のスペースを手で指し示し、回り込んだ天音に、「なにを飲む?」と訊いてくる。

「コーヒーを」

「ここのオリジナルブレンドは美味しいよ。じゃあ、彼にコーヒーを一つ。僕もおかわりをもらおうかな」

「かしこまりました」

女性スタッフが下がると、興梠は改めて、目の前に立つ天音に視線を向けてきた。芸能プロダクションの社長らしく、完全に商品を品定めする目だ。

「昨日のダークネイビーのタキシードも王子キャラっぽくてよかったけど、今日の黒ずくめもまた違った雰囲気でいいね。スタイルが抜群にいいから、なにを着ても似合うんだな」

「ありがとうございます」

天音は礼を言って、興梠の隣に腰を下ろす。

「普段はピアスをしているんだね」

あえて取らないままにしてきた左耳のピアスとイヤーカフに、天音は指で触れた。

「お気に召しませんか？」

「いやいや、すごく似合っているよ。ダーティな色気っていうのかな。きみには危険な魅力がある。一度嵌(は)まったら簡単には足抜けできなさそうな……ねえ、やっぱりオメガなんだろう？」

「………」

「また、だんまりかい？　謎めいて神秘的なところも魅力だけどねえ」

そこで、先程の女性スタッフがコーヒーをトレイに載せて戻ってきた。ローテーブルの、それぞれの前にコーヒーをサーブすると、「ごゆっくりどうぞ」と一礼して去って行く。

彼女の退出を待っていたかのように、興梠が太股に手を伸ばしてきた。

「連絡をくれたってことは、うちのプロダクションに入る件、前向きに考えてくれたということだよね？　きみならすぐに……そうだな、一年以内には売れっ子になれる」

安請け合いにはリアクションを返さず、天音は太股に置かれた興梠の手に手を重ねる。男の手の甲を指先でするっと撫でてから、興梠の浅黒い顔を上目遣いに見た。

「俺さ、いまちょっと金に困ってて……もっと手っ取り早く稼ぎたいんだ。そういう美味しい話はないの？」

婀娜（あだ）めいた微笑を浮かべ、掠れ声で囁く天音に、興梠が目を瞠（みは）る。天音の豹変（ひょうへん）にしばし虚を衝（つ）かれたような表情をしていたが、ややあって、にやりと笑った。

「……悪い子だな」

「悪い子は嫌い？」

「大好きだよ」

即答した興梠が、下卑た笑いを貼りつけた浅黒い顔を、よりいっそう近づけてくる。

「それならそれで別口でいこう。実は今夜ね、ちょうどきみ向きの飲み会があるんだ」

「飲み会？　どんな？」

「きみみたいにきれいな子なら、ＶＩＰと一緒に飲むだけで、いい小遣い稼ぎになる。もちろん即金だ」

（来たぜ、ＶＩＰ飲み会）

早速獲物が釣れたことに、心のなかで親指を突き上げ、サムズアップした。興梠に「金になりそうなイベントがあったら声をかけてくれ」と頼んだとしても、実際にお呼びがかかるまではそれなりの時間がかかると踏んでいたから、今夜ならば最短だ。

「どうだい？　乗るかい？」

乗らない手はない。輿榻の確認に、天音は薄く唇に笑みを刷いてうなずいた。

Resonance 7

刑事課の自分のデスクに座ってノートパソコンを立ち上げるなり、猛然とキーボードを叩き始めた煌騎(こうき)は、きっかり三十分後に手を止めて立ち上がった。大股で歩み寄ったプリンターの排出口からプリントアウトの束を引っ摑み、その足でチーフの黒木(くろき)のデスクまで持っていく。

「できました」

パソコンに向かって文書を打ち込んでいた黒木が、椅子を回して煌騎を見た。

「頼まれた分、終わりました」

「ええっ……もう終わったのか⁉」

ワンテンポ遅れで驚愕(きょうがく)の声をあげた黒木に、煌騎は前方から圧力をかけつつ「確認をお願いします」とせっつく。

「あ、……ああ」

プリントアウトに目を通した黒木が「うん、完璧だ。申し分ない」と、まだ若干の驚きを引き摺った顔つきでつぶやいた。

「すごいな。あのスピードでこの正確さ。誤字脱字もない」

感心する黒木に「問題ないようでしたら、こちらのデータを署内の共有サーバーにアップロードしておきます」と告げて、すぐさま自席に戻る。椅子には座らず、中腰でパソコンを操作した。

「いまアップしました」

報告しながらノートパソコンの電源を落とし、手早く帰り支度を済ませる。

「本浄さんを待たせているので、これで失礼します」

これ以上の残業はしませんアピールをフロア全体にして、席を離れた。

デスクの後ろを通ると、黒木がふたたび椅子を回す。

「お疲れ。おかげで間に合いそうだ。助かったよ」

労いの言葉にも足を止めず、「よかったです。お先に失礼します」とにっこり笑って、フロアを後にした。

廊下に出るやいなや、携帯を取り出し、本浄に電話をかける。

だが、コール音が鳴り響くだけで繋がらない。コール音が「7」「8」「9」と増えていくに従い、いやな予感が募ってきて、首筋がチリチリし出す。「12」まで数えたところでブツッと留守録に切り替わった。

「もしもし？　苅谷です。いまチーフの仕事が終わりました。どこにいますか？　折り返し連絡をください」

そう吹き込んだものの、正直かかってくるとは思えない。胸騒ぎがして、じっとしていられなくなった煌騎は、携帯を手に廊下を走り出した。

とりあえず、折り返しの連絡を待つあいだは、署内を捜そう。

一番可能性が高い屋上から始めて、地下二階の駐車場までくまなく捜したが、本浄の姿は見当たらなかった。手当たり次第に人を捕まえては「本浄さんを見ませんでしたか？」と訊いて回ったが、ことごとく首を横に振られた。

捜索が空振りに終わり、振り出しに戻って刑事課のある二階の廊下に立った煌騎の脳裏に、ここで本浄から発せられたらしくない台詞が蘇る。

——困ったときはお互い様だろ？　一係の仲間だもんな。

あのときにはもう、自分を置いて単独行動する気満々だったのだ。

（……甘かった）

廊下の真ん中に呆然と立ち尽くして天を仰ぐ。

大体、あの人が自分の言うことを素直に聞くわけがないのだ。とりわけ、昨日の今日で。

朝の挨拶から無視され続けてメンタルを削られまくりだったが、どう考えても悪いのは自分なので、それも仕方がないと思った。周囲に違和感を抱かせたくなくて極力平静を装ってはいたが、その実「バディ解消」宣言のショックと自己嫌悪で朝まで一睡もできなかったし、心身共に傷だらけでズタボロだった。それでも、本浄の様子を定期的にチェックすることは怠らず、定時を待っていたかのように彼がフロアを出て行くのを見て、あとを追いかけた。これから興梠に会うんじゃないかと、勘が働いたからだ。

昨夜、本浄は自分に興梠の連絡先を入手したとは言わなかったが、タレントを扱うプロである興梠が、本浄ほどの逸材を見過ごすとは思えない。

おそらくだが、自分を残して首藤(しゅとう)の屋敷を出たあとで、本浄は興梠に連絡を入れたはずだ。そうして本日のアポイントメントを取った。

果たして、自分のその読みは当たっていた。

俺も連れていってくださいと頼み込んだが、答えはノー。亜矢(あや)の案件はもともと自分が頼まれたものだと権利を主張したが、興梠の連絡先をゲットしたのは自分だと反論を食らった。

――それにおまえは昨夜、私情に走って俺の攻略の邪魔をして、ターゲットの興梠にメンチを切った。おまえを連れていけば興梠に警戒される。

それを言われるとぐうの音(ね)も出ない。確かに、嫉妬に駆られて我を見失った。刑事失格だ。そこに弁解の余地はない。

だけどこれ以上亜矢の件で、本浄の身を危険に晒(さら)すのは避けたかった。

高級男娼のショウの不審死のときもそうだったが、本浄は、オメガのためには命の危険を顧みずに体を張ってしまうところがある。もちろんそれは、自身も野良オメガであるという、彼の出自に起因しているのだろう。

一見ダーティで型破りに見えるが、その実人一倍正義感が強い本浄は、窮地(きゅうち)に立つ弱者を救おうとする。

社会的弱者が強者に踏みにじられるのが許せないのだ。

理不尽な境遇にある誰かを救いたいという気持ちは、自分だって同じだ。だからこそ警察官になった。警察官は誰しも同じような思いを抱いていると思うが、問題は、本浄がオメガ絡みだと冷静さを失ってしまうことだ。

本浄の単独行動に対する懸念に背中を押された煌騎は、気がつくと腰を折って、深々と頭を下げていた。アルファたるもの人前で頭を垂れるなど言語道断——そう言い聞かされてきたが、そんな矜持などこの人のためならばいくらでも投げ出せる。

——お願いします。亜矢の件だけは一緒に動いてください。

——この件が解決したら……俺から鬼塚課長にバディの解消を申し出ます。

本音では、解消なんかぜったいにしたくない。だけどあの場ではああ言うしかなかった。

それでも、プライドを抛って頭を下げたことが功を奏したのか、どうにか同行する許可が下りた。

いまにして思えば、そこでほっとしてしまったのが敗因だった。

「くそっ……あの人がそういう人だってわかってただろ⁉」

持って行き場のない憤りの発露を求め、廊下の壁をガッと蹴りつける。市民の税金で建てられた署屋の壁に八つ当たりするのは公務員として御法度だが、自制できなかった。

こちらの執着とは裏腹に、向こうは自分を必要としていないという残酷な現実を突きつけられ、心が荒れ狂う。

そこまで自分が邪魔なのか。騙して逃げるほど一緒にいたくないのか。

本浄に関しては完全なる独り相撲で、相手にもされていない。

こんなに想っているのに、まったく伝わらない。それどころか空回りばかり。

捕まえようとすればするほど、手をすり抜けて遠ざかっていく――。

瞬間風速的な怒りが徐々に収束していくにつれて、今度は虚無感に襲われる。昨日から寝ていないせいもあってか、どんどんメンタルが落ちていく……。

(もう……諦めたほうがいいのか?)

そんなに嫌われているなら、本当にバディを解消したほうがいいのか……?

ざらざらしたネガティブな感情に囚われ、ぼんやり立ち尽くしていたら、「あ、いたいた、莇谷くん!」という声が廊下の向こうから届いた。駆け寄ってきたのは、刑事課紅一点で、一番年の近い先輩の瀬尾だ。いつもは朗らかなその顔が微妙に強ばっている。

「ねえ、本浄さん、どこにいるか知らない?」

さっきまで自分が各所で発していた問いを瀬尾にぶつけられた煌騎は、やさぐれた気分で「知りません」と首を横に振った。

「俺も署内をくまなく捜しましたけど、見当たらないんです。携帯にも出ないし」

瀬尾が「はー……」と脱力する。

「帰っちゃったのかなあ……。朝、『捜査書類の提出リミット、明朝までですよ』って念押ししておいたんだけど、私が席を外しているあいだにいなくなっちゃってて」

本浄の頭のなかは亜矢の案件でいっぱいで、瀬尾の念押しなど右から左だったのは想像に難くない。

「……どうしよう」

本気で困っている様子が気にかかり、「どの捜査書類ですか?」と尋ねた。

「苅谷くんがうちに来る前の事件。本当は捜査が終わったらすぐに文書化して課長の判をもらって、データベースにアップしておかないといけないのに、本浄さん、デスクワーク苦手だから溜めまくってて」

「……ああ」

警察官であれば誰でも閲覧できる警察の中央データベースには、これまでに起こった刑事事件の膨大なデータが集約されている。

事件は被疑者を逮捕して送検で終わりではない。捜査過程の詳細を書き起こした文書を上司に提出して押印をもらい、証拠品に通しナンバーを振り、同梱して倉庫に保管。昔はここまでだったが、デジタル化した現在は、紙の書類とは別に、データ化した文書や証拠品の写真をデータベースにアップするまでが義務づけられている。しかし、これを厭う捜査員は多い。本浄を代表とする〝現場至上主義〟の刑事たちは、デスクワークに時間を取られるのが苦痛なのだ。

面倒なのはわかるが、これらのデータの蓄積が、のちのち犯罪解決の端緒を開く可能性を思えば、捜査担当者としての責務をきちんと果たすべきだ。利用する側としても、紙のファイルを一枚ずつめくって確認するより、類似事件を検索一発で呼び出せるデータベースは有効かつ効率的だ。

実際、今回の亜矢の件に於いても、ミッドタウン南署の担当者の捜査書類が大いに役に立った。

「本浄さん、事後処理ほったらかしの常習犯で、毎回期限をブッチしては始末書書いてここまで引っ張ってきたんだけど、さすがにもう限界だし、今度こそヤバいよ」

「ヤバい、とは？」

「ほら、もともと上層部に睨まれてるし……所属長注意とか減給で済めばいいけど、もしかしたら今度こそ停職処分かも」

停職処分と聞いて、煌騎も眉をひそめる。

やるべきタスクから逃げ続けた結果の自業自得ではあるし、注意や減給は甘んじて受け入れるべきだと思うが、停職処分となれば話は別だ。

仕事を取り上げられた本浄がどんな暴挙に出るか、考えただけで胃が痛くなる。

「それは……確かにヤバいですね」

「課長の指示で、デスクワークに関しては私がお尻を叩く担当になってたんだけど……猛獣使いの苅谷くんが来てから、ちょっと気が緩んでたんだよね。今日も気にはなってたんだけど、自分が忙しかったのもあって、朝言ったし大丈夫だよねなんて……認識が甘すぎた」

しょんぼり項垂(うなだ)れる瀬尾が気の毒で、「瀬尾さんは悪くありませんよ」とフォローを入れた。

「……うん、でも、課長に必ず明日の朝いちで提出させますって約束しちゃったし……やれるだけやってみる」

「やってみるって、本浄さんの代わりに瀬尾さんが書類を作るんですか？」

「本浄さん、ああ見えてやさしいところもあってさ。私が新人時代にけっこう大きなミスしたとき、上にバレないようにこっそりバックアップしてくれたんだよね」

「…………」

意外だとは思わなかった。基本、弱者の味方なので、女性や子供にやさしいのだ。

（そうなんだよな……）

やることはめちゃくちゃだし、凶暴だし、自分勝手だけど、保身に走ったりはぜったいしない。本浄が動くのは、自分のためじゃない。いつだって困っている誰かのためだ。

（今回だってそうだ。亜矢の件の真相に辿り着いたところで、本浄にはなんのメリットもないのに、プライベートを削って走り回っている）

ちらっと腕時計を見た。七時半。

とりあえず、もう一度メッセージを入れよう。本浄が心を入れ替えて、折り返し連絡をくれるのを祈るしかない。

「わかりました。俺も手伝います」

瀬尾が顔を振り上げて、「えっ……いいの⁉」と叫んだ。

事情を知ってしまったからには、瀬尾に後始末を押しつけて帰るわけにはいかない。

「本浄さんのバディとして、彼のアフターケアも仕事のうちです」

煌騎は自分に言って聞かせるように告げた。

「二人で力を合わせれば短時間で済みます。早速取りかかりましょう」


興梠と別れていったん自宅に戻った天音(あまね)は、イヤーカフに細工をした。超小型のカメラを仕込んだのだ。「スパイカメラ」の異名を持つボタンサイズのこの小型カメラは、なにかに使えるかもしれないと思い、以前ネットで購入してあったものだ。そいつが役立つ日がやってきた。

何度かテストをして、映り具合を調整する。試し撮りしたデータを確認したところ、画像は若干粗いものの、証拠として使えるレベルだった。それとは別に小型のワイヤレスボイスレコーダーをシャツのポケットに入れる。ストレージの容量が大きく、最大六十時間録音できる優れものだ。ちなみにこれは過去に何度か使用して、初期不良がないことを確認済みだ。

そうこうしているうちに、約束の時間が迫ってくる。

出かける寸前に充電器から携帯を抜き取った天音は、電話の着信通知に気がついた。着信履歴欄には苅谷の名前と番号がずらりと並んでいて、留守録にもメッセージが二件入っていた。

一件目は七時。

『もしもし？　苅谷です。いまチーフの仕事が終わりました。どこにいますか？　折り返し連絡をください』

もう一件はその四十分後。

『苅谷です。これから瀬尾さんのフォローアップをすることになりました。おそらく二時間くらいかかります』

（瀬尾の手伝いだ？　お人好しめ）

『終わり次第連絡を入れますから、俺が合流するまで一人で危ない真似はしないでください。それからこのメッセージを聞いたら、折り返し連絡をください』

メッセージを聞き終わるなり、天音は録音データを消去した。無論、折り返しの連絡も入れない。

「……刑事（デカ）が危ない橋渡らなくてどーすんだ」

チーフの黒木じゃないが、課のメンバーはすっかり苅谷に依存している。オールマイティの有能さに、やつが新人であることを忘れている者も多いだろう。

ほかの課員と違って苅谷のフォローを素直に受け取れないのは、やつの言動から、自分を守ろうとする気配を感じるからだ。

オメガだから守らなければとアルファに思われるのは、最大の侮辱だった。

「おまえに守られる筋合いはない。一人でやれる……」

みずからに暗示をかけるように低い声でひとりごち、羽織ったジャケットのポケットに携帯を落とし込んで自宅を出る。

約束の十時の十分前に、天音は興梠に指定された場所に到着した。ハイミッドタウンの繁華街に立つ、複合商業施設だ。

有名な建築家がデザインした十二階建ての円形の建物で、フロアガイドによれば、地下二階と地上六階は洋服店などのショップと飲食店が入っている。地下三階がパーキング。七、八階が映画館。九、十階はゲームセンター。十一階にはエステティックサロンやマッサージ店が入居している。最上階にはレストランの名前が三つ並んでいた。

興梠の事前の指示どおり、一般のエレベーターではなく、目立たない場所にひっそりと一基だけ設置されている最上階直通のエレベーターに乗り込む。ケージ内の操作盤には、「開」「閉」のほか、「12」のボタンと「1」のボタン、一番下に横長のスリットがあった。興梠に渡されていたカードをそのスリットに差し込み、「12」のボタンを押す。このエレベーターは、最上階以外は止まらないノンストップ運転で、そもそもカードがなければ動かない。つまりここから先は、選ばれし限られた人間だけしか進めないということ。おなかの子の父親を探そうとした亜矢が、飲み会の店まで行き着けなかったのもそのせいだ。興梠いわく「フロアガイドにも表示されていない会員制の秘密クラブ」。

上昇していくケージのなかで、シャツのポケットに触れて、ボイスレコーダーをオンにする。さらに苅谷から電話がかかってくる可能性を考え、携帯の設定を弄って着信音と通知音をオフにした。

(よし、準備万端だ)

十二階に到着すると、ドアがするするとスライドして開く。

「……っ」

そこには暗闇が広がっていた。一瞬、停電かと思ったくらいだ。だが目を凝らせば、ところどころで、蠟燭の炎がゆらゆらと揺れている。とはいえ照明に準ずる明るさにはほど遠く、歩き出すのも憚られた。

「いらっしゃいませ」

不意に声をかけられ、ぴくっと肩を揺らす。声のしたほうを見ると、ランタンを手に捧げ持った、黒ずくめのスーツの男が立っていた。短く刈り込んだ顎髭と、長い髪を二十近いブロックに分けて三つ編みしたコーンロウが特徴の、かなりがっちりとした大柄の男だ。おそらくフロント係とボディガードを兼ねているんだろう。

「こちらは初めてのお客様ですよね？　お名前を伺ってもよろしいですか？」

「アマネです」

「どなたのご紹介でしょうか」

「興梠さんです」

「よろしければカードをお預かりします」

ランタンの明かりで、天音が渡したカードを念入りにチェックした男が、「確認いたしました。では、ＶＩＰラウンジにご案内いたします」と言って歩き出した。男のジャケットの背中には蛍光塗料で描かれた髑髏のマークが浮かび上がっている。そのマークと男が持つランタンの明かりを追った。

蛇行した狭い廊下を進み、やがて辿り着いた鉄の扉を男が開く。

まず目に入ってきたのは、半円形のステージだ。紫色のライトで照らされたステージの上では、天井から吊された全裸の女が、作務衣を着た禿頭の男に縄で縛られていた。ステージの後ろのバックスクリーンに、ステージ上の様子を大写しにした映像が流れている。

（ＳＭショー？）

中央のステージを取り囲むように、形も大きさも様々なテーブルが扇状に配置され、ショーを肴にゲストたちが酒を呑んでいる。性別や年齢、組み合わせも多種多様だが、全員がレースや羽根で飾られたアイマスクで顔を隠していた。

なかには盛り上がって、カップルシートで絡み合っている男女もいる。衆人環視下で本番行為に及ぶ神経は、普通じゃない。アルコールじゃ飽き足らずに、ドラッグをキメているのかもしれない。

各種テーブルのあいだを、これもアイマスクをつけたバニーガールとバニーボーイが練り歩き、彼らを呼び止めた客が女の胸の谷間や男のブーメランパンツに札束をねじ込んでいた。チップをもらったバニーガールが、客の前に跪(ひざまず)き、股間に顔を埋(うず)める。チップを払えば、その場で性的なサービスが受けられるシステムのようだ。

奥の壁際の開け放たれたドアからは、別フロアの様子が垣間(かいま)見える。スロットマシン、ルーレット、ポーカーテーブルが並んでいるところを見ると、別室はギャンブル専用フロアのようだ。高額な賭け金が飛び交う闇カジノに違いない。

柄の悪いダウンタウンならいざ知らず、ハイミッドタウンの複合商業施設の最上階に、異様な熱気と欲望が渦巻くこんな場所があるなんて、一般人は想像もしないだろう。天音自身、担当エリア外ではあるものの、まったく知らなかった。もっとも、ここにいる人間は普通の遊びに飽きたエピキュリアンとやらで、日中は良き父であったり、自慢の娘であったり、頼れるボスであったりするのかもしれない。

(選ばれし民のための秘密の花園ってやつか)

興味深げにフロア内を観察していると、男に「驚かれましたよね」と言われる。

「ええ……まあ」

「こういった業態になるのは十時を回ってからです。それまでは生バンドの演奏や歌、ポールダンスをお楽しみいただくショーホールになっております」

（ライトモードとディープモードの二部制になっているわけか。なるほどな）

感心する天音を、男が「どうぞ、こちらへ」と促してきた。このフロアが最終目的地ではないようだ。

フロアの片隅に設（しつら）えられた螺旋階段（らせんかいだん）を上がると、黒いドアが三つ並んでいた。おそらくここがＶＩＰラウンジだ。一番左のドアの前に立った男が、コンコンコンとノックする。

「お客様をお連れしました」

「どうぞ」

いらえに応じて男がドアを開ける。なかは想像していたより奥行きがあり、広めなマンションのリビングくらいはあった。ただ、住居用のマンションとは内装のテイストがずいぶん違う。部屋は徹底的に赤と黒で統一されていた。

黒い壁に黒い天井。その天井からは真っ赤なシャンデリアがぶら下がっている。床は赤と黒の市松模様。正面の窓は、黒いビロードのカーテンで覆われていた。左手の壁際に設置されたバーカウンターも黒で、スツールは赤。カウンターの上に並べられたグラスも赤。右手奥のコーナーに置かれたラウンドテーブルと椅子も赤。部屋の手前側にボックスタイプの黒革のソファが二つ、向かい合う形でセットされ、そのあいだのローテーブルも黒い石でできていた。

そのコの字形の黒革のソファに、四人の男たちが思い思いのポーズでゆったりと腰掛けていた。

四人のなかで、見知った顔は一人だけだ。その興梠が唯一四十オーバーで、彼以外の三人はかなり若い。

おそらく二十代前半――苅谷と同年代。

傲慢な眼差しと、そこはかとなく漂う尊大なオーラ。カジュアルではあるが高級そうな身なりから、全員がアルファだとわかった。

アルファらしく、各自整ったルックスの持ち主だが、苅谷には遠く及ばない。

美月は、亜矢が参加した飲み会のメンバーは三人の若い男だと言っていた。

（ビンゴか？）

この三人のうちの一人が、亜矢の子供の父親である可能性は高い。

「来た来た。待ってたよ！」

興梠が立ち上がって、歓迎の意を表した。

「こちらが、今日のキャストのアマネくん。どうだい？　言ったとおりだろう？」

「確かに。正直、実物を見るまでは男なんて……と思っていたけど、これなら悪くない」

黒縁眼鏡をかけて光沢のある黒シャツを着た男が、胸の前で組んでいた両手を大きく開き、同意を示す。

「うん、なかなか新鮮だね」

気取った口ぶりで感想を述べたのは、座面に浅く腰かけて、前屈みになった肩までの長髪の男だ。

ブランドものらしき、凝ったデザインの上下黒のセットアップを身につけている。

「マジでいいね！　すげー俺好み！」

ソファの座面に乗り上げて片膝を立てている金髪ボウズ頭が、テンション高めの声を出した。ルーズなタンクトップに革のパンツというコーディネイトに、鼻ピアス。両腕の肩から肘にかけてびっしりタトゥが入っている。三人のなかでは一人だけ小柄だ。

三人の男たちが自分を見る目は、性的な好奇心でギラギラしていた。下心を隠そうともしないあたり、アルファ特有の傲慢さを感じる。首藤家のパーティでも、家令や苅谷の母親に思い切り値踏みされたが、それでもこれに比べればまだマシだったと思えるほどあからさまだ。

半年前——亜矢も同じように男たちに品定めされたのかと思うと、彼女を騙す形でこのVIPラウンジに連れ込んだ興梠に殺意が湧く。だが、まだだ。まだ暴れるのは早い。

(証拠を掴んでからだ)

「いいだろう？」

興梠が得意げに小鼻を蠢（うごめ）かす。

「最近マンネリ気味だったから、これは悪くないチョイスだよ」

黒縁眼鏡が肩をすくめた。

(なーにが悪くないチョイスだ。胸くそ悪（わ）りぃ)

超上からな物言いに、胃がムカムカする。

この若さでVIPラウンジを使えるのは、生まれついてのアルファだからだ。

苅谷もこの三人と同じ特権を持つ身だが、恵まれた境遇にあぐらをかかずにみずからの意思で人生を選び取り、実際に刑事として汗水垂らして働いているだけずいぶんとマシだ。

（くそ……また）

気がつくと、目の前のアルファたちと苅谷を比べている自分に、天音は腹のなかで舌打ちした。同年代のアルファという共通項があるので、つい比較してしまう。

「さあ、座って」

天音を手招きした興梠が、自分の横に座らせた。向かい合わせのボックスソファの片方に興梠と天音が、もう片方に若いアルファ三人組が座り、二対三で向き合う形になる。

興梠がパチンと指を鳴らして、天音をここまで連れてきたあとはドア付近に控えていたコーンロウを呼び、「例のやつを」と言った。

無言でうなずいたコーンロウがバーカウンターに近づき、カクテルを作り始める。そのあいだに長髪が「アマネ……だっけ？　きみオメガだよね？」と訊いてきた。

「そういうあなた方はアルファですか？」

逆に問い返すと、三人それぞれが顔を見合わせてから、代表して黒縁眼鏡が「ノーコメント」と答える。亜矢も名前を知らなかったらしいが、やはり素性を明かすつもりはないようだ。のちのち面倒な事態になるのを避けるためだろう。

「では、俺もノーコメントで」

「ふーん……」

黒縁眼鏡が不服そうな声を出し、腕組みをした。片眉を上げたその顔には、「オメガのくせに生意気な」と書いてある。

微妙な空気が流れたところで、コーンロウがカクテルグラスを天音の前に置いた。

「これ、すごく美味しいカクテルなんだよ。アマネくん、パーティでもシャンパンを呑んでいたし、お酒はイケる口だよね？」

興梠の猫なで声を耳に、目の前に置かれた真っ赤なカクテルを見つめる。

なんらかのクスリ——睡眠薬かライトドラッグが入っていると考えてまず間違いない。おそらく亜矢はこれを呑まされて意識を失った……。

天音はカクテルから視線を上げて、にっこりと微笑んだ。

「呑めますし、大好きです」

「だよね。じゃあ……」

「それが残念ながら朝からちょっと頭痛があって、さっき鎮痛剤を飲んじゃったんですよ。悪酔いしたら迷惑をかけてしまうので、お酒は遠慮しておきます」

興梠の浅黒い顔に、わかりやすく焦りの色が浮かぶ。

「鎮痛剤くらい問題ない。大丈夫だよ。せっかく作らせたんだから呑んで欲しいな。よそじゃ呑めない特別なカクテルだし」

「本当に残念ですけど、悪酔いして吐いたりしたら大惨事ですから」

「そんなの気にしなくていいって」

なんとかしてドラッグ入りカクテルを呑ませようと必死な興梠と押し問答していると、黒縁眼鏡が「まあ、まあ、いいよ」と口を挟んできた。

「無理強いしても仕方がない」

鷹揚な声を出す黒縁眼鏡に、興梠が「そうは言っても……」と未練を見せる。このままでは自分の立つ瀬がないと思っているらしい。年齢は興梠のほうが二十近く上だが、力関係では三人組が上のようだ。多分、首藤には遠く及ばないまでも、そこそこアッパーな家柄なんだろう。アルファカテゴリー内でのクラス分けのほうが、むしろシビアなのだと感じる。

「ただ、酒が呑めないんじゃキャストの意味がない。キャストは僕たちを楽しませるために呼ばれたわけだし、僕たちもそのつもりでここにいる」

「だよね」

「ただでさえ男だし」

ほかの二人が黒縁眼鏡の意見に賛同の意を示した。

「そこで提案だ。ポーカーで勝負しないか？」

「勝負？」

「そう。僕たちが勝ったら、きみは僕たちの命令を聞く。きみが勝ったら、この財布はきみのものだ」

そう言って、黒縁眼鏡がローテーブルに分厚いウォレットをぽんっと投げ出す。

「金に困っているんだよね？」

黒縁眼鏡が念押ししてきた。

「一攫千金のチャンスだよ。どうする？」

「………」

四対一の勝負では、圧倒的にこちらが不利だ。だがカクテルを回避した上にここでポーカーまで断れば、場がしらけて飲み会自体がお開きになる可能性がある。使えないキャストの烙印を押された自分に、二度目の機会は巡ってこないだろう。そうなったら、こいつらの悪事を暴くチャンスも消滅する。

亜矢の敵（かたき）を討つためにも、ここは受けて立つしかない。

腹をくくった天音は、ネクタイのノットをくいっと緩めて不敵な笑みを浮かべた。

「やります」

「苅谷くん、お疲れ！」

「瀬尾さんこそ、お疲れ様でした」

煌騎と瀬尾の二人で、煮詰まったコーヒー以外は軽食も摂らずに黙々とパソコンに向かい続けたが、それでも本浄が溜め込んでいた事後処理の後始末が終わったのは、夜の十時を回ってからだった。不夜城と呼ばれる刑事課のフロアにも、さすがに人がまばらだ。

「手伝ってくれて本当にありがとう。苅谷くんのおかげで徹夜しなくて済んだよ。あとは私がまとめて課長に提出しておくから」

「ありがとうございます。じゃあ、俺はこれで失礼します」

瀬尾に軽く頭を下げ、スーツの上着を小脇に抱えて、煌騎はフロアをあとにした。

二人で作業をしているあいだも、本浄からの連絡はなかった。

廊下に出たところで本浄の携帯のナンバーをリダイヤルしてみたが、やはり繋がらない。留守番電話サービスの音声ガイダンスが聞こえてきたので通話を切った。

すでに二度、留守録にメッセージを残しているが、それだって聞いてくれたかどうかわからない。聞いた上であえて折り返してこないのなら、腹は立つが、まだいい。

だが、仮に万が一、なんらかの事情で電話ができない状況に陥っているのだとしたら？

不穏な予感に、首筋がぴりっとした。一度その可能性を思い浮かべてしまうと、二度と払拭できなくなる。胸騒ぎに駆り立てられるように、煌騎は地下の駐車場へと急いだ。駐めてあった愛車に乗り込んで、エンジンをかける。

アクセルを踏み込もうとした足が、しかし寸前で固まった。

――おまえは昨夜、私情に走って俺の攻略の邪魔をして、ターゲットの興梠にメンチを切った。おまえを連れていけば興梠に警戒される。だから答えはノーだ。

脳裏に本浄の冷ややかな声音がリフレインしたからだ。

同行を拒否され、騙し討ちで逃走されて、何度連絡しても返事はない。

「……くそっ」

悪態をつき、苛立ちに任せてステアリングを手のひらでばんっと叩いた。ブッ、ブーッとクラクションが駐車場内に響き渡る。

「…………くそ」

いざというとき、本浄に頼ってもらえない自分が情けなかった。

彼にとって自分はなんなのか。

バディとしては小田切に敵わない。

魂のつがいではあるけれど、恋人ではない。

体の関係はあるが、心は繋がっていない。

(追っていってもウザがられるだけかもしれない……)

自分の取り越し苦労かもしれない。もしトラブルに瀕していたとしても、自分が出る幕ではなく、本浄一人で難なく対処できるのかもしれない。

これまでの本浄を見てきた印象では、その可能性が高い。

（……でも）

相棒を持たず、ずっと単独で成果を出してきたこともあって、本浄はプライドが高く、自信家だ。実際に頭が切れるし、オメガであるというデメリットを補うだけの武術も体得している。

そういう意味では実力に裏付けられた自信ではあるのだが、ときとしてその自負が慢心を招き、致命的な危機に繋がることもある。

（やっぱり行こう）

無駄足でもいい。鬱陶しがられてもいい。「なんで来たんだよ⁉」とぶち切れられてもいい。

あの人の無事を確認できない限り、どうせ眠れやしない。

アクセルを踏み込んでツーシーターを発車させ、地上へと続くスロープを上った。路上に出た煌騎は、迷わず本浄の自宅を目指した。

いま本浄が興梠と会っていると仮定して、場所がわからなければ、その場に向かうこともできない。

興梠のビジネス用のメールアドレスは兄の圭騎から聞いていたので、瀬尾との事務作業の合間を縫って、「死んだ亜矢の件で話を聞きたいので折り返し連絡が欲しい」という内容のメールを打ち、個人の携帯の番号とメールアドレスを添えて、D東署のアドレスから送った。チャンスプロモーションの代表電話にもかけてみたが、業務時間外で通じなかった。

ビジネス用のメアドを興梠がチェックするのは、早くても明日の朝、会社に出社してからだろう。それでは遅い。

一応、警察のデータベースも当たってみたが、興梠の名前はヒットしなかった。だからといって、その身が清廉潔白だという証左にはならない。表に出ている犯罪歴がないというだけだ。凄腕の弁護士がついているアルファは、よほどのことがなければ起訴されることはないというのが、この世の常識だ。

もう一つ、会社の登記簿から代表取締役の住所を知る手があるが、これもどのみち朝にならなければ登記所が開かない。

現時点で可能な限りの手を尽くした結果、興梠から辿るラインは消えていた。

なんらかの手がかりがあるとすれば、本浄の自宅だ。

そう考えてダウンタウンの本浄の自宅に向かったのだが、辿り着いた集合住宅はどの窓も明かりが落ちており、本浄の部屋のドアをノックしても反応がなかった。

ノブを回して鍵がかかっていることを確認したのちに、ジャケットの内ポケットから、折り畳み式のアーミーナイフを取り出す。先端が鉤状（かぎじょう）になっているマルチフックツールを引き出して、鍵穴に差し込んだ。

指先の感覚だけで穴のなかを探りつつ、小刻みに動かしていると、やがてカチッという手応えを感じる。

「……開いた」

以前、本浄のピッキング技術を間近で見てインスパイアされ、アーミーナイフを購入して自主練していたことが、こんな形で役に立つとは。

ドアノブを回してドアを開けた煌騎は、「……失礼します」とつぶやいて、真っ暗な室内に足を上げた。壁際のスイッチで照明をつけたが、明るくなった室内に本浄の姿はない。

留守宅に勝手に上がり込んで家捜ししたことを知ったら、本浄が激怒するのはわかっていたが、躊躇っている時間はなかった。

まずは目についた場所から、手がかりを探し始める。カフェテーブルの上、ダイニングテーブルの上、ステンレスシェルフの棚、キッチン──。

だが、なにもない。そもそも手がかりといっても漠然としており、なにを探せばいいのかが具体的にわかっていないのだ。そんな曖昧な探索で成果を挙げられるわけがない。

「考えろ……」

眉間に皺を寄せて集中していた煌騎の脳裏に、ふっと昨夜の本浄の声が還った。

──興梠の連絡先を手に入れたのは俺だ。

「連絡先……名刺か！」

思わず声をあげる。

名刺だとしたら、パーティ会場で受け取ったはず。昨日の夜、別れ際の本浄はシャツとボトム姿だった。名刺が入っているとすれば、そのどちらかだ。

シャツとボトムを探して部屋中の引き出しを開けまくり、あらゆる物を引っくり返したが、見つからなかった。

「クリーニングに出してから返すと言っていたが、昨夜の今朝でそんな時間はなかったはず。第一そんなマメな性格じゃない。……ぜったいにまだこの部屋にある」

もう一度、目を皿にして部屋のなかを探し回っていた煌騎の足が、とある場所でぴたりと止まる。リビングの鉄梯子（てつばしご）の前だ。初めてここに来たとき、この梯子を上った中二階がロフトになっていて、そこが寝床だと本浄は言っていた。

「寝床……」

ひとりごちた次の瞬間に鉄梯子に飛びつき、中二階まで駆け上がる。ロフトを覗き込んだ煌騎の目に、寝乱れたシーツとブランケット、枕が映った。さらに――。

「あった！」

隅っこでぐしゃっとひとまとめになっていたシャツとボトムを引っ摑んで梯子を下りる。

床に下り立つやいなや、シャツの胸ポケットを探った。

「……ない」

背中を這い上がる焦燥を抑えつけ、次にボトムのポケットに手を突っ込む。なにかが指先に触れた。そのままポケットから引き出す。

二本の指が摑んでいたのは、よれよれの名刺だった。


「フルハウス」

宣言した天音は、ローテーブルの上に五枚の手札を並べた。「10」「J」「Q」「K」「A」が揃った五枚を見て、金髪ボウズが「げえっ」と呻き声を出す。

「なにそのえげつねー手札！」

「今度こそ勝てると思ったのに……」

そう言って眉根を寄せる長髪の手札は、ダイヤのフラッシュだ。ハイカードでのまさかの負けに、急激にやる気をなくしたのか、長髪が「僕は抜けるよ」と言い出した。

「いやー、参った。お手上げだ」

両手を挙げて敗北宣言をした輿梠が、「アマネくんってもしかしてプロのギャンブラーなの？」

と訊いてくる。

「そんなすごいものじゃありませんよ。でもポーカーは好きで昔からわりとやってたので」

娼館で暮らしていた子供時代、自由時間にトランプゲームで暇をつぶす母の同僚たちのグループに、時々交ぜてもらっていた。金を賭けたりはしなかったが、勝つとお菓子がもらえたので、自然と強くなったのだ。ポーカーは、ここぞというときの攻撃性と観察力がものをいうゲームなので、性格的に向いていたのだと思う。

――そう。僕たちが勝ったら、きみは僕たちの命令を聞く。きみが勝ったら、この財布はきみのものだ。

黒眼鏡の提案により、彼の財布と天音に命令する権利を賭けてのポーカーが始まって三十分が経過していた。コーンロウは本来の職場である受付に戻ったので、部屋にいるのは五人。

天音の目の前にはチップの山ができている。

どうやら今夜はツキがあるようだ。オープニングハンドから、ハイカードが来る確率が高い。負ける気がしなかった。

「はー、おもしろくねー。俺も抜けよっかな」

ふて腐れたような声を出した金髪ボウズが携帯を弄り出す。

ゲームに負け慣れていないアルファたちは、明らかにテンションが下がっていた。興梠と長髪とボウズに至っては、自分の財布を賭けているわけではないので、もともと真剣みに欠けているせいもあるだろう。

すると黒縁眼鏡が、「だったら、俺と一対一で勝負しようか」と言い出した。

かなり自信があるようだ。確かにこの男が一番強かった。

「仕切り直しで一回勝負。どう?」

思惑どおりに事が進まないことに焦れたのか、さらにそう持ちかけてくる。

そもそも天音としては、ポーカーをやりたかったわけでも、金が欲しいわけでもない。男たちの尻尾を掴むために出方を窺っていたら、成り行きでこうなったまで。

ただし、彼らに「なかなか手に入らないレアな獲物」と思わせるのは有効だった。

特権階級であるアルファは、簡単に手に入るものにはすぐ飽きる。レイプドラッグという卑劣な手段を用いてまで手に入れた亜矢を、一回でポイ捨てしたのはそのためだ。

逆を言えば、焦らせば焦らすほどに執着が増し、事を急いてボロを出す確率も高くなる。

とはいえ、あまり焦らし過ぎても、それはそれで面倒になって興味を失うだろう。

アルファ三人組を観察した結果、そのあたりは駆け引きだと感じた。

幸い、今日はツキがある。勝てると踏んだ天音は、男の提案を呑んだ。

「いいですよ」

そこで誰かの携帯が鳴り、興梠が「僕だ。ちょっと失礼」と外に出ていく。一分ほどで戻ってきて、「すまない。急用ができてしまったので僕はここで失礼する」と言った。アルファ三人組は、獲物に引き合わせるという役目を終えた興梠はもうどうでもいいらしく、「お疲れ」とぞんざいに促す。

「じゃあ、アマネくん、がんばって。また連絡するから」

それぞれの思惑が渦巻く密室から解放される解放感からか、どことなくほっとした様子で、興梠は退室していった。

残った四名のうち、天音と黒眼鏡は、ソファセットからコーナーの丸テーブルと椅子に移動して、サシで向き合う。ほかの二人はカウンターとソファにばらけて座り、ギャラリーと化した。

「まずは親を決めよう」

黒縁眼鏡がコイントスをして、左手の甲に載せたコインを右手で覆い、「表」とつぶやく。

「裏」

天音のチョイスを待って、黒縁眼鏡が右手を持ち上げた。コインは表。

「俺が親でいいかな」

「どうぞ」

黒縁眼鏡が新品のトランプの封を切り、ジョーカーを抜いた五十二枚のカードをシャッフルした。自分と天音に、裏向きのカードを五枚ずつ配り、残りを山札にして置く。

配られたカードを手にした天音は、ゆっくりと扇状に開いた。「A」が二枚、「3」「9」「10」が一枚ずつのツーペア。悪くはないが、一発勝負に出るには弱い。

「ドロー」

そう宣言し、山札から三枚引き、三枚を捨てた。

(よし！)

新しく引いた三枚のカードを見て、内心ほくそ笑んだが、無論顔には出さない。黒縁眼鏡は無表情のまま、手札を伏せた。

「ベット」

一度もドローせずに黒縁眼鏡が宣言して、手持ちのチップを全部押しやってくる。ギャラリーが「おー……」と歓声を漏らした。

「オールイン」

(全額賭けてきたか)

それだけ手札に自信があるということだ。だが、ここで負けて、イニシアティブを手放すわけにはいかない。

こちらが主導権を握った上で、上手く誘導して亜矢の件について口を割らせ、それを録音する――。

そのためには、この勝負に勝つ必要があった。

「オールイン」

五枚のカードを伏せて置き、手許のチップをすべて押し出す。誰かがヒューッと口笛を吹いた。

いつの間にか長髪と金髪ボウズが近くに寄ってきて、好奇心にギラギラ光る目でテーブルを覗き込んでいる。

「きみからオープンして」

黒縁眼鏡に促された天音は、手持ちのカードを一枚ずつ裏返していった。「A」が四枚に「Q」が一枚。最強のフォーカードだ。ここまでの手は、過去にも揃ったことがない。

ギャラリーがシーンと静まり返った。

(悪いが勝たせてもらうぜ)

「………」

フォーカードを黙って見つめていた黒縁眼鏡が、おもむろに自分のカードを開示する。一枚ずつ札が裏返されるにつれて、天音はじわじわと青ざめた。「10」「J」「Q」「K」「A」。

スペードのロイヤルストレートフラッシュ。負けなしの最強カード。

「嘘だろ……」

驚愕の声が零れた。

男はドローしなかった。つまり初手からこのカードだったということだ。初手でスペードのロイヤルストレートフラッシュが揃う確率は、二百六十万分の一。

(あり得ない……)

セカンドディールかボトムディールかはわからないが、間違いなくイカサマだ。新品に見えたトランプに細工がしてあったのだ。

（くそ……五人での勝負がフェアだったので油断した）

明らかなるイカサマだが、黒縁眼鏡がカードを配った段階でそれを指摘できなかったからには、負けを認めるしかない。

「……俺の負けです」

天音は渋々と負けを認めた。

「やりぃ！」

「すごいね、やった！」

インチキだとわかっているのか否か、ギャラリーが一気に沸く。黒縁眼鏡が得意そうに目を細めた。

むかっ腹が立ったが、顔には出さず、天音は「それで？　俺はなにをすれば？」と正面の男に尋ねる。眼鏡のブリッジを中指でくいっと上げた男が、「キス」と言った。

「きみから唇にキスをしてくれ」

「……キスね」

軽く眉をひそめて思案する。ここで拒否したら、ほかの二人も黙っていないだろう。

三対一の喧嘩（けんか）に勝ち目がないわけではないが、相手はアルファだし、力量が見えない状況でこちらから打って出るのはリスキーな賭けだ。ＶＩＰラウンジはおそらく防音だろう。大声を出しても助けは期待できない。

（仕方ねえな）

単身で乗り込んだからには、この程度のリスクは織り込み済みだ。

椅子を引いて立ち上がり、座ったままの黒縁眼鏡に歩み寄った。息を止めて身を屈め、ゆっくりと唇を近づける。一瞬だけ触れてすぐ離すつもりでいた天音は、出し抜けに二の腕を摑まれてびくっとおののいた。そのままぐいっと腕を引っ張られて、唇と唇の密着が深くなる。

「んっ……んぐっ」

体を捩ってキスから逃れようと抗う天音を、後ろから誰かが羽交い締めにしてきた。そっちに気を取られているあいだに口接が解かれ、唇を解放した黒縁眼鏡が、今度は指で口をこじ開けてくる。歯を食いしばって拒む天音の両肩を、羽交い締めしている誰かがぐっと背中側に引っ張った。腕の付け根がギリギリと軋み、思わず「うあっ」と声を発した瞬間、開いた口に小さな固形物を押し込まれる。丸い形状からして錠剤だ。

クスリだと気がついた瞬間に吐き出そうとしたが、錠剤が舌に張りついて剝がれない。なんとか剝がそうと舌を必死に動かす天音の前に、黒縁眼鏡と入れ替わりで長髪が立った。手に持っているミネラルウォーターのボトルの水を口に含んだかと思うと、天音の顎を持ち上げ、唇を唇で塞いでくる。直後に水が口のなかに流れ込んできた。

「……っ」

喉まで一気に流れ込んできた水を、脊髄反射でごくんと飲み込んでしまってから、ざっと血の気が引く。あわてて舌で口腔内を探ったが、すでに錠剤は影も形もなかった。

(ヤバい……飲んじまった)

胃で消化される前に吐き出さなければ――――！

だが、指を口のなかに突っ込みたくとも、羽交い締めにされているので叶わない。

「放せっ……この野郎っ」

激しく体を左右に振って、天音は暴れた。

「暴れんなって。痛い目に遭いたくないだろ？」

後ろから聞こえる声で、羽交い締めにしているのが金髪ボウズだとわかる。小柄なわりに力が強いのは、やはりアルファだからか。

「そうそう。暴れないほうがいい。興奮すると余計に効き目が早くなるよ」

前に立つ長髪がにやにや笑った。

「てめえ……なにを飲ませやがった？」

「こいつは外科医でね。即効性のあるやつが手に入るんだ」

長髪が、並び立つ黒縁眼鏡の肩に腕を回す。

「って言っても美容整形外科医だけどねー」

金髪ボウズにツッコまれた黒縁眼鏡が「永遠の美を追求する立派な仕事だぞ」と胸を張った。

「もっともきみには充填剤(フィラー)なんて必要ないけどね、美貌のオメガくん。さて、ひさしぶりに手応えがあって、いい退屈しのぎになったが、そろそろ余興は終わりだ。この先の本番、ぞんぶんに楽しませてもらうよ」

「く……そ……」

金髪ボウズを引き摺ってでも前に進もうとしたが、腰と足に力が入らない。

頭蓋骨（ずがいこつ）のなかに小石をめいっぱい詰め込まれたみたいに、やにわに頭がずしんと重くなり、目の前が暗くなった。

視線の先の黒縁眼鏡と長髪の姿がぐにゃりと歪む。二つの顔に浮かぶ下卑たにやにや笑いを捉えたのを最後に、天音の意識はフェードアウトした。

Resonance 8

手に入れた名刺の携帯ナンバーに、煌騎はその場で電話をした。しかし、興梠が出ることはなく、8コールのあとで留守番電話サービスのアナウンスに切り替わってしまった。

ピーという発信音を待って、「こちら興梠さんの携帯電話で間違いありませんか？　ダウンタウン東署の苅谷といいます。興梠さんの経営する『チャンスプロモーション』に所属していたタレントの亜矢さんの件でご連絡しました。折り返し連絡をいただけますでしょうか。何時でも構いません。お待ちしています」と吹き込む。

あとは、興梠が「亜矢」の名前に反応して、折り返し電話をかけてくれるのを期待するしかない。元マネージャーの下川の話では、飲み会に亜矢をキャスティングしろと命じたのは興梠だという。社長なのだから、自社の所属タレントであった亜矢の死は当然知っている。その亜矢絡みで警察から電話がかかってきたとなれば、内容が気になるはずだ。留守録を聞いた興梠が連絡してくる可能性は高いと踏んでいた。

興梠の名刺に記載されているのは社名と肩書き、名前と携帯のナンバーだけだ。住所がわからなければ、自宅を訪ねることもできないので、彼からの連絡を待つ以外にない。

「ふー……」

重いため息を吐いた煌騎は、通話を切った携帯のホーム画面で現在の時刻を確認した。

午前零時三十五分。

本浄が署から姿を消して六時間余りが経っているが、相変わらず連絡はなく、自宅にも帰って来ない。

（トラブルに巻き込まれていなければいいが……）

興梠と本浄からの連絡を待ちながら、煌騎は携帯を片手に、リビングを落ち着きなく動き回った。

もしかしたら体力を温存すべきなのかもしれないが、どうしても座して待つことができない。

もしも本浄が、いまこの瞬間にも危険な目に遭っていたらと考えると、胸がざわざわと騒いで、一秒たりともじっとしていられなかった。なにもできない自分がもどかしく、腑甲斐ない……。

（こんなことなら、本浄にクロウの連絡先を聞いておけばよかった）

そうすれば、情報屋の彼が持つ裏のネットワークで、興梠の住居情報を手に入れることができたかもしれない。悔恨の念に駆られ、携帯をきつく握り締める。

本浄が情報屋のクロウから、金銭と引き換えに情報を買っていると知ったとき、自分は彼を服務規程に違反していると責めた。杓子定規なルールを盾に、きれいごとを並べ立てる自分を、本浄は冷ややかに糾弾した。

――高い場所にいたら、いつまでもおまえが守るべき下層階級の気持ちはわからない。下まで下りて、その高級な靴を汚せ。

物事の本質を突く本浄の言葉で、自分がまだ〝高み〟にいることに気がついた。

上からでは見えない景色があることを、彼に教えられたのだ。

そこに人生のターニングポイントがあるとはゆめゆめ思わず、強引なバディにディープダウンタウンに引き摺り込まれた――あのときを境に、自分は変わり始めたのだと思う。

いまなら――本浄を救うためならば、たとえそれが違法行為であっても、みずからの手を汚すことを選ぶ。世界中を敵に回すことも厭わない。

思い返してみれば、本浄と出会うまでの自分は、恥ずかしいほどに無知だった。この世界の仕組みを理解しているつもりで、その実なにもわかっていなかった。

本浄と出会わなかったら、セーフティネットから零れ落ちた野良オメガについても、型どおりの知識でわかった気になって、それ以上深く知ろうともしなかっただろう。

人を愛するということの、本当の意味もわかっていなかった。

十代前半から途切れることなく恋人がいて、それなりに恋愛経験が豊富な自負があった。

だが、いまにして思えば、どれも本物じゃなかった。だから歴代の恋人とは、誰とも長続きしなかった。大した葛藤もなく別れられたし、さしたる未練も抱かず、会わなくなればすぐに忘れられたのだ。

本当の恋愛はこんなにも苦しい。

追えば逃げるとわかっていても追ってしまう。

離れていると、自分の心の一部が欠け落ちたみたいに寂しい。

体の繋がりだけじゃ満足できない。

抱き合ってもまだどこかが満たされず、空洞を埋めたくて際限なく求めてしまう。

相手の一挙手一投足に振り回され、なにげない一言に感情的になって、思春期みたいに傷つき、執着心をコントロールできず、見苦しい自分を曝け出して自己嫌悪に陥り、眠れぬ夜を過ごす。

なに一つ思い通りにならない。なにもかもが上手くいかない。

本物の恋を知った自分は、めちゃくちゃカッコ悪くて小さくて、目標とする〝あのひと〟みたいな器の大きな人間からはほど遠い。

それでも、諦められない。

この繋がりを断ち切れば、楽になれると頭ではわかっていても。

（どうしても……諦められない）

二ヶ月前、本浄に出会った頃は、自分が彼に対してこんな恋々とした感情を抱く日がやってくるなんて、想像もしていなかった。

いまこの瞬間も苦しいけれど、魂のつがいに出会う前の自分に戻りたいとは思わない。

挫折を知らず、それゆえ自己肯定力が高く、他人に受け入れられて当然だと思い上がっていた、あの頃の自分に戻りたいとは思わない。

……ルルル……ピルルルル……。

いつしか足を止めて物思いに耽(ふけ)っていたせいか、聴覚が捉える音の正体に気がつかなかった。

ピルルル……ピルルルルッ。

鳴り続ける通知音にはっと我に返った煌騎は、手許の携帯を見た。ブラックアウトしたホーム画面に、興梠の名前が浮かび上がっている。

(興梠からの着信！)

あわてて通話ボタンをタップし、一回深呼吸してから耳に当てた。

「もしもし？」

『…………』

すぐには応答はなく、数秒の沈黙を置いて、疑わしげな声が尋ねてくる。

『……留守電のメッセージを聞いて折り返しているんだけど……本当に警察の人？』

興梠の声だ。心のなかで拳(こぶし)を振り上げる。

「ダウンタウン東署刑事課一係の苅谷と申します。夜分にメッセージを残してしまってすみませんでした」

高揚を抑え込んだ煌騎は、信頼に足る人間と思われるよう、いつもより心持ち落ち着いた声音を意識した。

『……この携帯ナンバーはどこから？』

本当のことは言えないので、「それについては守秘義務でお答えできないのです」と、やんわり回答を拒む。一般人は、〝守秘義務〟と聞くとそこで思考停止してしまい、「ならば仕方がない」となることが大概だ。

『そうですか……わかりました』

どうやら興梠も思考停止してくれたようで、助かった。

『亜矢の件ということですが……どういったご用件でしょうか』

探るような伺いに、「亜矢さんが亡くなった件はご存じですよね？」と逆に聞き返す。

『……はい、警察から連絡をいただきました。自殺だったと聞いていますが……』

気まずそうな声が返ってきた。一応、亜矢に対する罪の意識はあるようだ。

一般人の興梠に、所轄によって担当エリアが厳密に分かれていることはわからないし、当時連絡を寄越したのがミッドタウン南署の署員であったことも覚えていないだろうと踏んで切り出す。

「ええ、ですが新たな証拠が発見されて、自殺ではなかった可能性が出てきたんです」

『自殺ではなかった？　では事故？』

「いいえ」

電話口の向こうで、興梠が息を呑んだ。

『まさか……殺人事件だったということですか？』

「まだ決まったわけではありません。そうである可能性が出てきたという段階です」

『発見されたのはどんな証拠なんですか？』

「いまこの電話でお話しすることはできません。ただ、その新しい証拠に関連して、至急興梠さんに確認を取りたい事案が発生したので、こうしてご連絡を差し上げた次第です。夜分に大変恐縮ですが、これからお時間を作っていただくことはできませんか」

『……これからですか？』

警察の捜査協力依頼にしたって常識外れな時間だ。

相手の迷いを察した煌騎が、「事によっては、今後の御社の運営に関わってくる可能性もある重大な事案です」とプレッシャーをかけると、興梠がふたたび息を呑む。

『……わかりました。三十分だけなら』

煌騎はぐっと携帯を握り締めた。

「ご協力ありがとうございます。ご足労いただくのは申し訳ないので、私が出向きます。どちらに伺えばよろしいですか？」

興梠が指定してきたのは、ハイミッドタウンに立つ高級ホテルの、最上階にあるバーラウンジだった。

　このホテルは興梠の定宿で、一年の三分の一はここに泊まっているのだと説明された。金銭的な余裕がある上に独身なので、ホテルステイのほうが楽なんだろう。

　ホテルのサイトで確認したところ、待ち合わせ場所であるバーラウンジは深夜三時まで営業しているようだが、現時点で二時を回っており、あまり時間の余裕はなかった。

　愛車をホテルの車寄せのデッドスペースに駐めた煌騎は、近寄ってきたドアマンに、「三十分以内に戻ってくるから、ここに駐めておいてくれ」と頼み込んでチップを握らせた。キーを渡して地下駐車場まで運ばれてしまったら、ふたたび車を出すのに時間がかかる。

　ラウンジもすでにクローズドしたエントランスロビーは、清掃スタッフや夜勤シフトのスタッフの姿をぽつりぽつりと見かける程度で、ゲストらしき姿は確認できなかった。

　人気もまばらなロビーを急ぎ足で横切り、エレベーターホールに到着すると、ホールボタンを押す。ドアが開くのを待って無人のケージに乗り込み、操作盤の「25」の階数ボタンを押した。ケージの上昇スピードがのろく感じられて、イライラと足踏みしそうになるのを我慢する。苛立ちを紛らわせるために、改めて考えを整理した。

（自分と会うのを承諾したということは、興梠はいま現在は本浄さんと一緒ではない……のか）

　今日——日付が変わったから正確には昨日の午後六時半以降に二人が会ったのは、まず間違いない。あの本浄が、連絡先をゲットしたターゲットに接触しないはずがないからだ。

　会いはしたが、すでに解散して、本浄一人が別の場所に移動した？

それとも、動けないようになんらかの形で本浄を拘束して、興梠がホテルの部屋に閉じ込めている？

いずれにせよ、多少荒っぽい手段を使ってでも興梠の口を割らせ、必ず本浄の居場所を突き止める――。

そう腹を決めたところで、ポンッと音が鳴り、ケージが最上階に到着した。ドアが全開するのを待たずにエレベーターを降りる。最上階には都会のパノラマを堪能できるスカイレストランがあるが、こちらは一時で閉店していた。誘導サインに従って、スカイレストランとは逆方向に歩き出してほどなく、バーラウンジの入り口が見えてくる。

パーティションが目隠しになっている開放口の前に立った煌騎は、店内を覗き込んだ。うなぎの寝床よろしく細長くてこぢんまりした店で、木製のカウンターの奥にバーテンダーが一人立っている。店内にいる客は三人。右手の席に並んで座る外国人客二名とバーテンダーが話し込んでいた。彼らからスツール四つ分離れたカウンターの左端に、一人の男が腰掛けてグラスを傾けている。後ろ姿しか見えないが、全体的な特徴から、男が待ち合わせの相手であることはわかった。

店内に足を踏み入れた煌騎は、興梠の斜め後ろに静かに立つ。

「興梠さん」

呼びかけに振り向いた浅黒い顔が、「刑事さん？」と確認してきた。スーツのジャケットの内側から警察手帳を抜き出して開く。

「ダウンタウン東署の苅谷です」

警察手帳の写真と煌騎の顔を見比べたのちに、興梠が「……興梠です」と名乗った。

「時間を作ってくださってありがとうございます。ここは人目があって話しづらいので、場所を移動しても構いませんか？」

「ああ……いいですよ」

〝守秘義務〟というワードが頭に浮かんだんだろう。うなずいた興梠がスツールから立ち上がり、「チェックは部屋付けで」と告げた。バーテンダーが軽く会釈をして「おやすみなさいませ」と返してくる。

「どこで話をしましょうか」

「すでに一階のラウンジもスカイレストランも閉まっていますし、よろしければお部屋で話を伺えると助かります」

「そうですね。それがいいかもしれないな」

興梠自身、話の内容によっては、第三者に聞かれるのは望ましくないと考えたようだ。素直に要望に応じて、「僕の部屋は二十三階です」と、先に立って歩き出した。二人でエレベーターに乗り込むと、興梠がスリットにカードキーを差し込み、「23」のボタンを押す。二十三階はクラブフロアで、カードキーを持つ人間しか入ることができないのだ。

下がり始めたケージのなかで、隣からの視線を感じた煌騎は、「なにか？」と尋ねる。

「いや……想像していたよりお若いのと、最近の刑事さんはこんなにルックスがいいのかと少し驚きまして。……ちなみにどこかでお会いしたことありませんでしたっけ？」

「いいえ、初対面です」

疑念を断ち切るために、淀みなく言い切った。

本当は昨夜——正確には一昨日の夜に首藤家のパーティで会っているが、あのときは髪を上げていたし、礼正装だったので、だいぶイメージが違うはずだ。本浄いわく「メンチを切った」自分を、切られた興梠が「首藤家の三男坊」だと認識していたかどうかはわからないが（おそらくしていなかっただろう）、少なくともアルファのパーティに出席していた男が、後日刑事として自分の前に現れるとは考えないはずだ。

「……そうですか」

興梠がいま一つ釈然としない声を出したとき、エレベーターのドアが開いた。先に降りて歩き出した興梠に黙ってついていく。廊下の角を二度曲がった先の、突き当たりのドアの前で男が止まった。

カードキーでロックを解除してドアを押し開けた興梠が、そのカードキーを壁のホルダーに差し込む。室内の照明が点いた。

「どうぞ。お入りください」

「失礼します」

興梠の部屋は角部屋のスイートルームだった。二面を割いた大きなガラス窓から、ハイミッドタウンの夜景が一望にできる。しかし、その眺望には一瞥もくれずに主室の中程まで進んで、煌騎は室内を鋭い眼差しで点検した。

一方の興梠は、「適当に座っていてください」と煌騎に着席を促して、バーカウンターに歩み寄る。ミニ冷蔵庫のなかからミネラルウォーターのペットボトルを取り出し、「なにか飲みますか？」と尋ねてきた。

「お気遣いなく」

申し出を断り、主室を縦断して寝室に通じるドアを開ける。寝室に足を踏み入れた煌騎は、ベッドに誰も寝ていないことを確認してから、ウォークインクローゼットの引き戸をガラッと開けた。スーツが一着かかっているだけで、がらんとしている。

（……この部屋にはいないということか）

「ちょっと！」

大きな声が聞こえたかと思うと、憤慨した面持ちの興梠が寝室に入ってきた。

「なにしてるんだ！　いくら刑事だってそんな勝手なこと……」

抗議の声を遮るように、男の腕を掴んでぐいっと後ろ手に捻り上げる。

「いたっ……いたたっ」

痛みを訴える男の耳許に口を近づけ、低く囁いた。

「首藤家のパーティで知り合った男と会っただろう？」

ぎょっと目を瞠(みは)って、数秒間、自分を拘束する刑事の顔を間近からまじまじと見つめていた興梠が、不意に「あっ」と叫ぶ。

「きみはあのときのアルファ⁉」

「首藤煌騎だ」

正体を明かした煌騎に、男が目を剝いた。

「首藤家の三男がなんで刑事になんか……っ」

「おまえには関係ない。——いいから吐け。彼はいまどこにいる？」

「し、知らないっ……会ってない！」

しらを切る興梠にじわりと眉根を寄せる。

「そんなことで言い逃れができると思っているのか？」

低い声で凄みながら顔を近づけ、斜め上から睥睨(へいげい)した。

「正直に口を割らないと、どうなるか教えてやる。社長のあんたたから権限のすべてを奪い取り、社会的信用も剝奪して、二度と這い上がれないようにする。——あんたもアルファなら、首藤の力を以(もっ)てすればそれくらい造作もないとわかるはずだ」

殺気を帯びた表情と低音から、ブラフではないと感じ取ったに違いない。興梠の顔がみるみる青ざめた。

「わ、わかった。言う！　言うから！」

「早く言え」

　無表情に催促しつつ、空いているほうの手を下衣のポケットに入れて、携帯のボイスメモアプリを起動させる。

「……秘密クラブの……ＶＩＰラウンジだ。彼が金に困っていると言うから、割のいいバイトを紹介したんだ」

「割のいいバイトとは？」

「アルファ相手の飲み会のキャストだ」

「どんなアルファだ？」

「テレビ局幹部、広告代理店エグゼクティブ、美容整形外科チェーンのオーナーを親に持つ、どうしようもないクズたちだ。三人は幼稚舎からの幼なじみで、大抵のことはやり尽くして、常に新しい刺激を求めている」

「あんたは、退屈を持て余したそいつらに〝貢ぎ物〟を調達しては、見返りとして自社タレントのキャスティングの便宜を図らせていた。そうだな？」

「ああ……そうだ。アルファの親は、自分の血を引く息子に甘いからな」

　興梠が、きみの家もそうだろう？　と言いたげな表情をする。煌騎はぴくっとこめかみを動かして、興梠の腕をさらに捻り曲げた。

「いたーっ……痛いっ、痛いっ」

「亜矢も貢ぎ物だったんだな？」

「……さ、三人のうちの一人が亜矢のグラビアを見て気に入って、飲み会をセッティングしろと。亜矢はキャストを受けない子だったから断ったんだが、どうしてもとねじ込まれて……」

「マネージャーに命じて、ピンチヒッターだと偽り、飲み会に参加させた。――あんたはわかっていたはずだ。そんなことをすれば亜矢がどうなるか。男たちの餌食になるとわかった上で、騙してまで飲み会に行かせた」

押し殺した声の指摘に、興梠の顔が歪む。

「……断れなかった。断ったら安藤美月を干すと脅されて。彼女はうちの看板だ。美月と亜矢を天秤にかけたら……美月を取るしかなかった」

「………っ」

美月を守るために亜矢が犠牲になったことを知り、煌騎はぎりっと奥歯を噛み締めた。

姉妹のように仲のよかった二人の姿が脳裏に浮かぶ。

亜矢がもしまだ生きていたら、「美月さんを守れてよかった」と言うだろうか……。

(言えない)

美月には本当のことは言えない。

この残酷な真実は、自分の胸の奥深くにしまい込み、墓場まで持って行くしかない。

ともあれ、亜矢のレイプドラッグの立件に必要な証言は録音できた。

そう判断して、ボイスメモアプリをオフにする。

「――話を戻す。彼がいる秘密クラブの場所を教えろ」

「……………」

最後の抵抗のように黙り込んだ興梠を、煌騎は乱暴に揺さぶった。

「言え！」

興梠の頭が、ヘッドバンキングさながら前後に激しく揺れる。

「お、教える！　教えるから乱暴はやめてくれっ」

半泣きで叫ばれ、後ろ手に捻り上げていた腕を解放した。顔をしかめてしばらく腕のつけ根をさすっていた興梠が、煌騎の無言の圧力に屈して、ミッドタウンの繁華街にある複合商業施設の名称を告げる。

「クラブはその施設の最上階にあるが、表立って案内板には出ていない。クラブに行くための唯一のルートは直通のエレベーターのみだ。直通エレベーターはクラブ会員専用のカードがなければ動かない」

「そのカードは？」

低音の促しに、興梠がジャケットのポケットから財布を取り出し、黒いカードを一枚抜き出した。

「これだ」

黒地に髑髏のマークがホログラム印刷されたカードを黙って引き抜く。これで尋問から解放されると安堵したのか、興梠が強ばっていた表情をわずかに緩めた。

「僕が仕事先から電話がかかってきた機を捉えて抜け出してきたときは、彼らはＶＩＰラウンジでポーカーをしていた。イカサマポーカーでぼろ負けさせて退路を塞ぐのは、やつらの常套手段なんだ。一年ほど前から、枕営業前提じゃ刺激が足りないと言い出して、クスリを使うレイプドラッグに手を染め始めた。だから、たぶん今頃は彼もクスリで眠らされて……」

みなまで言わせず、ベラベラしゃべり出した興梠の腕をふたたび摑む。くるりと裏返しにして、ウォークインクローゼットの扉にがんっと手荒く押しつけた。

「ひ、いっ」

顔面を強く打った男が悲鳴をあげる。暴れる男の首根っこを強い力で押さえつけながら、煌騎は自分のネクタイを解いた。そのネクタイで、後ろ手にした興梠の手首をまとめて縛る。

「なっ……なにす……は、外してくれっ」

わめき立てる興梠を乱暴にベッドに突き飛ばした。

「うわあっ……」

仰向けに倒れ込んだ男の靴を剝ぎ取り、ベルトを外して、下着ごとトラウザーズを引きずり下ろす。さらに今度は興梠のネクタイを解き、それを使って男の両足首を縛り上げた。

下半身剝き出しで両手両脚を拘束された男が、そのまま寝室を出て行こうとする煌騎を「待ってくれ！」と呼び止める。

「全部正直に話しただろう？　カードも渡したじゃないか！　お願いだからこんな格好で放置していかないでくれ！」

哀願に振り返った煌騎は、ベッドの上の無様な男を、侮蔑を含んだ冷淡な眼差しで見下ろした。

「おまえの浅ましい欲のせいで亜矢は死んだ。いや、殺されたんだ。――明日の昼、チェックアウトに現れないおまえを訝しんで、ホテルスタッフがこの部屋を訪ねてくる。解放されるのはそのときだ」

〝そのとき〟のシチュエーション――自分の恥ずかしい姿を見たスタッフの反応を想像したのか、興梠が浅黒い顔を引き攣らせる。

「そ……そんなことになったら僕は終わりだ！　頼む！　助けてくれ！」

泣き声をあげる男にはもはや一瞥もくれずに、煌騎は寝室を出た。壁のホルダーからカードキーを抜き取って部屋を出るやいなや、エレベーターホールに向かって廊下を駆け出す。

（間に合ってくれ！）

ふっと目が覚めた。

黒い天井を見上げてパチパチと瞬(まばた)きしているうちに、ぼやけていた視界が徐々にクリアになってくる。

ズキズキと片側が痛む頭を手で支え、ゆっくりと体を起こして周囲を見回した。黒と赤で統一された部屋――ＶＩＰラウンジに一人きり。

天音(あまね)がいま寝かされているのは、コの字形のボックスソファの一つだ。

耳を澄ませてみたが、やはりほかの人間の気配は感じられなかった。

クスリで自分を眠らせたあと、三人のアルファたちは部屋を出て行ったのか？

そこまで考えて、はっと息を呑んだ天音は、あわてて自分の体をチェックした。

上は白シャツで、下はスーツのボトム。足は裸足(はだし)。ネクタイとジャケットと靴がなかったが、ピアスは外されておらず、イヤーカフに仕込んだカメラは無事だった。シャツのポケットのワイヤレスボイスレコーダーも無事。

そして、これがなにより重要だが、尻や股間に痛みや痺れなどの違和感はない。

未遂だとわかって、溜めていた息をふーっと吐き出した。

（それにしても……）

てっきり、レイプするために眠らされたのだと思っていたが、そうではなかったのか？

亜矢と違って自分は男なので、やつらの性的対象にならなかったということか？

だとしたら、なんのために眠らせた？

（……というか、一体どれくらい眠っていた？）

時間が知りたかったが、携帯はジャケットのポケットだ。そのジャケットがない。部屋自体にも置き時計や壁時計などの、時間を確認できるものは一切なかった。

とりあえず、ボックスソファから立ち上がってみる。足元がふらついたが、歩けないほどではない。覚束（おぼつか）ない足取りで、とりあえずドアまで行ってノブを回した。鍵がかかっている。しかも、内側からは開けられないタイプの施錠だ。

「……くそ」

あの三人が戻ってくるまで、ここに監禁状態ってことか。

携帯がなければ外部にも連絡できない。

まだクスリが残っているのか、脚がふらついてきたので、もう一度ボックスソファに戻って腰を下ろした。

「最悪だ……」

俯き加減に呻（うめ）く。

今回ばかりは、一人で乗り込んだのは判断ミスだったと認めざるを得なかった。

——終わり次第連絡を入れますから、俺が合流するまで一人で危ない真似はしないでください。

それからこのメッセージを聞いたら、折り返し連絡をください。

苅谷からの忠告と連絡を乞う声を無視して、単独で突っ走った挙げ句に墓穴を掘った。

お坊ちゃまアルファの三人くらい、どうとでもできると正直舐めていた。

ポーカーも勝てると慢心していた。わざと勝たされていることにも気づかずに……。

驕りと慢心、思い上がりのツケが回ってきたのだ。

(どうしても認めたくなかった)

バディを組んで二ヶ月、苅谷の行き届いたフォローやサポートが当たり前になっている自分を――苅谷との出会いで変わってしまった自分を認めたくなかった。

あいつの肩に寄りかかって、背中を預けて、それに慣れてしまうのが怖かった。

苅谷はいつまでも警察にいるわけじゃない。一種のインターンシップみたいなもので、一定の期間、社会勉強をして気が済んだら、本来のステージに戻っていくはずだ。

実際それが正しいし、あいつのためでもある。

首藤家の人間が、ダウンダウンの所轄なんかで汗を流している現在が、イレギュラーなのだ。

あいつと自分では、生きる世界が違う。

そう頭ではわかっているつもりだったが、首藤家のパーティに出て、ステージの違いを改めてまざまざと思い知らされた。そんな当たり前のことに、今更傷ついている自分がまたショックで……。

だから意地を張った。差し伸べられた手を払いのけた。あいつから逃げた。

まだ大丈夫だ。あいつがいなくたって一人でやれると証明したかった。

誰よりも、自分自身に証明したかったのだ。

「結果このザマかよ……」

自業自得。自分で自分の首を絞めたも同然。まったくもって救いようがない。

「アホかっ……」

おのれに対する苛立ちのままに、両手で髪をぐしゃぐしゃに掻き乱した。空に向かって「うおーっ」と叫んでから、市松模様の床を睨みつけ、ぼそりとつぶやく。

「……落ち込んでる場合じゃねえ」

自分が蒔いた種は、自分で刈り取るしかないのだ。

とにかく、三人が戻ってくる前にここから逃げ出す。さっき無事だったからといって、この先もなにもされないとは限らない。最悪は亜矢のケースと同様に、誰が父親かわからない子供を孕まされてしまう可能性だってあるんだ。

（マジで最悪だ）

想像しただけでぞくっと悪寒が走り、全身がぶるっと震えた。胸の前で交差させた手で二の腕をさすっていた天音は、体の小刻みな震えがいつまで経っても収まらないことに違和感を覚え、つと眉をひそめた。

（――？　なにかがおかしい……）

やがて体温が上昇してきて、全身がじんわり汗ばんでくる。

足のふらつき。体の震え。火照りと発汗。次々と自分を襲う症状を省みて、じわじわと目を見開く。

（もしかして……抑制剤（ピル）が切れたのか？）

体調によって誤差はあるが、ピルは基本一錠で二十四時間有効だ。普段は出署前の八時頃に服用するのだが、明け方に効果が切れて一錠飲んでいたのをすっかり忘れていた。

予備を常備しているが、ピルケースはジャケットのポケットのなかだ。

「ヤバい……」

よりによっていまここで⁉

心臓がドクンッと不穏に跳ねた。それをきっかけに、心拍数がドッドッドッドッと早鐘を打つ。

過度なストレスがかかって、交感神経が興奮状態になっている証拠だ。

まずい。どうにかしなければと、焦れば焦るほどに拍動が速くなっていく。

「はあ……はあ」

忙しなく息を吸っては吐き、体の中心部に溜まっている熱を発散させようとしたが、すぐに呼吸が追いつかなくなった。瞳孔が開いて、喉がカラカラに渇く。急激な発汗で水を含んだシャツが肌に張りつき、湿り気を帯びた髪がうねって、こめかみにびっしりと玉の汗が浮かんだ。視界も涙の膜に覆われて霞（かす）む。

気がつけば、股間が痛いほどに張り詰め、下着とボトムをきつく押し上げていた。勃起の根元にあたる下腹部では、持って行き場のない欲望がどろどろと渦巻いている。

ズクッ、ズクッと疼く股間を、天音は思わず両手で押さえた。もはや座ってなどいられず、ソファに寝転がって身悶える。

性衝動が突き上げてくるたび、びくん、びくんっと全身が痙攣した。

「……苦し……っ」

苦しい。苦しい。出したい。出したい。解放されたい。

昨夜もヒートに見舞われたが、あのときは苅谷がいた。とめどない欲求を受け止める相手がいた。

だけどいまは……。

「ばか苅谷っ……なんでいねーんだよ‼」

自分が苅谷から逃げてきたのだから、これは完全なる八つ当たりだ。わかっていても、叫ばずにはいられなかった。

「早く来い！　いますぐここに来い‼」

いますぐに、この果てなき飢えを満たしてくれ。おまえで余すところなく埋めてくれ。

おまえで熱く満たして、恐れも不安も、なにもかも吹き飛ばすくらいに強く揺さぶって、ぐちゃぐちゃにして欲しい。

「ふ……はっ……はっ……う、ぅっ」

秒速で激しさを増していくヒートの波に呑み込まれ、ボックスソファで悶絶していた天音は、室内に響くガチャッという音に身をおののかせた。

おもむろに首を捻り、潤んだ目でドアを見つめる。

「ま……さか……」

ドアが開いていくのに従い、鼓膜に響く心臓の音が大きくなっていく。

「か……りや？」

干上がった喉から掠れ声を絞り出した刹那、ドアが全開して、金髪ボウズが顔を覗かせた。

「…………っ」

鉄アレイで後頭部を殴りつけられたような衝撃に、全身の血の気が引く。失望のあまりにあれだけ熱かった体がすーっと熱を失う。

（違った……）

苅谷じゃなかった。当たり前だ。あいつに自分がここにいることなどわかるわけがない。

逃げて、連絡もしなかった。折り返しを乞うメッセージを無視し続けた。

自分からあいつを突き放しておいて、なにを都合のいい夢みたいなことを……。

「すっげー！　発情したオメガのにおいムンムンじゃん！」

ＶＩＰラウンジに入って鼻をクンクンさせていた金髪ボウズが「たまんねー！」と興奮気味に叫ぶ。続いて長髪と黒縁眼鏡も部屋に入ってきた。

「オメガフェロモンが外までダダ漏れてるよ。発情期(ヒート)だったんだね。ピルが切れた？」

長髪のその台詞(せりふ)で、オメガフェロモンが部屋の外まで漏れ出していることを知る。

「そろそろ睡姦ブームも一巡して飽きてきたし、せっかく活きがいい獲物が手に入ったんだからと思って、意識が戻るまで待っていたけど、まさに果報は寝て待てだな」

黒縁眼鏡が、したり顔をした。

「こんなに美味しそうに仕上がっちゃうとは、ついてるね」

長髪がにんまりと笑う。

「ヒートオメガ、やっぱ最っ高！　早くヒーヒー言わせてえ！」

テンション高く叫んだ金髪ボウズが、ぴょんぴょんと飛び跳ねた。

「いいね。ぜひ生でガン掘りしたい」

レンズの奥の目をぎらりと光らせた黒縁眼鏡に、金髪ボウズが「おまえさー」と不服そうに口を尖(とが)らせる。

「その生じゃなきゃイケない性癖どうにかしろよ。おまえが変な性病もらったら、獲物をシェアする俺らにも移るリスクあるんだぜ？」

「同感。前にもオメガの女、孕ませたよね。あのときはおまえがどうしても独り占めしたいっていうから、譲ってやったのにさ」

ヒートの発作に苦しみながらも、天音は長髪が口にした「オメガの女」というワードにぴくっと反応した。

（孕ませた？　亜矢のことか？）

「あー……あのグラドルか」

　黒縁眼鏡がうんざりしたような声を出す。

「たまたま見たグラビアでタイプだと思って……キャストに呼んで、まあ悪くはなかった。でも一度で充分って感じ。正直、こっちは飲み会自体忘れてたのに、向こうは半年も過ぎてから、雑誌に載っていた俺のインタビュー記事を見て記憶が戻ったらしくてさ。いきなり客のフリしてクリニックを訪ねてきた。診察室で腹ぼてのオメガに『あなたの子供です。生まれたら認知してもらえますか』って詰め寄られた俺の気持ちがわかるか？　意識が戻ったら飲むように、わざわざ用意しておいたアフターピルが効かなかったと言っていたけど、どうだか。あえて飲まないで妊娠して俺を嵌めるつもりだったのかもしれない」

　反吐が出るほどクズな言い分に、さすがに鼻白んだのか、長髪が「それはないんじゃない？」と異論を唱える。

「だって彼女は俺たちの素性を知らなかったんだし」

「だよなー。仮にもしそうだったとしても、対処に困ったからって殺っちゃうのはまずいっしょ」

　金髪ボウズが爆弾発言を、言葉ほどには「まずい」と思っていないのがモロわかりの軽い口調でぶちまけた。

「じゃあ、どうすればよかったんだ？　言われたとおりに認知して、一生タカられ続けろっていうのか？　オメガと一度寝ただけで、なんでそんな負債を背負わなきゃならないんだ？」

　黒縁眼鏡が反論すると、二人はあっさり「ま、それもそうだよな」「わかる～」と同意して、あまつさえヘラヘラと笑った。

（やっぱり亜矢は他殺だった……）

　疑念が確信に変わるのと同時に、おのれの薄汚れた欲望を満たすために罪のない女性を弄んだ挙げ句、二つの命（しかもそのうちの一つは自分の子供の命だ）を邪魔な石を蹴り退かすかのごとく葬り去った男と、それを咎めるどころかネタにして嗤う男たちに、激しい憤りを覚える。

（オメガはおまえらアルファに踏みにじられるために生きてるんじゃねえんだよ！）

「許せねえ……」

　沸き立つ怒りをバネに、よろよろと立ち上がった天音は、ふらつく一歩を踏み出した。それに気がついた金髪ボウズが、「おっ、どうした？」とからかうような声を出す。

「死、ねっ……」

　そのおどけた顔目がけて殴りかかったが、ぶんっと振り回した腕は、盛大に目標からずれて空を切った。いつもなら当たるはずのパンチが空振りして、反動でよろけた天音を、金髪ボウズが「はーい、キャッチ！」と抱きかかえる。

「無理すんなって。足ふらふらじゃん」

「抵抗しても無駄無駄。ねえ、本当は俺たちにぶち込まれたくてウズウズしてるんでしょ？」

半笑いの長髪が耳許に囁いてきた。

「だれ、が……っ」

誰がおまえらになんか！　そう叫びたいのに喉が締まって声が出なかった。

「……っ……っ」

三人分のアルファフェロモンが四肢に絡みつき、まるで全身に毒が回ったみたいに身動きができない。

ヒートの最中に、ピルが切れた状態で、若いアルファ三人と密室に閉じ込められるというシチュエーションが、ここまで体の自由を奪うとは思わなかった。

「ひゃー、いいにおい……間近でオメガフェロモン浴びるとヤバいよ。俺もうちんこギンギン！」

「僕もひさしぶりにフル勃起したわ。彼のフェロモン、ヤバいね」

「濃厚で野性味が強いんだよな」

「わかる。普通のオメガより甘みも刺激も強い。強いて言うならジビエ的な？」

「グルメ気取りの蘊蓄はいいって。ほら行くぜ！　ダーイブ！」

奇声をあげた金髪ボウズに、ボックスソファに押し倒される。それを合図に残りの二人も次々飛びかかってきた。

「や、めっ……」

いま出せる力で懸命に抗ったが、多勢に無勢。抵抗も虚しく、三人がかりで押さえつけられ、身につけていた衣類をすべて剝ぎ取られてしまった。

丸裸にされた体を、三人の男たちにねちっこい視線で陵辱（りょうじょく）される。

「スタイルめっちゃいい！　色白いっ」

「乳首はピンクだね。おっぱいはないけど、これはこれでソソる」

「性器も形がきれいだな。さすがオメガ。男を萎えさせない」

「……っ……」

品定めされる不快感と屈辱に震えたが、もはや股間を隠す力すらなかった。意識も朦朧（もうろう）としてきて、男たちの会話が遠くに聞こえる。

「ケツは？」

誰かがつぶやいたかと思うと、いきなり乱暴に体をひっくり返された。

「おおー、いいケツだ！」

興奮に上擦った声が聞こえ、尻の肉をむぎゅと摑まれる。複数の手で一斉に揉まれたり、つねられたりした。

「やわらかいだけの女の尻と違って引き締まってるな」

「弾力もちょうどいい」

まるで食肉の品評会だ。自虐を嚙み締めていたら、突然、尻肉を真ん中から割られた。無理矢理暴かれた場所に視線を感じる。

「見てみー。このケツマンコ」

「きれいなアナルだな。そんなに使い込まれてないっぽいけど」

「この顔でまさかヴァージンってことはないだろ。……どれ」

いきなりアナルに指を突っ込まれ、天音は「あうっ」と悲鳴をあげた。

「狭いけど入るよ。いい感じ」

なにがいい感じだ。俺に触るな！　てめーら全員ぶっ殺す！

心のなかでどんなにわめこうが罵ろうが、ヒート中の肉体は、悲しいかな刺激に反応してしまう。

「あ……なんか奥からぬるぬるした汁が出てきた。オメガは雄も濡れるって本当なんだ」

「雄にも子宮があるからな」

いまこの瞬間ほど、オメガである自分を疎ましく感じたことはなかった。

亜矢を貶めたクズたちの指を、粘膜をうねらせ、嬉々として受け入れている自分を、できることならこの場で抹殺したい。いや——死ぬのは先にこいつらを殺ってからだ。

殺意を抱く天音の意思とは裏腹に、アルファフェロモンに侵された快楽中枢は、よりいっそうの快感を求めて、指をきゅうきゅうと締めつけて離さない。いつの間にか勃ち上がっていたペニスの先端からも、カウパーがとろとろと溢れる。アナルを掻き回すクチュッ、ヌチュッという粘ついた水音に、男たちがごくっと唾を飲む生々しい音が重なった。

「なあ……もういいんじゃね？　俺もう漏れそうなんだけど」

「一番はポーカーで勝った俺だぞ」

「イカサマのくせにえっらそうに」

「まあ、いいんじゃない？　勝ったのは事実なんだからさ。その代わり早く回せよ」

「じゃあ、俺は上の口〜！」

目の前に現れたぬらぬらと光るグロテスクな亀頭から、反射的に顔を背ける。するとちっという舌打ちが響き、苛立った声が「ほら、口開けろよ」と催促してきた。それでも頑なに歯を食いしばっていると、ぬっと伸びてきた手で首を絞められる。

「ぐ、うぅっ」

加減のない力で喉を締め上げられる苦しさに、思わず口を開けた瞬間、性器を突っ込まれた。

「むぐっ」

すでに凶器のごとく硬い肉棒を、喉までぐぐっと一気に押し込まれ、強烈な吐き気がこみ上げてくる。嘔吐きたかったが、亀頭で喉に蓋をされてしまっているのでそれも叶わない。

「っ……っ……っ」

地獄のような苦しみだった。声にならない声で叫ぶ。もういっそ殺してくれ——！

その望みは遠からず叶うのかもしれなかった。おそらくこいつらは自分を蹂躙したあとで殺すつもりだ。そうでなければ、亜矢の件をあんなふうに話したりしない。

天涯孤独で素行不良のオメガが一人いなくなったところで、誰もわざわざ捜したりしない。消息不明で片付けられるのがオチだと高をくくっているのだ。

「うひょーっ……おクチ最高っ……」

金髪が腰をヘコヘコ振って出し入れしながら、アホっぽい声を出す。

「おい、一人で気持ちよくなるなよ」

背後では、尻を鷲摑み(わしづか)にした誰かが、イチモツをねじ込もうとしていた。力任せに入り口をこじ開けられて、体が悲鳴を上げる。

この先何十分、何時間と、人間の皮を被ったクズどもが飽きるまで苛まれ続けるくらいなら、隙を見て自分で舌を嚙み絶命したほうが何十倍もマシだと思えた。甘美な誘惑をかろうじて思いとどまらせたのは、いまは亡きアマネの最後の言葉だった。

――い……きて。

――ぼくの……ぶんも……い……きて。

どんな状況になろうとも、生ある限り生きる。

ラスト一秒まで、生きるために足掻き続ける。

それが、本来ならばアマネのものだった生を借りて生きる自分の使命。

そう自分に言い聞かせても、生理的な涙が溢れるのは止められず、透明な膜で視界が霞んだ。クズどもに涙を見られるのは業腹で、天音はぎゅっと目を閉じた。

まぶたの裏にほどなく一人の、まだ若い男の姿が浮かぶ。

サラブレッドの毛並みを思わせる艶(つや)やかな茶褐色の髪。感情によって色合いが変わる瞳。自分の名前を呼ぶ、心地よい低音。しなやかで熱い体。

おまえとしか共有できない、血も肉も五感もすべてが溶け合う感覚。

茢谷――いまわかった。……そうじゃない、本当はもっと前からわかっていた。ただ認めたくなかっただけだ。

おまえはほかのアルファとは違う。

いま、自分の体は大量のアルファフェロモンに反応しているが、心はしんしんと冷え切ったままだ。おまえと抱き合ったときみたいに、身も心も熱くなったりはしない。

悔しいけれど、認めざるを得ない。

茢谷。

俺にとっておまえは特別だ。

この世でたった一人の魂のつがいなんだ……。

Resonance 9

下半身剝き出しの興梠（こうろぎ）を部屋に残して一階まで下り、ホテルの車寄せに駐（と）めてあった愛車に飛び乗った煌騎（こうき）は、秘密クラブのあるハイミッドタウンの複合商業施設へと向かった。ホテルと同じエリア内なので、車で十分ほどの距離だ。

それでも、その十分間が永遠にも感じられた。

――僕が電話がかかってきた機を捉えて抜け出してきたときは、彼らはＶＩＰラウンジでポーカーをしていた。イカサマポーカーでぼろ負けさせて退路を塞ぐのは、やつらの常套手段（じょうとうしゅだん）なんだ。一年ほど前から、枕営業前提じゃ刺激が足りないと言い出して、クスリを使うレイプドラッグに手を染め始めた。だから、たぶん今頃は彼もクスリで眠らされて……。

フラッシュバックしてきた興梠の声に、覚えずステアリングを握る手に力が入る。

相手は三人とはいえ、あの本浄（ほんじょう）がそう簡単にクスリで眠らされるとは思えない。ポーカーだって、勝算がなければ受けて立たないはずだ。

ポジティブに考えようとする側から、（しかしいまは発情期（ヒート）だ）とネガティブ思考の自分が囁（ささや）く。

当然抑制剤（ピル）は服用しているはずだが、三人のアルファに囲まれたシチュエーションで、効き目が切れたり、薄れたりする可能性もなきにしもあらず……。

焦燥に追い立てられるかのように、違反スレスレのスピードで車を飛ばして、目的の複合商業施設に到着した。すでに深夜の三時近いこともあり、施設は全館クローズしており、常夜灯以外の照明も落ちている。地下の駐車場も営業を終了していたので、最寄りの二十四時間営業のパーキングに駐めるしかなかった。

車を駐めたパーキングから複合商業施設まで駆け戻った煌騎は、秘密クラブ直通のエレベーターを探し始める。人目を避けるようにひっそりと物陰に佇む一基を発見したのは、探索開始から五分が過ぎた頃だった。

(これか)

ホームボタンを押し、ドアが全開するのももどかしく、ケージに乗り込む。操作盤の一番下のスリットに、興梠から受け取った黒いカードを差し込み、「12」のボタンを押した。上昇していくケージのなかで小さく息を吐き、だがすぐに表情を引き締める。

なんとかここまで辿り着いたが、問題はこの先だ。

ケージが停止してゆっくりとドアがスライドする。一瞬なにかのトラブルで、営業が終わった途中の階に止まったのかと思った。それくらい視界が暗かったのだ。しかしよく見れば、暗闇のところどころに、小さな炎がゆらゆらと揺れている。

炎の揺らぎに気を取られていると、不意に「いらっしゃいませ」という声が聞こえ、ランタンを持った大柄な男がぬうっと現れた。がっしりとした体躯を黒のスーツに包み、短く刈り込んだ顎髭を蓄え、長めの髪を地肌に沿ってコーンロウに編み上げた男だ。声をかけてくるまで、完全に気配を消していたあたり、手練れのにおいがする。

「こちらは初めてのお客様ですよね？　お名前を伺ってもよろしいですか？」

「……苅谷です」

「どなたのご紹介でしょうか」

少し迷ったが「興梠さんです」と答えた。すると男は、「本日、興梠様から承っているゲストは一名様のみで、すでに到着してＶＩＰラウンジにいらっしゃいます」と返してくる。

そのゲストが本浄であるのはまず間違いがない。このフロアのどこかに本浄がいると思っただけで鼓動が速まるのを感じたが、表面上は平静を装った。

「おかしいな。もしかしたら連絡ミスかもしれない。ＶＩＰラウンジにいる三人とは幼なじみなんです」

「幼なじみ……」

コーンロウが改めて素性を探るような眼差しを向けてくる。

「幼稚舎から大学まで一緒でした」

「……なるほど」

男が腑に落ちた面持ちで首肯した。どうやら自分をアルファだと認めたようだ。

「彼らとここで落ち合う約束をしていて――ああ、そうだ。興梠さんからこちらのカードを預かっています」

スーツのジャケットの内ポケットからカードを引き抜いて差し出す。受け取った黒いカードを矯めつ眇めつチェックしたのちに、コーンロウが「確かに興梠様のカードです」と告げた。

「しかし、興梠様に確認を取ろうにも、数時間前にお帰りになられまして……」

「連絡はつきませんか？」

「携帯に連絡してみます」

胸許から携帯を取り出して耳に当てていた男が、ややあって首を横に振る。

「繋がりません。留守録になってしまいました」

出たくても出られない興梠の事情は誰よりわかっていたが、煌騎は困惑の表情を作り、「そうですか……困ったな」とひとりごちた。するとコーンロウが「カードは本物ですし、お見受けしたところお客様がアルファなのは間違いないと存じますので、ＶＩＰラウンジにご案内いたします」と言い出す。ＶＩＰ客の友人を追い返して、のちほど問題になったら面倒だと考えたのだろう。

「そうですか。助かります」

「どうぞ。こちらです」

煌騎を促すように先に立ち、コーンロウが歩き出した。スーツの背中に、髑髏のマークが誘導灯のごとく浮かび上がっている。天井が低く幅も狭い、通路のような廊下を、蛇行しつつ二十メートルほど進んだところで、男が足を止めて鉄のドアを開いた。暗闇に慣れた目を紫の光に射られる。

「……………っ」

少し目が慣れてきた煌騎は、視界が捉えた異様な光景にぎょっとした。

紫のライトで照らされた半円形のステージ。そのステージの上で、全裸の男女が様々な体位で繋がっていた。男女の組み合わせ、男同士、女同士など、組み合わせも様々だ。

ステージの後ろのバックスクリーンに大きく映し出されているので、演技などではなく、本当にセックスしているのがわかる。ステージを取り巻くように扇状に配置されたテーブルでは、観客たちがその〝本番ショー〟を肴に酒を呑んでいた。観客の性別や年齢はまちまちだが、レースや羽根で飾られたアイマスクをつけているのは全員共通だ。仮面舞踏会を気取っているつもりなのか、そんなもので正体が隠せると思っているのが愚かしい。

フロアの一角では、生バンドの演奏に合わせて豊満体形の女性ボーカルがジャジーな歌声を披露していたが、残念ながら客のざわめきや嬌声に掻き消され気味だった。奥の開け放たれたドアからは、スロットマシン、ルーレット、ポーカーテーブル、それらのあいだを行き交うゲストと制服姿のディーラーの姿が見える。おそらく闇カジノだろう。

見渡す限りここは、なんでもありの無法地帯のようだ。ディープダウンタウンならいざ知らず、ハイミッドタウンにこんな店があることに驚いたが、顔には出さない。

密かに秘密クラブ内の様子を観察する煌騎を従えて、コーンロウはフロアの片隅に設置された鉄の螺旋階段に歩み寄った。先に上がり始めた男に続いて階段を上る。到着した階には、黒いドアが三枚並んでいた。どうやらこの三つの部屋がＶＩＰラウンジらしい。

（……この三枚のドアのいずれかに本浄がいる……）

目的の場所を前に、煌騎はジャケットのポケットにそっと右手を忍ばせた。ポケットに入れてお

いたアーミーナイフから、ラージブレードを引き出す。

アーミーナイフを手に、一番左のドアの前に立ったコーンロウの背後に忍び寄り、男の頸動脈に

ラージブレードの刃先を当てた。不覚を取ったコーンロウがぴくっと全身を震わせる。

「声を出すな」

耳許に低く囁いた。

「動けば頸動脈を断ち切る」

「………」

無言でフリーズするコーンロウに「ドアをノックしろ」と命じる。命令どおりに片手をゆっくり

と上げた――次の瞬間、男が鮮やかなターンを決めた。振り向き様に手刀で腕を打ち払われ、アー

ミーナイフがふっ飛ぶ。ナイフを拾う前に、左肩を掴まれた。

かなり近い間合いでのインファイトになる。煌騎はすかさず、肩を掴むコーンロウの手を掴み返

した。外側にサイドステップすると同時に相手の肘に打撃を加える。男がバランスを崩した一瞬の

隙を見逃さず、顔の側面を手のひらの底部でぱんっと打った。

「………っ」

よろけるコーンロウの腕を掴んだまま、手加減なしの膝蹴りを腹部に入れる。

「うっ……」

前屈みになった男の顎を目がけ、今度は肘を突き上げた。顎の骨が砕けるぐしゃっという音がして「うっ」と呻いたコーンロウが仰け反る。その場に仰向けにどう……と倒れ、動かなくなった。

急所に連続してダメージを受けた男が意識を失っているのを確かめ、ふっと息を吐く。床に落ちていたアーミーナイフを拾い上げるついでに一階の様子を窺ったが、客は自分たちの享楽に夢中で、誰も上など見ていなかった。

（よし）

ドアの前に立ち、コンコンコンとノックをする。反応はない。もう一度スリーノック。それでもノーリアクションだったので、ノブを掴んでガチャガチャと回した。鍵がかかっているのを確認したのちに、ドアをガンガンガンと蹴りつける。

「ドアを開けろっ」

凄んで執拗に蹴り続けていると、ようやくドアがガチャッと開いた。ドアの隙間から、オメガフェロモンとアルファフェロモンが入り交じった濃厚なにおいが流れ出してくる。

「うるさいな。なんなんだよ？　いま取り込み中……」

文句を垂れつつドアを開けた長髪の男が、煌騎を見て、怪訝そうに「誰？」とつぶやいた。それには答えず、「退け」と胸を突く。長髪を押しのけて足を踏み入れ、赤と黒のハレーションと噎せ返るような混合フェロモンに眉をひそめた煌騎は、次の瞬間息を呑んだ。

「………っ」

黒いボックスソファに全裸の本浄が俯せに横たわっており、その白い裸体の背中に、黒縁眼鏡をかけた男が覆い被さっている。もう一人、金髪のボウズ頭の男が、こちらは本浄の口に自分の性器を突っ込み、陶然とした顔つきで腰を振っていた。

レイプ常習犯のアルファたちに、いままさに犯されている本浄を見た刹那、理性の手綱がブチ切れる。

「おい、きみ、一体誰なん……」

後ろから肩を摑んできた長髪の問いかけに振り返ることなく、煌騎は無言で肘をガンッと振り上げた。

「ぉう……っ」

肘が顔面にもろヒットして、鼻骨が折れ、男が言葉にならない悲鳴をあげる。よろよろと後ずさった長髪の鼻から、血がぼたぼたと滴り落ちた。手にべったりとついた自分の鼻血を見て「ひーっ」と叫んで床に尻餅をつく。血まみれで放心する長髪を捨て置き、煌騎はボックスソファに大股で歩み寄った。

まずは金髪ボウズの、タトゥーがびっしり入った肩をガッと鷲摑みにして、本浄から乱暴に引き剝がし、後方に投げ飛ばす。

　間髪を容れずに、なにが起こったのかぴんときていないらしい黒縁眼鏡の胸座を摑んで、顔面に思いっきり拳を叩き込んだ。バキッと眼鏡のレンズが割れて、男が勢いよく吹っ飛ぶ。丸テーブルにぶつかり、椅子を薙ぎ倒して床に倒れ込んだ男から、ごんっと乾いた硬い音が聞こえてきた。後頭部をしたたか打ちつけたのか、そのまま動かなくなる。

「なっ……なんなんだよ、おまえ⁉」

　上擦った声に振り返ると、さっき投げ飛ばした金髪ボウズが立ち上がるところだった。煌騎が全身から立ち上らせる殺気に煽り立てられたかのように、両手で拳を作り、ファイティングポーズを取る。

「やるか？　言っとくけど俺、ボクシング部出身だぜ？」

「………………」

　ハッタリではないらしく、無言で距離を詰める煌騎に向かって、シュッ、シュッと左右を繰り出してきた。なかなかキレのいいパンチを最低限の体の振りで躱しながら、じりじりと間合いを詰めていく。

「くそっ……」

　金髪が当てにきた大ぶりなパンチを、煌騎はすっと身を屈めて避けた。金髪が勢い余って蹈鞴を踏んでいる隙に、ばっと反転して男の後ろに回り込み、横蹴りで背中を蹴りつける。つんのめって

床に膝をついた金髪のアキレス腱を、全体重をかけて踏みつけた。パチンッと腱が切れる音が響き、金髪が「ぎゃーっ」と絶叫をあげる。痛みに悶絶して転がり回る金髪にはそれ以上は構わず、煌騎はソファに駆け戻った。俯せのまま、苦しそうに喘いでいる本浄に声をかける。

「本浄さん、大丈夫ですか？」

「………」

本浄が伏せていた顔をのろのろと上げた。蹂躙の痕跡が残る――涙と汗と体液で汚れた白い貌を目にした瞬間、煌騎の胸に鋭利な疼痛が走る。

悪い予感は当たってしまった。おそらくはピルの効果が切れてしまい、ヒートの発作に襲われたのだ。

本浄が放つオメガフェロモンに、もともと理性を持ち合わせていないアルファたちは、よりいっそうケダモノと化し……。

(自分がもっと早くここに来られたら、辛い思いをさせずに済んだのに)

苦い思いを奥歯で磨りつぶし、煌騎は悔恨の念を言葉にした。

「来るのが遅くなってしまって、すみませんでした。でももう大丈夫です。安心してください。もう大丈夫ですから……」

少しでも心が安らぐようにと願って、労りの言葉をかけ続けていると、本浄の唇が弱々しく開閉する。

「………」

なにか言おうとしているのはわかったが、声が小さくて聞き取れなかった。煌騎は、本浄の顔に耳を寄せると、かろうじて聞き取れたのは「……け」という囁き。

「すみません。聞き取れません」

「ど……け」

今度ははっきりと聞こえた。

「どけ？」

訝しげに繰り返す煌騎を、本浄が思いのほかに強い力で押しのけ、よろよろとソファから立ち上がる。

「駄目ですよ！」

驚いて大きな声を出した。

「急に起き上がっては駄目です！」

押しとどめようとする手を乱暴に振り払い、本浄がふらりと頼りない足取りで歩き出す。

「本浄さ……っ」

自分の横をすり抜けていく本浄を視線で追いかけ、振り返った煌騎は息を呑んだ。

いつの間にか意識を取り戻した黒縁眼鏡と、本浄が対峙している。

黒縁眼鏡は、据わった半眼で本浄を睨み据え、ブツブツと何事かをつぶやいていた。

「……ばかにしやがって……くそ……オメガのくせに……くそ」

その言葉に反応してか、本浄の肩がぴくっと揺れる。ふらついていた体幹に力が宿り、背中がすっと伸びた。直後に白い体がひらりと回転する。美しい軌道を描いた裸足のかかとが、黒縁眼鏡の顎にヒットした。

「……おぅっ」

回し蹴りを食らって軽く数メートル吹っ飛んだ黒縁眼鏡が、勢いのままに激しく背中から壁にぶつかる。衝突のショックに両目をカッと見開き、しばらく壁に磔になっていたが、やがてずるずると沈み込んでいった。尻が床につき、がくりと首が前に倒れるのとほぼ同時に、フレームがひしゃげた眼鏡が床にカーンと落ちる。

（すごい……！）

自分は目の前の本浄に意識が集中してしまい、黒縁眼鏡が近づいていたことに気がつかなかった。なのに本浄はヒートで朦朧としながらも、迫りくる危険を察知した。本浄が気がついてくれなかったら、不意打ちを食らってやられていたかもしれない。

改めてバディの底力に感服しつつ、感謝の念を抱いていると、視線の先の本浄がぐらりとよろめいた。回し蹴りで余力を使い果たしたようだ。目を閉じた本浄が上体を仰け反らせ、ゆっくりと仰向けに倒れていく。

「危ない！」

ダッシュをかけた煌騎は、床に激突する寸前、バディを両腕で抱きかかえた。触れ合っている場所からびりっと電流が走り、白い体がビクビクと痙攣する。共鳴発情におののく裸体を、煌騎はそっと床に横たえた。薄く目を開いた本浄が、苦しげな声を紡ぐ。

「ピルが……切れて……」

切れ切れに訴えてくる姿が、寄る辺ない子供のように見えて、胸がきゅんと疼いた。

ぴんと張り詰めた強さと脆さを併せ持つ、この人が好きだ。

「わかっています。もうなにも言わなくていいですから」

そう言い含めた煌騎は、横たわる本浄に覆い被さるようにして、両側面に手をついた。股間に顔を近づけ、勃ち上がっている性器の先端――小さな窪みに溜まった透明な蜜を舌先で舐め取る。本浄がびくんっと震えた。

「かり、や?」

めずらしく動揺した声で名を呼ぶ。

「おい、……なにし、て」

「黙って。あなたはただ感じていてください」

命じるなり、ふるふると震えている性器を亀頭からじわじわと口に含んだ。舌先でなめらかな亀頭を舐め回し、カウパーを啜り、カリの下の括れをぐるりと舐め回す。

「……うっ……」

本浄が吐息を漏らした。

ほっそりとした軸に舌を絡め、唇の輪で扱き上げる。同時に、裏筋に下の歯を当てて扱き上げると、本浄が白い喉を反らして甘やかな嬌声をあげた。

「あっ……はっ……あっ」

上目遣いに窺った白皙の美貌は、切れ長の目をしっとりと潤ませ、赤い唇をしどけなく開いている。

快感に蕩け切ったその表情に励まされた煌騎は、よりいっそう深く性器を銜え込んだ。喉で亀頭を締めつけ、指で作った輪っかで根元に圧をかける。

「はっ……はっ」

呼吸が浅くなり、全身の震えも激しくなってきた。絶頂が近いのがわかる。そろそろ来る——と身構えたそのとき。

「……んっ……くっ……イ……くぅっ」

絶え入るような声を発して、本浄が精を放った。びゅくっと勢いよく喉に放射されたものを、ごくりと飲み下す。青臭さとえぐみが混ざり合った独特な味が、味蕾を刺激した。

本浄の精液を飲むのは二度目だが、不味いとは思わない。むしろ彼の一部を自分のものにできるのがうれしかった。

「はあ……はあ……」

股間から口を離し、胸を喘がせて放心している本浄の唇に唇を重ねる。

「んっ……」

無防備な唇をちゅっ、ちゅっと啄んでから、名残惜しげに離した。まだ絶頂の余韻を引き摺っているのか、ぼんやりした顔つきの本浄に訊く。

「少し落ち着きましたか？」

問いかけにぱちぱちと目を瞬かせた本浄が「……ああ」と答えた。声に生気が戻ってきた。もう大丈夫だ。

そう判断した煌騎は、「予備のピルは持っていますか？」と問いを重ねる。

「黒いジャケットのポケットだ。……けど、この部屋にはない。ジャケットと靴はやつらに奪われた」

「わかりました。ここで待っていてください」

言い置いて立ち上がり、部屋の片隅で蹲って啜り泣いている金髪ボウズに歩み寄った。目の前に立つ煌騎に気がついた金髪が、涙と鼻水でぐちゃぐちゃの顔を上げる。

アキレス腱が切れた状態で意識があるのは地獄の苦しみだろうが、一ミリも同情心は湧かなかった。これまでの数々の悪行や、本浄にオーラルを強いた罪を思えば、とどめを刺さなかった自分を褒めてやりたいくらいだ。

「あの人のジャケットはどこだ？」

「……痛え……痛えよぅ……助けてくれよぅ」

泣きながら脚に縋りついてくる金髪のタンクトップを掴み、強引に顔を上向かせて、「どこにやったか言え」と低く命じる。

「と、隣の部屋……」

上擦った声で答えた金髪の首筋に手刀を入れた。びくんっと痙攣した金髪が、白目を剝いて気絶する。楽にしてやる義理はなかったが、いつまでも情けない泣き声が聞こえてくるのも、それはそれで気障りだ。

その足で部屋を出て、廊下で伸びているコーンロウのボディチェックをする。下衣のポケットからキーチェーンを見つけ出した煌騎は、真ん中の部屋のドアの前に立ち、鍵の束から一本ずつ鍵を試していった。四本目で当たりを引き、ドアを開ける。

その部屋は黄色と黒で構成されており、本浄のものとおぼしきジャケットと靴、そしてネクタイが、黒い革張りのソファの座面に投げ出されてあった。まとめて抱え持ち、赤と黒の部屋に戻る。

煌騎が衣類を取りに行っているあいだに、本浄はシャツとボトムを身につけていた。

「隣の部屋にありました」

バーカウンターからミネラルウォーターのペットボトルを一本ピックアップして、衣類と靴と一緒に本浄に渡す。

「助かった」

受け取ったジャケットのポケットに手を入れ、ピルケースを取り出した本浄が、錠剤を口に放り込んでミネラルウォーターで流し込んだ。

「……ふー……」

濡れた口許を手の甲で拭い、「……これでもう大丈夫だ」とつぶやく。安堵感が滲み出る声音に、煌騎もほっとした。若干顔に赤みが残っているし、まだ気怠げではあるが、ピルが効いてくればオメガフェロモンも収まるはずだ。そう判断して携帯を取り出す。

「では、担当所轄に連絡を入れます」

本浄に断りを入れて、ハイミッドタウンエリア担当の警察署に電話をかけた。

「ダウンタウン東署刑事課一係の苅谷です」

所属と名前を明らかにしたのちに、自分が現在、違法カジノを擁する秘密クラブにいることを伝える。

「店内には四十名ほどの客がいますので、無用な混乱を避けるためにサイレンは鳴らさず、覆面車での急行を願います。秘密クラブは複合商業施設の最上階にありますが、直通のエレベーターでしか上って来られません。直通エレベーターはカードがなければ動かないので、到着次第、こちらの番号に連絡をください」

約十分後に所轄警察から携帯に連絡が入り、煌騎と本浄は直通エレベーターを使って一階まで下りた。

「本浄さん、大丈夫ですか？」

だるそうにエレベーターの壁に寄りかかっている本浄が気になって声をかけたが、「問題ない」とにべもなく返される。目を合わせようとしない本浄から〝近寄るな〟オーラを感じた煌騎は、不本意な姿を意図せずに晒した彼の心情を慮り、それ以上の言葉をかけるのは自制した。

「D東署の苅谷です」

「同じく、D東署の本浄だ」

一階で担当所轄の捜査員たちと合流し、総勢五十名余りの私服の刑事と制服の警察官をピストン輸送で、十二階まで運ぶ。

「よし。踏み込むぞ」

陣頭指揮を執るベテラン刑事の合図で鉄のドアが開かれ、狭くて暗い通路にぎっしりと詰め込まれていた五十名の刑事と警察官が、一挙にフロアに雪崩れ込んだ。

「きゃーっ」

「警察のガサ入れだ！　逃げろ！」

「押さないで！　倒れる！」

たちまちパニックの坩堝と化した場内のあちこちで、悲鳴と怒号が飛び交った。

「あなたたちなんなの!?　やめて！　触らないで！」

「放せっ……私を誰だと思っているんだ！」

「話は署で聴く。いいから大人しく言うことを聞け！」

逃げ惑う客とスタッフを、制服の警察官が次々と取り押さえ、連行していく。

フロアの大捕物があらかた片づいたのを見計らい、煌騎と本浄は、刑事二名と警察官八名を引き連れて上の階へと上がった。まずは、ちょうど意識を取り戻して苦しんでいたコーンロウを、警察官二名が両側から抱えて連行していく。

次にＶＩＰラウンジの、向かって左端のドアを開け、こちらはまだ意識のないアルファ三名の罪状を明らかにした。

「こいつらはレイプドラッグの常習犯だ。〝飲み会〟と称して呼びつけたターゲットに、睡眠薬入りのアルコール飲料を飲ませ、意識が混濁したところを暴行に及んでいた」

本浄の説明に、本件の陣頭指揮を執るベテラン刑事が渋い顔をする。彼と本浄は過去に合同捜査で一緒になったことがあったらしく、気心が知れた仲のようだ。

「犠牲者のうちの一人はグラビアアイドルだった。彼女はレイプドラッグによる暴行で妊娠し、子供の父親である男に殺された。そこの壁にもたれかかっている男だ」

ベテラン刑事が失神している黒縁眼鏡（眼鏡は床に落ちているが）に侮蔑の視線を走らせ、「鬼畜の所業だな」と苦々しげにつぶやく。

「ああ、本物のクズだ。こいつらは警察病院に直行になると思うが、取り調べを行う際に証言が必要なら連絡してくれ。俺が証人になる。物的証拠も追って提出する」

「その節はよろしく頼む」

「俺からも一ついいですか」

本浄の説明を引き継いで、煌騎はベテラン刑事に携帯の画面を見せた。

「こちらのホテルの二三〇一号室に宿泊している興梠という男が、レイプドラッグのターゲットとなる女性を斡旋していました。バーターでビジネスの便宜を図ってもらっていたようです。興梠の自白の音声データがありますので、証拠品として提出します」

ホテルの名前を手帳にメモした彼が、「捜査員を向かわせて身柄を確保する」と請け合って「きみたちの協力に心から感謝する」と謝意を示す。

「おかげで大型違法店を摘発することができた。オマケもたくさん付いてきたしな」

すると本浄が、「協力の見返りと言ってはなんだが、俺たちがこの件に関わったことは内密にしてくれないか」と頼んだ。

「テリトリー外で動いていたことが公になると、いろいろ面倒なんでな」

同じ所轄の刑事という立場から、本浄と煌騎のスタンスはよく理解できるのだろう。ベテラン刑事は「わかった」と短く応じた。それ以上は被疑者たちの負傷についても四の五の言わずに、部下に向かって「三名を連行しろ」と命じる。

担架に乗せられて連行されていく満身創痍（まんしんそうい）のアルファたちを、煌騎と本浄は黙って見送った。

「着きました」

助手席でぼんやりしていた天音(あまね)は、苅谷の声で我に返った。そう言われて車窓に目を向ければ、視界に映っているのはダウンタウンにある集合住宅の屋外駐車場だった。つまり、自宅に帰ってきたのだ。

すでに外は明るくなり始めている。

改めて、すごい一夜だった。正確には、首藤(しゅとう)家のパーティに出た前日と合わせての二日間だが。展開がめまぐるしく、アップダウンも激しく、肉体的にもハードで、感情面でもかなり揺さぶられた。

亜矢(あや)の案件には一応のケリがついたが、関わり始めた時点では、グラドルの死があれだけの大捕物に発展するとはゆめゆめ思わなかった。

結果的に大型違法店摘発で幕を閉じたとはいえ、反省すべき点が大いにある。

一歩間違えば、自分はアルファ三人組に犯された上で命を奪われていた。

苅谷が助けに来てくれなかったら、あの赤と黒の部屋から生きて出ることは叶わなかったかもしれない。

（そうだ……生きて、いまここにいるのはこいつのおかげだ）

運転席の茢谷に視線を向けると、茢谷もこちらを見ていた。目と目が合う。

熱を帯びた瞳を見つめながら、天音の脳裏に、茢谷が部屋に入ってくる直前のシーンが蘇る。

あのとき――ヒートの発作と三人のアルファに追い詰められて死をも覚悟したとき、眼裏に浮かんだのは、いま目の前にいる男だった。

茢谷は自分にとって特別な存在。

替えの利かない、ただ一人の魂のつがい。

（ただ一人の……）

改めてそれを実感したとたんに、心臓が早鐘を打ち始める。やがて首の後ろがむずむず、尻の下ももぞもぞし出して、じっとしているのがきつくなってきた。

たまらず視線の交わりを断ち切り、シートベルトを外す。助手席側のドアレバーに手をかけてガチャッと開けたタイミングで、背後から「お疲れ様でした」と声がかかった。

「………っ」

ばっと振り返る。茢谷の切なげな表情に、思わず尋ねた。

「……寄っていかないのか？」

茢谷が驚いたように目を瞠る。だがすぐに真顔になって、「はい」とうなずいた。

「本浄さん、お疲れでしょうから、早く休んだほうがいいかと」

　立ち寄る気などさらさらなかったと言わんばかりの顔つきと言い草に、ムカッとする。

（これまで散々、こっちの都合オールスルーでぐいぐい来ておいて、今更しおらしく遠慮してんじゃねーよ）

「どうせもう朝だ。いまからじゃまともに寝られやしねえよ」

「たとえ短時間でも横になれば、少しは体力が回復するんじゃないでしょうか」

　そんなふうに体力面を気遣われると、意地でも大丈夫だと言いたくなる。

「ぜんぜん疲れてねーし。コーヒーくらい出してやるから寄ってけよ」

「本当にいいんですか？」

「しつこい。ぐだぐだ言ってねえで早く降りろ」

　そこまで言ってようやく、苅谷はシートベルトを外して車から降りた。四階建て集合住宅の三階までエレベーターで上がり、鍵を開けて部屋に入る。

「失礼します」

　いつものように律儀につぶやいて、苅谷が室内に足を上げた。天音はまだ薄暗い部屋の照明を点け、ジャケットを脱いで、ダイニングテーブルの椅子の背に投げかける。

「適当に座ってろ」

「……はい」

苅谷が大人しく革のソファに腰を下ろすのを横目に、キッチンに入った。シャツの袖を肘まで捲り上げて、ドリップポットにミネラルウォーターを注いで火にかける。湯を沸かしているあいだに、冷凍庫からコーヒーの粉を取り出した。サーバーにドリッパーとペーパーフィルターをセットして、メジャーでマグカップ二杯分の粉を入れる。その頃には沸騰が始まっていたドリップポットの火を止め、九十度くらいまで冷ます。

あとは、粉に少量ずつ湯を含ませていくだけだ。ハンドドリップは時間はかかるが、雑味が消えて断然美味くなる。サーバーに落ち切った黒い液体を二つのマグカップに注ぎ分けて――。

「完成……と」

淹れ立てのコーヒーの香りを嗅いだら無性に煙草が吸いたくなった。キッチンに置いてあった煙草のパッケージから一本抜き取り、オイルライターで火を点ける。咥え煙草で両手にマグカップを持ち、カフェテーブルまで運んだ。

「ほらよ」

「ありがとうございます」

マグカップを受け取った苅谷が、立ち上るコーヒーの香りを嗅いで「すごくいいにおいだ」とひとりごちる。

「前にいただいたときはインスタントでしたけど、ハンドドリップで淹れることもあるんですね」

苅谷の横に腰を下ろした天音は、「たまにな」と答えた。

「とっておきのやつが飲みたくなったときのために、専門店のスペシャルブレンドを冷凍庫に保存してある。冷凍しておくと風味が落ちねえからさ」

「……とても美味しいです」

荊谷の感嘆の声を耳に、天音も煙草を灰皿に置いてマグカップを手に取り、コーヒーを飲む。

しばらく沈黙が続いた。聞こえるのは、窓の外から届く鳥の囀り（さえず）りと、二人がコーヒーを飲む音だけだ。

灰皿で燃え続けていた煙草を摘み上げ、ふたたび咥える。肺の奥深くまで取り込んだ煙を、天井のシーリングファンに向かって吐き出しながら考えた。

言うならいまだ。この機会を逃したら言えない。そしておそらく、ここで言わなければ一生後悔する。

（逃げるな。——逃げないでちゃんと言え）

そう自分に言い聞かせると、吸いさしを灰皿にぎゅっとねじ込み、荊谷に向き直った。心持ち、居住まいを正す。

「……すまなかった」

謝罪を口にして頭を下げた天音に、荊谷が「えっ？」と、心の底から驚いたような声を出した。

「いきなりどうしたんですか⁉」

ゆっくりと頭を上げ、驚愕（きょうがく）の表情をまっすぐ見据える。

「今回の件では、おまえにたくさん迷惑をかけた。妙なプライドから意地を張って、おまえの忠告に耳を貸さずに一人で突っ走り、自分で自分の首を絞めた。自分に対する驕りもあった。結果オーライじゃ済まないと思っている。反省している」

天音が反省の弁を紡ぐあいだ、苅谷は信じられないといった面持ちでフリーズしていた。

自分でも〝らしくない〟とわかっている。だがやはり、言わずに逃げることはできない。

そうしてはいけないと思った。

「それなのに、おまえは俺を助けに来てくれた。……感謝している」

苅谷に対して感謝の思いをきちんと言葉で表明するのは、これまでの関係性もあって、ほかの人間の何倍も精神的なハードルが高い。しかし、これは越えなければならないハードルだ。

「ありがとう」

「……本浄さん」

固まっていた苅谷の顔が不意に歪む。眉根をきゅっと寄せ、下唇を噛んだ。目の前の男がいまにも泣き出しそうに見えて、胸が熱く締めつけられる。

「俺は……」

無意識に声を発していた。

「俺は……おまえを……」

見切り発車で切り出したものの、先の言葉が見つからない。

いまこの状況で、苅谷になにを告げるべきか。

躊躇い、迷いつつも、なんとか言葉を絞り出す。

「バディとして信頼している」

ぴくっと肩を揺らした苅谷が、じわじわと瞠目したかと思うと、「本当ですか？」と半信半疑の声を出した。

「小田切さんよりも？」

天音の顔を食い入るように見つめて確認してくる。

「……は？」

突然出てきた小田切の名前に当惑した天音は、じわりと眉をひそめた。

「なんでここで小田切さんが出てくるんだよ？　おまえとあの人はまったくタイプが違うし、そもそもキャリアが違う。比べられるわけねえだろ」

そう言って突き放したが、苅谷はしつこく食い下がってくる。

「それは俺と小田切さんではレベルが違いすぎて、同列に扱えないということですか？」

トップアルファで自己肯定力の高い苅谷が、なぜそんなことを言い出すのかわからなかった。

「小田切さんは確かにすごく優秀な刑事だったし、俺に捜査のイロハを教えてくれた恩人だ。でも……もうこの世にいない」

だから生きているおまえとは比べられないと言いたかったのだが。

「……もうこの世にいないからこそ、小田切さんは本浄さんのなかで永久欠番のままだ。俺は永遠にあの人には勝てない」

悲壮感を漂わせ、ネガティブコメントを口にする男にイラッとする。なに急に卑屈になってんだよ。

「ばかじゃねーの？」

「ばかなのはわかっています。命の恩人に嫉妬するなんて、自分でも本当に恩知らずで愚かだと思います。だけど、どうしようもないんです。そのライターを見るたびに、小田切さんと本浄さんの絆（きずな）の深さを思い知らされるような気がして、胸がじくじくと疼くのを止められない……」

カフェテーブルの上に置かれたオイルライターに、どんよりと暗い眼差しを向けられてうんざりした。

「なんだそりゃ……うぜー」

「どうせ俺はウザいですよ。お坊ちゃんだし、甘っちょろいし、生意気なクソガキですよ」

しまいには開き直りの自虐モードに入った苅谷に苛立ちが募り、気がつくと目の前の男を叱り飛ばしていた。

「おまえは俺の特別なんだから、もっと自信持って堂々としてろ！」

激情に任せて怒鳴りつけてしまってから、はっとなる。

（しまった）

だが、後悔先に立たず。ほんのついさっきまで、ずぶ濡れの捨て犬よろしく意気消沈していた苅谷が、一変、太陽神アポロンさながらのキラキラオーラを放ち出す。露骨な変化に天音はちっと舌打ちをした。

「いま、特別って、言いましたか?」

噛み締めるみたいにワンセンテンスずつ区切りながら、目を輝かせて、苅谷がじりじりと迫ってくる。距離を詰められた分、じりっと体を退き、天音は視線をあらぬ方角に逃がした。

「あー……いまのはアレだ。言葉のあやってやつだ」

空とぼけたが、まるで聞いていない男にぐいぐい迫られて、あっさりソファの端まで追い込まれた。

「おまえは俺の特別だって」

「……離れろ。わかってんのか?　ヒート中だぞ」

「言いましたよね」

「うるせーな!　いいから離れろ!」

「うれしいです」

苅谷がいまにも蕩けそうな表情で、うっとりと囁く。アルファオーラを全開にした男の破壊力を思い知らされる。……くそ、心臓に悪い。

至近の眩しすぎる美貌に、思わず目を細めた。

「わかったから離れ……」

「頭がおかしくなりそうなくらいうれしい！」

歓喜の声をあげて両腕を広げた男に、がばっと抱き込まれた。

「………っ」

ぎゅっと抱き締められ、頭のてっぺんから足の爪先までびりびりと電流が走る。

「仕事上のバディからあなたの特別にステップアップできた。俺にとって最高のご褒美(ほうび)です」

「ば……かっ……おまえっ」

共鳴発情の兆しに焦って体を捻(ひね)り、抱擁から逃れようとしたが、腕の力が強くて果たせなかった。

「は……な……せ」

「本浄さん、逃げないで」

耳許に囁かれて、ぴくっと身じろぐ。

「いまだけ……お願いです。抱き締めさせて欲しい」

甘く切ない声の懇願に、首の後ろがぞくぞくする。アルファフェロモンをもろに浴びたせいか、頭がクラクラした。

息が上がる。呼吸が速い。心拍数もすごい。背中がじんじんする。体が熱い。

なかでも特に——下腹部が熱い。

（もう……手遅れだ）

発情スイッチが入ってしまった。

密着している苅谷の体も発情しているのがわかる。刻一刻とアルファフェロモンが濃度を増し、押しつけられた下腹部は、すでに驚くほど硬かった。しかも布越しでもわかるくらいに熱い。

そういえばＶＩＰラウンジで、自分は苅谷に口でしてもらって劣情を解放できたが、逆はなかった。あのとき苅谷も共鳴発情を起こしたはずだが、状況的に、自身の欲求は後回しにせざるを得なかったんだろう。

触れれば共鳴発情を起こすとわかっていたのに、リスクを承知で、自分をヒートの苦しみから解き放ってくれた。

そう思ったら、下腹部に感じる脈動が不憫(ふびん)で、愛おしく思えてくる。

「抱き締めるだけでいいのか？」

囁き返すと、苅谷がぴくっと震えた。腕の力を緩めて拘束を解いた男が、至近から熱く見つめてくる。

「本当は……欲しいです。本浄さんのなにもかも……全部欲しいです」

余裕のない声音でねだってくる苅谷に、天音はふっと唇の片端を持ち上げた。

「そんなに欲しいならくれてやる」

「本浄さん！」

「——来いよ」

艶然と誘いかけると、青灰色の瞳を煌めかせた苅谷が、「待て」を解除された大型犬よろしく飛びついてきた。


数時間前——ＶＩＰラウンジで、苅谷にオーラルで吐精を促されたあと、宥めるようなキスをされた。啄むだけのやさしいキスだ。

あのとき、離れていった唇に口寂しさを覚えた。

本当はもっとキスをしていたかった。応急処置としてのフェラチオにとどまらず、きちんと抱き合いたかった。

もしも状況的に許されたのなら、自分からその先も求めていったはずだ。

不完全燃焼だったせいか、ふたたび苅谷と唇を重ねたいま、限界まで抑え込んだ欲望が、堰を切って溢れ出すのを感じた。一度ストッパーを外してヒートの蛇口を全開にしてしまえば、二度とは抑え込めない。

（それでもいい……）

おのれの弱さ、脆さを隠すために、ことさらに肩をいからせて周囲を威嚇してきた。

そんな自分の固く覆った鎧（よろい）を打ち破って、茢谷は剝き身の心に触れてきた。

何度拒んでも、何度邪険に振り払っても、根気強く手を差し伸べてきた。

びりびりと走る共鳴発情の痛みにも怯（ひる）むことなく、抱き締めてきた。

それに対して自分も先程、意地やプライドを捨てて、一つの壁（ハードル）を乗り越えた。

みずからの非を認め、愚かな行いを詫びて、茢谷に感謝の言葉を告げることができた。

たったそれだけのことが、自分にはどうしてもできなかった。

一度でもそうしたら、心のガードがなし崩しになってしまいそうで怖かったからだ。

不器用な歩み寄りではあるけれど、自分たちは一歩前進した。

だからといって、この先についてはまた別の話だ。

いつかカテゴリーの壁を乗り越えられる日がくるのか。それまでバディ関係を維持できるのか。

まだなにもわからない。

それでも、少なくともこれから数時間は、自分に素直になろう。

茢谷を欲しいと思う――おのれの欲望に従順になろう。

「……ん……ふ、ん……んっ」

舌を絡め合っているうちに、どんどんくちづけが深まっていく。茢谷に口のなかを舐め回されるのも気持ちがいいが、自分が相手の口腔内（こうこうない）を舌で愛撫するのも、同じくらいに気持ちよかった。

どちらがより積極的に攻めるのか、だんだんバランスやタイミングが摑めてきて、徐々に息が合っていく感じもいい。

一度口接を解き、お互いの頬や鼻、顎や口角に唇で触れ合った。角度を変えてふたたび唇を合わせ、舌を絡め合う。

唾液という体液を交換し合うことで、アルファフェロモンとオメガフェロモンが共鳴し合い、発情モードが急速に高まっていく。

一秒でも早く繋がりたくてたまらなくなった天音は、みずからボタンを外してシャツを脱いだ。同じ心境らしい苅谷も、スーツのジャケットを脱いで床に投げる。ベストを取り去ってシャツのボタンを外すあいだも、苅谷は隙あらばキスを求めてきた。天音もそれに応える。

もどかしげな手つきで袖口のカフリンクスを外していた苅谷が、ばっとシャツを脱ぎ取った。現れた肉体に思わず見惚れる。警察官はおおむね体育会系が多く、筋肉自慢は見慣れているが、それだって、ここまで完成度の高い肉体の持ち主は稀だ。

ぴんと張り詰めた肌は、オイルなど塗らなくても瑞々しく艶めいている。たまに筋トレのしすぎでグロテスクなほど筋肉が大きくなったマッチョがいるが、苅谷のそれは適量かつ上質で、虚仮威しのマチズモとは無縁だった。専門トレーナーの指導のもと、磨き上げられてブラッシュアップされた、極上の肉体美にうっとりする。

同じ男として、やっかむ気持ちがゼロなわけではないが、ここまで完璧だといっそすがすがしい。

気がつくと天音は、引き締まった脇腹に唇を押しつけていた。上目遣いに苅谷の目を見つめながら、唇を上に向かって滑らせていく。時折ちゅっ、ちゅっと肌を吸いつつ、形よく盛り上がった胸筋の弾力を堪能し、行き当たった小さな乳首をちゅくっと吸う。茢谷がじわりと目を細めた。さらに上昇していき、鎖骨を経て、尖った喉仏にキスをする。後ろ髪に指を絡めて引っ張り、耳朶にかぷっと噛みつくと、茢谷がくすぐったそうに喉で笑った。

お遊びは終わりとばかりに、天音の手首を摑んで引き剝がした茢谷が、欲望に潤んだ瞳で見つめてくる。

「……早く欲しい」

その気持ちは天音も同じだったので、ワークブーツを両足から剝ぎ取って床に投げた。次にソファから立ち上がり、ボトムを床に落とす。下着と靴下はもとより身につけていなかったので、これで掛け値なしの全裸だ。

茢谷も靴を脱いで立ち上がり、下衣と下着を取り去った。雄々しい屹立が跳ね馬のごとく勃ち上がって隆と天を仰ぐ。絶倫と言われるアルファの尽きぬ性の源を目の当たりにして、ごくっと喉が鳴った。

（すっげえ……）

何度見ても圧倒される。長くてカリ高で、太くて、まさに理想を体現した男性器。

魅入られるがままに、覚えず凝視していたら、さらに質量が増した。どこまで膨張するのか、空恐ろしいほどだ。

やがて、反り返った先端に透明な体液が滲み始める。またいっそう、空気中のアルファフェロモン濃度が高くなり、じわっと体が熱くなって、急激な喉の渇きを覚えた。

（……欲しい）

身の内に沸き起こる強い衝動に駆り立てられ、床に膝を突く。膝立ちになると、立っている苅谷の股間が、ちょうど目の前にくる。天音は屹立に顔を近づけた。

「本浄さん？」

苅谷が戸惑いの声を出す。

「いいからじっとしていろ。ＶＩＰラウンジのお返しだ」

ＶＩＰラウンジでのフェラの返礼。一応、そう理由をつけたが、本当はただ単に自分がしたいだけかもしれない。

フェラチオをするのは二度目で、一度目は後輩の苅谷に負けられないという、負けん気が原動力だった。だが今回は純粋に「したい」と思った。

自分の口で、自分のブロウジョブで、苅谷を気持ちよくしたい。

屹立の根元に手を添え、亀頭に溢れ出た透明な先走りを舐め取ると、苅谷がぴくりと腰を揺らした。

口腔内にカウパーの味が広がる。ほかのどんなものとも異なる独特な風味で、口当たりがいいわけではないのだが、不思議と癖になる味だ。もっと味わいたくて、亀頭をぐるりと丸く舐め回す。

「ふ……うっ……」

莉谷が吐息を零し、鈴口からさらにとろっと粘ついた液体が溢れ出てきた。立ち上る濃厚なアルファフェロモンに、首の後ろがぞくぞくと粟立つ。

カリの下の括れを舌先でちろちろと刺激したり、シャフト全体に息を吹きかけたり、薄い皮膚を甘噛みしたりするたびに、莉谷は息を呑んで胴震いをした。感じているのが伝わってくるリアクションに、愛撫しているこっちの興奮もいや増して、背筋がジンジンと痺れる。

ウォームアップを終えた天音は、満を持して性器を先端からゆっくりと含んでいった。とりあえず半分ほど銜え込んでみたが、それだけで充分すぎるインパクトだ。

圧迫感に口の粘膜が馴染む(なじ)のを待ち、慎重に愛撫を再開する。浮き出た血管の隆起を舌で辿り、裏筋を歯で扱き、シャフトに唾液を絡ませるといった、口のなかの愛撫と平行して、指で作った輪っかで根元を扱いた。もう片方の手では、陰嚢(いんのう)をやわやわと揉み込む。

三方からの攻撃に、雄(おす)がぐんっと質量を増した。

(おい、まだデカくなるのかよ?)

「……む、ん……」

膨張した亀頭に喉を軽く突かれて、黒目が潤む。唇の端から零れた唾液が、顎を伝って喉を濡らした。

頭上を窺うと、なにかを堪(こら)えるようにひそめられた眉の下で、しっとりと濡れた青灰色の瞳が自分を見つめている。時折、尖った喉仏が大きく上下し、ごくりと唾を嚥下する音が響く。

生々しい息づかいや欲情した表情に煽られて、下腹部がズクズクと疼いた。股間のものがエレクトし、その先端は先走りで濡れているのがわかる。

「……本浄さん」

どこか苦しそうな、掠れた声で名前を呼んだ苅谷が、両手で頭頂部に触れてきた。髪のなかに潜り込ませた十本の指で、頭皮をマッサージするみたいに擦られて、心地よさに目を細める。

「ンっ……ふんっ」

唇を窄めて圧をかけ、屹立を出し入れすると、鼓膜にジュプジュプと水音が響いた。張り出したエラで口腔内の性感帯を擦られて、甘く喉を鳴らす。

(そろそろだ。そろそろフィニッシュが近い)

口のなかでびくびくし始めた苅谷に、そう予感したとき。

「……やばい……出ます……っ」

頭上から差し迫った声が聞こえ、頭皮を擦っていた手に両側頭部を挟まれた——と思った次の瞬間、頭をぐっと後ろに押される。屹立がずるっと口から抜け出た。

せっかくの達成感を寸前で奪われたことに苛立ち、口を拭って苅谷を睨み上げる。

「なにすんだよ？　もう一息でフィニッシュだったのに」

「口よりもあなたのなかでイキたい」

小っ恥ずかしい台詞を面と向かって告げられて、カッと全身が熱を孕んだ。

（だからそういうところだぞ！）

火照った顔を見られないように、視線を落とした天音は、唾液に塗れてぬらぬらと光る怒張と目が合った。

「……っ……」

自分ががんばってここまで育て上げてしまった猛々しい雄から、あわてて目を逸らす。これをいまから我が身に受け入れるのだ。〝ブーメラン〟という単語が脳裏に浮かぶ。

とはいえ、ここまでデカくしておいて、今更本番はなしとは言えない。自分だってもう体が疼いて、苅谷が欲しくて、一ミリも引き返せないところまできている。

「待ってろ。いまゴムを持って……」

立ち上がってコンドームを取りに行こうとした天音の腕を、苅谷が摑んだ。

「なんだよ？」

熱っぽい瞳にまっすぐ射貫かれる。

「あなたの熱を直で感じたい」

生でのセックスを求められ、つと眉をひそめた。ふざけるなと一蹴することは簡単だ。自分が強く拒絶すれば、苅谷は無理強いはしないだろう。同じアルファでも、オメガ性を消費することしか考えていないあの三人組とは違う。

（拒否れ。甘やかす必要なんかない）

まっとうな思考が囁く。それでいいはずなのに心がぐらついた。

目の前の男は、それ以上の言葉は継がずに、黙って自分を見つめている。その顔は、自分はそうしたいけれど、最終的にはあなたの意思を尊重しますと告げていた。

（自分だって……本当は）

もっとダイレクトに苅谷の熱を味わいたいと思っている。前回のセックスで知った、あの灼熱の揺さぶり。もう一度、焼けつくほどに熱した杭で、なかをぐちゃぐちゃに掻き混ぜて欲しいと思っている。

そうだ。今日だけは……自分の欲望に正直に、欲求に従順になろうと決めたはずだ。

（もしもの事態になったらアフターピルを飲めばいい）

自分に言い聞かせた天音は、許諾に条件をつけた。

「中出しはするなよ？」

ＯＫが出るとは思っていなかったのか、苅谷が一瞬驚いた顔をしたあとで、うれしそうに「はい」と同意した。

そうと決まれば一秒が惜しい。苅谷をソファに座らせた天音は、その太股に向かい合わせに跨がった。

尻を浮かせると、苅谷がスリットに指を差し込み、アナルを解し始める。

前回、苅谷を受け入れてからそう時間が経っていないせいか、はたまた共鳴発情のなせる業（わざ）か。さほど時間をかけずにやわらかく解れて、受け入れる準備が整った。

苅谷の屹立を濡れた後孔にあてがい、自重でゆっくりと腰を落としていく。硬い肉棒が突き刺さる痛みと、狭い場所を割り開かれる衝撃に、天音はぶるっと震えた。

「は……あ……あ」

喉を反らして息を逃がし、体を前後左右に揺すって、尋常ではない大きさのものを、少しずつ受け入れていく。三分の二まで入ったところで、苅谷が腰を摑んでぐいっと引き下ろした。尻と太股がぶつかる、ぱんっという音が響く。

（熱い……）

まるで腹のなかに溶鉱炉（ようこうろ）があるみたいだ。

苅谷がドクドクと脈打っている。この脈動は、やっぱりナマでなければ味わえない……。

自分のなかをみっちりと占拠する質量と熱に、ふーっと充足の息を吐いた天音は、捜査からセックスのバディにクラスチェンジした男に尋ねた。

「俺のなかはどうだ？」

「……最高です」

美酒に酔いしれるような高揚した面持ちで、苅谷が答える。

「熱くて、気持ちよくて、ずっとこのままでいたくなる……」

「このままだ？」

天音は唇の片端を上げた。

「ふざけんな。眠っちまう。——動くぞ」

宣言するなり苅谷の肩に手を置いて、体を浮き沈みし始める。上下運動に加えて、腰をグラインドさせたり、後ろに反り返らせたりして、体内の苅谷を締めつけた。みずから快感を貪る天音に負けじと、苅谷も腰を突き上げてくる。感じるスポットを的確に突かれて、嬌声が迸（ほとばし）った。

「あー……あーっ」

苅谷の部屋でセックスしたときは、様々な抑止力が働いていたが、今日は自分のホームだ。声を抑える必要もなかった。

反り返った弾みで突き出た胸に、苅谷が吸いついてくる。硬く迫（せ）り出（だ）した乳頭をぢゅっと吸われ、舌で舐め回され、歯で扱かれて、そこからピリピリ走る快感に身悶（みもだ）えた。乳首で感じるようになったのは、苅谷と寝るようになってからだ。

「あっ、あっ、あっ」

乳首を攻められるのと同時進行でガンガン腰を入れられた天音は、髪を振り乱し、身をくねらせた。頭を真っ白に吹っ飛ばして、ひたすら快感を貪る。

「音がすごい……なか気持ちいい？」

苅谷の指摘は正しく、体がぶつかり合うたびにずちゅっ、ぬちゅっ、ぱちゅんと淫靡な水音が漏れていた。奥から溢れてくる分泌液でただでさえぬるぬるなのに、性器の先端からもだらだらとカウパーが滴り落ち、ヘアと結合部をしとどに濡らしているのだ。

苅谷が濡れそぼった天音のペニスを手で包み込み、親指で亀頭をくちくちと刺激する。

「これはどう？　気持ちいいですか？」

「ん、いい……気持ちい……っ」

覚束ない言葉で、快感を訴える。限界が近づいているのが自分でもわかった。

「も……いく……出るっ」

喉を反らして肩をきつく摑んだ際に、体内の苅谷を締め上げてしまったようだ。

「……っ……俺も限界です……出します」

掠れた声で自己申告した直後、苅谷が身震いして、膨張していたものが爆ぜた。熱した体液を最奥にぴしゃりと叩きつけられ、ぶるっと胴震いする。

「あ……あ……あ……」

飛沫を浴びせかけられながら、天音も中イキした。苅谷の引き締まった腹筋が、天音が放った白濁で汚れる。

「は……あ……は」

天音が余韻に震えているあいだも、苅谷はまだ射精し続けていた。しまいには逆流した精液が結合部から沁み出してくる。

その気になったアルファは相手を確実に妊娠させる——その繁殖力の高さを改めて、我が身で味わう気分だった。

「…………」

溢れるほどのおびただしい精液を浴びせかけられ、体の隅々までアルファフェロモンが染み渡ってしまったせいか、脳髄がビリビリ痺れて、中出しされたことに対する怒りも湧いてこなかった。

それよりも、まだ体がぜんぜん満足していない。

苅谷を銜え込んだ肉壁は、達してなお物欲しげな収斂を繰り返しており、ヒートはいっこうに収束する気配がなかった。苅谷自身も、あれだけ吐精しても萎えることなく、しっかりと硬度を保っている。

共に満足していないのは明らかだったが、続けて二ラウンド目に突入するには、苅谷が放った精液の量が多すぎた。これ以上ここでやったら、革のソファが駄目になる。

苅谷も同じことを考えたようだ。

「バスルームに移動しましょう」

そう言うと、繋がったままの天音をひょいと抱え上げて立ち上がった。あわてて首に両腕を回し、腰に両脚を巻きつける。苅谷は六十キロ超の天音のウェイトをものともせず、悠々とした足取りでバスルームへ移動した。古い物件なので、バスルームは天井が高くてそこそこ広い。そのせいか、成人男子二人が一緒に入っても、そう狭くは感じなかった。ここならば〝お漏らし〟を心配する必要がない。

タイルの床に置かれたバスタブの縁に腰掛けた苅谷が、天音の尻から自身をいったん引き抜いた。繋がりを解いた体を裏返して、もう一度自分の膝に乗せる。さっきとは向きが逆になった天音のなかに、今度は後ろから入ってきた。

「んっ……あ」

バックハグで繋がる体位に、なぜかすごく安心感を覚える。苅谷が両手で天音の両脚を支え持ち、大きく開いた。M字開脚の状態で、ゆさゆさと揺さぶられる。

（ゆりかごみたいで気持ちいい……）

一回目の激しさとは一変した、ゆるやかでやさしい抽挿に陶然と身を任せていた天音は、やがてあることに気がついた。

視線の先のタイルの壁、そこに設置された鏡に、自分たちの姿が映っている。大きく脚を割り開かれ、明るい照明の光を浴びて、自分の下半身が詳らか(つまび)にされていた。みずからが放った精液に塗(まみ)れたペニスを、薄い下生えからそそり勃たせた恥ずかしい姿――。

「見てください。あなたの下の口が俺を美味しそうに食べているところを……」

耳許の苅谷が囁くなり、天音をぐっと持ち上げた。そうすることによって、隠れていた秘所までがあらわになる。いわゆる蟻の門渡り(とわた)から、めいっぱいに広がって苅谷の怒張を受け入れている穴までが目に飛び込んで来て息を呑んだ。自分のココを――いわんや男のものを銜え込んでいる状態のココを見るのは、もちろん初めてだ。カッと全身が熱くなる。

「俺の、美味しい？」

苅谷が抜き差しするたびに、雄蕊がニチニチと粘ついた水音を立てて出入りして、薄赤い媚肉がちらちらと覗き、奥から流れ落ちてきた精液がじわっと染み出てくる。

あまりにも生々しいビジュアルから目を背けたい自分と、もっと見ていたい自分が胸のなかでせめぎ合った。

こんなふうに自分の痴態を見せつけられるのは、屈辱以外のなにものでもないはずだった。

だけど実際は、すごく興奮している。その証拠に陰嚢がきゅっと収縮して、白いものが混じったカウパーがとぷとぷと溢れ、軸を伝うのが見えた。鏡に映った自分の顔は、目をとろんと潤ませ、忙しなく胸を喘がせている。

そんな自分を、鏡越しに見つめる苅谷の視線を感じた天音は、不意に急激な羞恥心に襲われた。

「や……め……」

いやがって体を捻った瞬間、ノーマークだった乳首をきゅうっと引っ張られ、「あああっ」と嬌声を放つ。性器の先からぴゅぴゅっと白濁が飛んだ。

「……はあ……はあ」

二回達したのに、まだ下腹部の熱が収まらない。

ここまでひどいヒートは初めてだ。途方に暮れていると、苅谷が耳許に尋ねてきた。

「おかわりしますか？」

もはや意地を張る気力もなく、黙ってうなずく。

「いい子だ……」

頭頂部にちゅっとキスをされ、体を持ち上げられた。栓を抜かれたアナルから、どろっと精液が流れ出る。

「なかも洗いましょう」

立ち上がった苅谷が壁際のシャワーに歩み寄り、蛇口を捻った。湯の温度を調節してから、天音を壁の前に立たせる。

「壁に手を突いて、お尻を突き出してください」

言われたとおりに両手を壁に突き、従順に尻を突き出すと、苅谷が後ろに立った。上から降り注ぐシャワーで、もうすでに二人ともずぶ濡れだ。

苅谷が、まだやわらかいアナルに指を突き入れてくる。

「ん……んっ……」

指を二本に増やされ、精液を掻き出されているうちに、刺激でまた勃起してしまった。そのことに気がついた苅谷が指を抜き、代わりに剛直を擦りつけてくる。

天音の尻のスリットでさらに扱き上げた猛々しい雄を、苅谷がずぶりと差し込んできた。

「ひ、あぁっ」

　立ちバックで挿入されたかと思うと、いきなり激しいピストン抽挿が始まった。突き入れられる都度、陰嚢が尻に当たる重量感のある音がパンッパンッと響く。ほどなく苅谷の男性器の根元に瘤が発達してきて、彼がラットの第二フェーズに入ったのがわかった。こうなれば、多少無茶をしても抜ける心配がない。苅谷もそう思ったのか、抜き差しがますます苛烈になる。なにかにしがみついていないと吹き飛ばされそうで、天音はタイルを爪でカリカリと引っ掻いた。

「ああっ……ああっ」

　あたりを憚らない声がバスルームに響く。耳のなかに舌が入ってきて、ぬるぬると舐められた。首をねじ曲げて天音からキスをせがむと、すぐさま唇がむしゃぶりついてきて、舌と舌がねっとり絡み合う。舌を絡め合わせたまま、灼熱の杭で〝なか〟をぐちゃぐちゃに掻き回され、ペニスをぬるぬると扱かれて、快感に身をくねらせ、よがり狂った。

　降り注ぐシャワーの下、本能のままにまぐわう姿は、まさしく獣だ。

　何度繋がっても、何回精を吐き出しても収まらない。満足できない。欲望が尽きない。

　口接を解いた苅谷の唇が今度は首筋に触れてきた。ちゅっ、ちゅっと、濡れたうなじを吸っていた唇が離れ、やわらかな感触と入れ替わりで、硬い感触が当たった。

（なんだ？……）

　その正体をぼんやりと考えていた天音は、突如気がついた。歯だ。

〝首噛み〟だ！

「やめろっ」

叫んで振り返る。天音の剣幕に驚いた様子で、うなじから顔を離した苅谷が、眉をひそめた。

「どうして駄目なんですか？　俺たちは魂のつがいなのに」

魂のつがいの〝首嚙み〟は契約の儀式だ。〝首嚙み〟後は、お互い以外にはフェロモンを放出しなくなり、発情もしなくなる――と言われている。

確かに、永遠を誓い合ったつがいが、無闇に周囲の人間を誘惑しないためには有効な契約だろう。ピルを飲み続ける必要もなくなり、長い目で寿命を延ばすことにも繫がる。

しかし――。

「俺の場合、オメガフェロモンは武器だ。〝首嚙み〟でそれが無効になれば、武器を一つ失うことになる」

天音の説明に、苅谷が整った顔を辛そうに歪める。

「俺はもうあなたに、ほかの男を誘惑して欲しくないんです」

切ない声音の訴えに心が揺れる一方で、冷静な自分が警告を発した。

ここで苅谷の情熱に流され、ほだされて、一気になにもかも手放してしまうのは危険だ。

二ヶ月前に出会ったばかりの人間に、このあと何十年続くかもしれない人生をまるっと委ねられるほど、楽に生きてはこなかった。

苅谷だって、いまは自分を魂のつがいだと言っているが、これから先の人生のほうが何倍も長いのだ。自分以外の誰かに恋をする可能性もゼロじゃない。

「野良オメガの俺が刑事として生きていくには武器が必要だ」

懇願を毅然と撥ね除ける天音を、苅谷は物憂げな面持ちで見つめていたが、ややあって「……わかりました」とつぶやいた。

「その代わり……」

後ろからぎゅっとハグしてきた苅谷が、耳許に唇を寄せて囁く。

「あなたの本当の名前を呼んでもいいですか？」

答えを待たずに、本当の名前を耳殻に吹き込まれた。

「……っ……」

苅谷だけが知っている真名を何度も呼ばれ、小刻みに抽挿を送り込まれて、じわじわと快感が高まっていく。媚肉が貪婪にうねって、苅谷にさもしく絡みつき、締めつける。

息を呑んだ苅谷が、壁に突いている天音の手に手を重ねてきた。その状態で、パンッと打ちつけてくる。一息で全部を押し込まれ、「ああっ」と大きく仰け反った。

「好きです……好き」

耳許の睦言にうなじが粟立って、背筋がビリビリ痺れる。子宮が疼くのと同時に射精感が一気に高まった。

「んっ……あっ……あ……い……いくっ……」

「あなたが好きです」

「は……あっ……また……イくッ」

「……くっ……」

膨らみきっていた茢谷がどんっと爆ぜる。びゅくっ、びゅくっと放埒を叩きつけられ、ふわっと体が浮き上がった。

「……あアッ……はっ……あああ——っ」

これまでで最大級の波に押し上げられた天音は、てっぺんで絶頂を極めた。

「はあ……はあ……」

(……すごかった)

三度目が一番オーガズムが深かった気がする。

上質なセックスの余韻に浸っていると、茢谷がピアスに唇で触れてきた。

「あなたを愛しています」

甘い囁きと、後戯のようなキスを耳に受けた刹那、全身からふっと憑き物が落ちる。

嵐は通り抜けた。ヒートが終わったのだ。

今月もまた、憂鬱な一週間をなんとか切り抜けた天音は、背後の茢谷に背中を預けて大きく安堵の息を吐いた。

シャワーを浴びたばかりの体にバスローブを無造作に羽織った天音が、キッチンのシンクの前でPTPシートから錠剤を押し出していると、バスルームのドアが開いた。こちらも腰にバスタオルを巻いただけのセミヌードの苅谷が、濡れた髪をタオルで拭きながら近づいてくる。コップの水で錠剤を流し込む天音のすぐ後ろで足を止め、「アフターピルですか?」と尋ねてきた。

「そうだよ。おまえが忠告無視してガンガン中出ししやがるから」

嫌みを言ったら、いきなりバックハグされる。一瞬びりっとはきたが、天音のヒート期間が終わったせいか、共鳴発情の発作が起こることはなかった。以前、苅谷が言っていた「共鳴発情が起こるのはオメガのヒート期間中だけ」というのは本当らしい。

「アフターピルなんて飲まなくてもいいのに」

耳許で苅谷が不服そうな声を出す。

「子供ができたっていいじゃないですか」

「おまえな。自分が産むわけじゃねえからって簡単に言うな」

「俺、子供好きだし、いい父親になる自信があります」

自分がまだガキのくせして、どの口が言うんだと無性に腹が立った。

苛立ち紛れに蛇口のレバーを拳でごんっと突き上げ、コップを雑にゆすぐ。

「コブ付き刑事(デカ)とか笑えねえんだよ。俺にはまだやりたいことが……やらなきゃならねえことがあるんだ」

「あなたと俺の子供なら、ぜったいすごくかわいいのに……。あ、もちろん、子供ができてもあなたへの愛は薄れません。あなたと子供をまとめて溺愛します」

まだそんな寝ぼけた戯言を繰り返す苅谷に、右肘でエルボーを食らわせた。いい具合に鳩尾(みぞおち)に入ったらしく、「……うっ……」と呻(うめ)いて苅谷の腕が離れる。

溜飲を下げた天音は、洗ったコップを逆さにして水切り籠(みずきかご)に置いた。

(大体、もし生まれてきた子供がアルファだったら、首藤家に取り上げられちまうだろうが)

魂のつがいのあいだに生まれた子供は優秀な遺伝子を生まれ持つ——という説が本当なら、自分たちの子供にも当てはまるということだ。アルファの血統や優秀な跡継ぎに執着する首藤家が、黙って見過ごすわけがない。

逆にもしオメガだったら……それはそれでヒートから逃れられない一生を歩むことになる。

いずれにしろ、ろくなことにはならない。

(そもそもこいつのガキを妊娠するとか、あり得ねえっつーの)

頭を左右に振っていると、ふたたび後ろからぎゅっと抱き締められた。……懲りないやつだ。しかも尻に硬いものが当たっているのがわかる。バスタオル越しでこの硬さかよ。

「おまえ……めちゃくちゃ当たってんぞ」

「すみません……体をくっつけていたら、また欲しくなってしまって」

申し訳なさそうなつぶやきに呆れる。

こいつの場合、アルファ用のピルはまるで効果なしだわ、共鳴発情とは関係なしに欲情しやがるわで、油断も隙もねえな……と思ったが――。

出署まであと一時間。どうせ今更眠れやしない。

だったら、その中途半端な時間を快楽で消費するのも悪くない。毒を食らわば皿までだ。

自分を抱き締めている荊谷の手を引き剝がして、天音はくるりと反転した。濡れ髪で色気マシマシのアルファと向かい合い、釘を刺す。

「せっかく全部掻き出したんだから、今度こそ中出しはナシだぞ」

「了解しました」

青灰色の瞳を輝かせて即答した荊谷が、天音を両手で攫うように引き寄せ、キスをしてきた。


「晴れましたね。ドライブにはもってこいの天気だ」

ステアリングを握りながら、茶褐色の髪をなびかせた苅谷が明るい声を出す。

昨日まで三日続けてゲリラ豪雨に見舞われたが、今日は夏日らしくからりと晴れ渡って、確かにドライブ日和と言っていい晴天だ。

フルオープンにしたサイドウィンドウに片肘を乗せた天音は、海から吹きつける心地よい風に目を細めた。

半年分のトラブルがぎゅっと一日に凝縮されたような——あの日から十日が過ぎた。

苅谷が提出した興梠の自白の録音データと、天音がイヤーカフに仕込んだ小型カメラの画像の一部、ボイスレコーダーの録音データ（これも亜矢殺しの自白部分のみ）という物的証拠を突きつけられた三名のアルファは、これまでのすべての犯行を自供した。物的証拠はもちろんのこと、当人たちが心身に大きなダメージを受けたことも、罪を認める後押しになったようだ。

レイプドラッグ以外にも、美容整形外科医である黒縁眼鏡は、亜矢の殺害を自供。

取り調べ時の供述調書のコピーを、秘密クラブの摘発の陣頭指揮を執ったベテラン刑事が、天音と苅谷宛に、【内密に】というメモを添えて送ってくれた。刑事であれば、自分たちが関わった事件の詳細を知りたいだろうと思ったようだ。

以下は被疑者＝黒縁眼鏡の自供だ。

意識のない亜矢をレイプしてから半年ほど経った頃、被疑者は、経営する美容クリニックに客として現れた妊婦に「おなかの子はあなたの子供です」と告げられた。

妊婦＝亜矢の主張はこうだった。

偶然、雑誌であなたのインタビュー記事を見て、途切れ途切れではあるが、ホテルでの記憶が蘇ってきた。そして、あなたがアルファであることを知った。あなたの卑劣な行為を許したわけではないし、婚姻関係も求めてはいない。ただ、生まれてくる子供は50パーセントの確率でアルファの可能性がある。もし生まれてきた子がアルファだったら、きちんとアルファとしての教育を受けさせたい。そのためには、父親であるあなたに子供を認知してもらう必要がある。

しかし被疑者は、亜矢の要求を呑むことはできなかった。なぜならば、50パーセントの確率で、オメガが生まれる可能性もあるからだ。オメガだから認知できないなどと言ったら、激高した亜矢が、マスコミにレイプドラッグの件をたれ込むかもしれない。それは困る。美容クリニックが女性を敵に回すわけにはいかない。

仕方なく、「グラビアできみに一目惚れして、実際に会って気持ちが募った。どうしてもきみが欲しくて、卑劣な手段を取ってしまった。反省しているし、責任は取る」と亜矢を言いくるめ、連絡を密に取り合うようにした。会うたびに反省の言葉を繰り返し、生まれてくる子供用にベビーグッズをプレゼントしたり、子供の名前を一緒に考えたりしているうちに、彼女は少しずつ自分に気を許し始めた。人目を忍んでアパートにも何度か足を運び、合鍵を手に入れた。

アパートを訪れる際は、必ず薄い革の手袋をしていった。亜矢には「肌が弱く、手が荒れると仕事に差し支えるので手袋で保護している」と言い訳していたが、実際には部屋に指紋を残さないいための措置だった。

そうしてあの日の深夜、計画を胸に秘めて、亜矢のアパートの部屋を訪れた。

「どうしても急に会いたくなって」

亜矢は突然の訪問に驚きつつも、ミルクティーを淹れてくれた。

亜矢が席を立った隙に、彼女のカップにクリニックから持参した睡眠薬を投入。話をしているうちに、亜矢はうつらうつらし始め、ほどなく意識を失った。浴室のバスタブに湯を溜め、意識のない亜矢を浴室まで運んで、溜めた湯のなかに沈めた。彼女の死亡を確認してから、二つのカップを洗って拭き、食器棚に戻した。部屋を退出後、渡されていたサブキーを使って施錠。その合鍵は処分した。

以上、すべての作業は、もちろん手袋を嵌めたままで行った――。

ベテラン刑事が添えてきたメモには、【自供にはこぎつけたが、被疑者三名が法の下に裁かれ、刑に服すまでは長い道のりだ】という追記があった。

彼も短くはない刑事人生でわかっているのだ。この先、彼らの肉親であるアルファの有力者によって、不肖の息子たちの罪が揉み消される可能性が高いことを。

それでも、例の秘密クラブは一斉摘発を受けて閉鎖された。客やスタッフは二日以内に釈放されたが、この騒ぎによって家族や知人に秘密の趣味がばれ、社会的な制裁を受けた。

興梠政志も性的暴行幇助罪で勾留され、留置所で取り調べ中だ。起訴か不起訴かの結果を待たずに、『チャンスプロモーション』の代表は別の人間に代わった。黒縁眼鏡の美容クリニックも、代表者の逮捕を受けて現在営業を停止している。

徐々にではあるが、確実に、この世界は変わりつつある。

無駄な足掻きかもしれない。だが、諦めてしまったらそこで終わりだ。

そう信じて藻掻き続けるしかない。

苅谷がいつか言っていたように、カテゴリーの壁を乗り越えられる日が来ると信じて――。

「昨日の夜、美月に電話をして、亜矢の件を報告しました」

おもむろに苅谷が口にした名前を耳にして、テレビＣＭやネット広告、デジタルサイネージなどで見ない日はない人気女優の顔が浮かぶ。安藤美月。

思えば、彼女からの一本の電話が、すべての始まりだった。

「途中経過は割愛して結論のみを伝えました。亜矢の死因がやはり殺人だったと知ってショックを受けていましたが、被疑者が逮捕されたことにはほっとしたみたいです。そうだ。彼女から本浄さんに伝言を預かっていました。『おかげさまで気持ちに区切りをつけることができました。尽力してくださって本当にありがとうございました』とのことです」

「……そうか」

「亜矢の分も、彼女の夢だった女優の仕事をがんばると言ってました」

「安藤美月はオメガの希望の星だからな」

「そうですね。でも、俺にとっては本浄さんがスターでアイドルですけど」

なまじ冗談とも思えない真顔でそんなことを言う男を目の端で睨みつける。

「キモいこと言うな」

苅谷が笑って肩をすくめた。

「すみません。つい本音が——そろそろですよね？」

フロントガラスの向こうに見覚えのある景色を認めて、「ああ」とうなずく。

前回ここを訪れたのは、きっかり一年前だ。

そのときは一人だった。

「奥様と娘さんとやっと話ができます。小田切さんに命を救われて刑事になったことや、そのときの小田切さんがどんなに頼もしくてやさしかったかをお話ししたいです。小田切さんがずっと自分のヒーローだったことも……」

青灰色の目をキラキラ輝かせて、苅谷が饒舌に語る。長年の夢が叶うせいか、朝からテンションが上がりっぱなしだ。

「今日、二人とも休みが取れて本当によかったです。本浄さんと一緒に小田切さんの命日に墓参りができるなんて、これほどうれしいことはありません」

言葉どおりに本当にうれしそうな苅谷をちらっと横目で見た天音は、心のなかで（……俺もだ）とひとりごちた。

胸の想いのすべてを言葉にするのは、自分にはまだ難しい。そう簡単には変われない。

だが、焦る必要はないのだと思う。

きっと待ってくれる。

ときに肩を並べ、ときに背中を守りながら、素直じゃない自分を根気強く待ってくれる。

バディとして。

魂のつがいとして。

「あ、もしかしてあの緑の屋根のお宅ですか?」

苅谷がフロントガラスを指さす。

先程「もう少しで着きます」と連絡を入れておいたせいだろう。小田切の妻と娘が、向日葵(ひまわり)が庭先に咲きこぼれる一軒家の前に立っているのが小さく見えた。

「ああ……そうだ。娘さん、また背が伸びたな」

こちらに気がついて手を振る二人に、天音も手を振り返す。

その顔には冷笑とも自嘲ともトーンが異なる、穏やかで自然な笑みが浮かんでいた。

POSTSCRIPT

KAORU IWAMOTO

このたびは『共鳴劣情　オメガバース』をお手に取ってくださいましてありがとうございました。今作は『共鳴発情　オメガバース』の続編になります。劣情から手に取られた方がいらっしゃいましたら、できれば先に前作をお読みいただけるとうれしいです。単体でも問題なく読めるように書いたつもりですが、そのほうがより深く本シリーズの世界観を理解でき、楽しめるかと思いますので。よろしくお願いいいたします。

さて、右も左もわからない状態でオメガバースの扉を開き、飛び込んで約二年。オメガバの醍醐味が大分わかってまいりました。そして知れば知るほど、オメガバースは懐が深いなあと感じ入ります。その懐の深さに甘えて、今作も事件もの、バディものとしての色合いがやや強めかもしれません。そこはもう私の芸風だと思って、一緒に楽しんでいただけたら幸いです。あ、でもご心配なく。

ツイッターアカウント：@kaoruiwamoto

もちろんラブとエロスも特盛りです！

前作は天音のホームであるダウンタウンが主戦場でしたが、今回は、煌騎のホームである首藤一族とアルファ社交界にスポットが当たります。追っている案件絡みでアルファの本拠地であるアッパーヒルズに乗り込み、ステージの違いを思い知らされた天音は、「おまえと俺は生きる世界が違う」と煌騎を突き放します。頑なで強がりな〝魂のつがい〟を愛の力でどうねじ伏せていくのかが今回のキモで、ある意味、攻としての正念場でもあります。執筆中の私は、もはや母目線で煌騎を叱咤激励しておりました（笑）。皆様もどうか煌騎の奮闘を楽しみつつ応援してやってください。

さてさて、今回もイラストを担当してくださったのは蓮川愛先生です。表紙のカラー、すごくないですか？　ラフをいただいたとき、担当さんと二人で思わずごくりと生唾を呑み込みました。それなのに謙虚な蓮川さんは「あんまりエロくできなくてすみません」と！　いやいやいや……充分です。心の底からオメガバースを書いてよかったなと思いました。本当にいつもありがとうございます！

そして昨年の十二月から、リンク作であるコミカライズが進行（電子で配信）しております。煌騎の兄の圭騎が主役のお話で、幸村佳苗先生の手による硬質で美麗な作画が本当に美しいです。タイトルはずばり『αの花嫁　共鳴恋情』。担当さんが「超王道オメガバース」と煽りをつけてくださいました。その煽りに恥じない内容にしようと気合いを入れておりますので、こちらもどうかよろしくお願いいたします。

そろそろ紙幅が尽きてまいりました。また次の本でお目にかかれたらうれしいです。それまで皆様お元気にお過ごしください。

岩本　薫

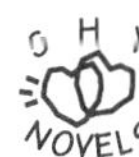

共鳴劣情 オメガバース

SHY NOVELS357

岩本 薫 著

KAORU IWAMOTO

ファンレターの宛先
〒101-0065 東京都千代田区西神田3-3-9大洋ビル3F
(株)大洋図書 SHY NOVELS編集部
「岩本 薫先生」「蓮川 愛先生」係
皆様のお便りをお待ちしております。

初版第一刷2020年4月3日

発行者	山田章博
発行所	株式会社大洋図書 〒101-0065 東京都千代田区西神田3-3-9大洋ビル 電話 03-3263-2424(代表) 〒101-0065 東京都千代田区西神田3-3-9大洋ビル3F 電話 03-3556-1352(編集)
イラスト	蓮川 愛
デザイン	円と球
カラー印刷	大日本印刷株式会社
本文印刷	株式会社暁印刷
製本	株式会社暁印刷

ISBN978-4-8130-1325-9

共鳴発情 オメガバース

岩本 薫 画・蓮川 愛

あなたを征服したい！

濃厚なフェロモンに囚われた瞬間、
理性は裏切り、
欲望だけが二人を支配して——

アルファの中でも名家として知られる首藤家の三男・首藤煌騎が、新人刑事として初登署した日、煌騎のバディとして目の前に現れたのは、刑事課でも有名なトラブルメーカー・本浄天音だった。妖艶な美貌の持ち主ながら、毒舌で煌騎を拒み、人を見下すような傲慢な態度を隠さない天音。そんな天音に、煌騎は「もって三日」と宣言される。特権階級であることを隠して刑事になった煌騎と、オメガでありながらベータと偽り、刑事として生きる天音。起こるはずのない発情に、湧き起こる嫉妬と独占欲……出会うはずのなかった二人が出会った瞬間、運命が動きだす!!

αの花嫁 共鳴恋情

原作:岩本 薫 作画:幸村佳苗

プライドをかけたα×α(Ω)の、運命の恋!

アルファとして生まれた高校生の江森理玖は、社交界デビューのため、首藤家のパーティーに出席した。首藤家といえばアルファの頂点に君臨するほどの名家だ。そして、首藤家の主・首藤圭騎といえば、オメガに限らずアルファでさえも支配するほどの魅力を持っている。理玖も初めて間近で見た圭騎に憧れを抱かずにいられなかった。けれどその夜、アルファのはずの理玖の体は火照り、甘い匂いを漂わせ…⁉

電子書店にて絶賛連載中!